Die Macht der Urzeit

Buch

Seit den Abenteuern in der Pyramide der Unsterblichkeit und im Reich des Bösen leben wieder Dinosaurier auf der Erde. Doch jemand tötet diese letzten Exemplare und entfernt ihre Schädel. Warum müssen die Wesen der Urzeit sterben? Was steckt hinter diesem absurden Plan? Steven van Horn begibt sich auf die Suche nach Antworten und stößt auf etwas Unglaubliches.

Autor

Oliver Kellisch wurde 1981 in Bad Arolsen, Deutschland geboren. Er lebt dort mit seiner Frau und seinen Kindern.

Für Lukas

Ein Leben gegeben

Für Billy
Für Webster

Zwei Leben genommen

Oliver Kellisch

Die Macht der Urzeit

ISBN: 9783739228617

Herstellung und Verlag: BoD - Books on Demand, Norderstedt

Bisher von Oliver Kellisch erschienen:

Die Pyramide der Unsterblichkeit
ISBN: 9783837009385

Das Reich des Bösen
ISBN: 9783848206919

www.OliverKellisch.de

Jagdzeit

Es war eine außergewöhnlich kalte Nacht, in dem Pinienwald New Mexicos, in der Nähe einer erst kürzlich entdeckten Pyramide.

Der Jäger hatte sich den Schal bis dicht unter die Augen gezogen. Jetzt zog er sich die Mütze noch weiter runter, so dass nur noch ein kleiner Schlitz für die Augen übrig blieb. Er hob sein Gewehr auf und ging erneut in Stellung.

Die halbe Nacht war schon vergangen und er hatte sein Ziel noch immer nicht zu Gesicht bekommen. Doch das sollte eigentlich nicht so schwer sein. Das größte Tier, das jemals auf dem Planeten lebte, konnte man nicht so leicht übersehen.

Bei seiner Ankunft hatte er das Nachtsichtgerät übergezogen, doch nachdem auch nach einer Stunde nichts zu sehen gewesen war, hatte er es wieder abgesetzt und lauschte nun in die Dunkelheit. Es waren schon einige Stunden vergangen, seit er auf dem kleinen Baum in Stellung gegangen war, und langsam wurde ihm langweilig. Er hatte sich schon zweimal dabei ertappt, wie er fast eingeschlafen war, und versuchte sich nun mehr zu konzentrieren.

Vielleicht hätte er sich das ganze hier sparen sollen, wie schön wäre es, jetzt in seinem warmen Bett zu liegen und einen guten Film zu schauen. Seine Gedanken schweiften wieder ab, er musste sich konzentrieren. Wenn er Erfolg haben würde, wartete eine Menge Geld auf ihn und dann konnte er noch sehr lange in seinem warmen Bett liegen und gute Filme gucken.

Er hoffte, dass sein Zielobjekt bald in Sicht kommen würde, denn die Kälte war jetzt kaum noch auszuhalten. Obwohl er von dem Geld, das er für diesen Auftrag bekommen würde, das nächste Jahr gut würde leben können, hatte er langsam keine Lust mehr noch länger hier zu hocken.

Der alte Mann hatte ihm am Telefon versichert, dass sich das Zielobjekt hier befinden würde. Als er ihm dann aber das Ziel nannte, hatte er den alten Mann zunächst für verrückt gehalten. Im letzten halben Jahr war jedoch tatsächlich viel Verrücktes in der Welt passiert. Der versprochene Lohn hatte dann aber alle Zweifel weggespült und so befand er sich jetzt auf diesem kleinen Baum und starrte weiter in die Dunkelheit.

Das Gewehr hatte er sich mittlerweile auf die Beine gelegt und das Nachtsichtgerät hing griffbereit an einem Ast neben ihm. Wie lange sollte das hier noch dauern? Er hätte sich wirklich etwas zu essen mitnehmen sollen. Es half alles nichts, er versuchte sich wieder auf die Geräusche in seiner Umgebung zu konzentrieren.

Gerade wollte er nach dem Flachmann in seiner Brusttasche greifen, als er etwas hörte. Hatte er sich das Geräusch nur eingebildet, oder war da wirklich etwas gewesen? Plötzlich erschütterte etwas den Baum. Der Jäger griff blitzschnell nach dem Nachtsichtgerät, das fast vom Ast gerutscht wäre. Er sah angestrengt in die Dunkelheit und hätte vor Aufregung beinahe vergessen durch das Gerät zu sehen. Seit seiner Kindheit hatte er sich vorgestellt, dieses Tier einmal in Lebensgröße zu sehen. Er hielt sich das Nachtsichtgerät vor die Augen und drehte am Regler.

Der riesige dunkle Schatten näherte sich langsam. Er war noch größer, als der Baum daneben. Obwohl der Baum schon vier bis fünf Meter hoch war, ragte der Kopf des Tieres noch einmal so hoch darüber hinaus. Wo hatte dieses gewaltige Tier gesteckt? Er hätte es doch schon aus einem Kilometer Entfernung sehen müssen.

Aber jetzt galt es, das war sein Zielobjekt. Er ließ das Nachtsichtgerät fallen, es landete mit einem dumpfen Schlag auf dem weichen Waldboden, und ging in Stellung. Er konnte es kaum glauben, da war es endlich. In letzter Zeit hatte er öfter davon gelesen, aber jetzt wusste er, dass es echt war. Das Nachtsichtgerät brauchte er nicht mehr, dieser Riese war auch in der schwärzesten Hölle nicht zu verfehlen.

Die, mit klarer Flüssigkeit gefüllten, Patronen waren zum Abschuss bereit. Hoffentlich hatte der alte Mann ihm auch die richtigen Patronen geschickt, denn er wollte nicht in der Nähe eines verletzten und wütenden Brachiosauriers sein, nur um dann von seinen riesigen Füßen zertrampelt zu werden. Er visierte sein Ziel an und gab fünf schnelle Schüsse

8

hintereinander ab. Jetzt waren fünf kleine dunkle Flecken im langen Hals, knapp unter dem Kiefer zu sehen. Er wusste, dass einige Minuten vergehen konnten, bis sich das Serum in dem riesigen Körper verteilt hatte. Kurz darauf begann der Saurier zu schwanken. Zuerst krachte der massige Körper auf den Boden und zerbrach mehrere kleine Bäume unter sich. Dann, einige Sekunden später, surrte der lange Hals durch die Luft und landete mit einem dumpfen Krachen auf dem Waldboden. Einige Vögel stiegen kreischend in den Nachthimmel auf, dann kehrte Stille ein.

Der Jäger kletterte vorsichtig aus seinem Versteck, blieb aber am Baumstamm stehen. Als er sicher war, dass der Saurier fest schlief, ging er langsam auf ihn zu.

Während er auf das Tier zuschritt, fragte er sich, warum er ausgerechnet diese Munition nehmen sollte und nicht die, die auch von Tierärzten zum betäuben von afrikanischen Elefanten benutzt wurden. Diese Munition war viel zu groß. Er wusste es zwar nicht genau, aber er schätzte, dass er den Saurier schwer verletzt hatte. Die Schüsse in den Hals konnten nicht ohne Wirkung geblieben sein. Aber genau dorthin sollte er schießen. Die einzige Erklärung war, dass der Saurier nicht unbedingt am Leben bleiben sollte. Er fand dies eigentlich nicht gut, aber er wurde schließlich dafür bezahlt, es konnte ihm egal sein.

Er nahm sein Mobiltelefon aus der Tasche und

wählte die Nummer. Nach dem ersten Klingeln war sofort die Stimme des Alten zu hören. »Ja?«

»Der erste ist zum Abtransport fertig. Ich bin bereit, die nächsten Koordinaten zu empfangen.«

»Zuerst musst du noch etwas erledigen«, sagte die Stimme des Alten. »Hast du das Messer mitgenommen, wie ich es gesagt habe?«

»Ja.«

»Dann hör mir jetzt gut zu. Es hängt alles davon ab, dass du ordentlich und schnell arbeitest.«

Eine neue Aufgabe

Steven van Horn lag im neuen Bett seiner Mietwohnung und war ganz allein. Er hatte sich das neue Bett am letzten Wochenende gegönnt. Einen Meter achtzig breit und die passende Decke dazu. Endlich kein Gezerre mehr um die Decke in der Nacht. Wie oft war er aufgewacht und lag nur in Boxershorts, ohne Decke, am Rand des Bettes und war kurz davor auf den Boden zu stürzen. Das war eben der Preis, den man gerne zahlte um nicht alleine zu schlafen. Jetzt war er nur allein, weil seine geliebte Freundin am Arbeiten war. Aber lange sollte er sich nicht mehr einsam fühlen, Tanja hatte Spätdienst und würde gegen 22:00 Uhr wiederkommen.

Seine Gedanken kreisten um Tanja. Vor einigen Wochen war sie zu ihm in die Wohnung gezogen. Jeder hatte ein eigenes Zimmer, in das man sich zurück ziehen konnte, wenn man wollte. Dieser Punkt war zumindest für Steven wichtig gewesen. Wenn Many mal zu Besuch kam und sie ein paar Whiskeys trinken wollten, konnten sie die Musik aufdrehen und störten niemanden dabei. Außerdem musste seine große DVD und Blu-Ray Sammlung ja irgendwo stehen.

Sie konnten beide ganz gut kochen und überhaupt funktionierte alles sehr gut. Es gab zurzeit einfach nichts, was besser hätte laufen können. Deswegen hatte er auch den Ring gekauft. Er trug ihn bereits

11

seit einigen Tagen bei sich und spielte ständig damit in der Hosentasche herum. Noch war der richtige Zeitpunkt nicht gekommen, um ihr einen Antrag zu machen. Er wusste auch nicht genau, worauf er wartete, doch lange würde es nicht mehr dauern. Vielleicht würden sie bei einem Spaziergang am See in ein Ruderboot steigen, auf den See hinaus rudern und dann würde er sie fragen. Das war doch keine schlechte Idee, er würde es sich merken.

Beim Schalten durch die Fernsehprogramme stieß er schon zum dritten Mal auf die aktuellen Nachrichten. Da es auf drei verschiedenen Programmen gleichzeitig war, schien es wichtig zu sein, vor allem um diese späte Zeit. Er legte die Fernbedienung zur Seite und machte es sich gemütlich. Was die Nachrichtensprecherin sagte, ließ ihn jedoch sofort auffahren und sich an die vordere Bettkante setzen.

Die Bilder, die jetzt über den Fernseher flackerten, hätte er am liebsten schon lange vergessen. Über ein halbes Jahr war vergangen seit er sie zum letzten Mal gesehen hatte. Seitdem hatte er sie nur mit mäßigem Erfolg verdrängt.

Die Luftaufnahmen zeigten zuerst die Pyramide, die ihn nach ihrem ersten Abenteuer so viele schlaflose Nächte gekostet hatte. Danach kam die Gegend um Stonehenge in Sicht, wo er und seine Freunde vor sechs Monaten erneut um ihr Leben kämpfen mussten. Die Stimme der Nachrichtensprecherin im Hintergrund erzählte von dem verwesenden Kadaver eines Brachiosauriers, der in der Nähe der Pyramide gefunden worden war. Sie erzählte von einer unnatürlichen Todesursache, doch Genaueres wisse man noch nicht. Jedoch war erst jetzt bekannt geworden, dass dies schon der dritte tote Saurier innerhalb einer Woche war. Die ersten beiden Saurier wurden vor wenigen Tagen in der Nähe von Stonehenge ohne Kopf aufgefunden. Irgendjemand hatte ihnen die Köpfe abgetrennt und anscheinend mitgenommen. Für den Rest der massigen Körper hatten die Mörder wohl keine Verwendung und ließen sie an Ort und Stelle liegen. Die Behörden schwiegen sich jedoch noch darüber aus, ob es auch bei dem neuesten Fund der Fall sei.

Steven schaltete den Fernseher aus, stand auf und schlenderte gedankenverloren in die Küche.

Das war ein Skandal - und das nicht nur, weil es rätselhaft war, sondern auch, weil es nur so wenige Exemplare gab. Wie konnte nur jemand die letzten Saurier töten, die dank Steven und seiner Freunde wieder auf der Erde lebten?

Steven war stinksauer. Er war sich sicher, dass sie höchstens ein halbes Dutzend Exemplare der Brachiosaurier aus der Pyramide befreit hatten und jetzt war mindestens einer davon tot. Er dachte an die Vorfälle in Stonehenge und war sich nicht ganz sicher, ob auch dort ein Brachiosaurier gewesen war, dort waren nur fleischfressende Bestien gewesen. Die Fernsehsprecherin hatte lediglich von Sauriern gesprochen. Es war kaum vorstellbar. Hatte es jemand geschafft einen oder mehrere der großen

13

Fleischfresser zu töten? Wahrscheinlich hatten die Täter es nur auf die Pflanzenfresser abgesehen.

Und was wollten diese Menschen überhaupt mit Saurierköpfen? Jetzt fiel ihm auf, dass nur die Rede von großen Sauriern war. Warum hatten sie keine kleinen Saurier getötet? Das wäre doch viel einfacher und ungefährlicher. Wer wagte sich schon in die Nähe dieser riesigen Viecher? Es musste einen ganz besonderen Grund geben, weshalb nur den großen Sauriern der Kopf abgetrennt wurde.

Er ließ sich auf einem Küchenstuhl nieder, zündete sich eine Zigarette an und starrte nachdenklich an die Decke. Als Erstes fiel ihm die schöne Atlanterin Vanadielle ein, als er an die damaligen Ereignisse dachte. Sie hatte ihren Mann bei den Kämpfen am Meeresboden des Bermuda-Dreiecks verloren, war aber später wieder glücklich geworden. Dann dachte er an die alles übertreffende Schlacht unter den Ruinen von Stonehenge. Über ein halbes Jahr war es schon her, doch jetzt kam ihm alles wieder so lebendig vor. In Gedanken sah er Many vom riesigen Thron abspringen und auf Zerebrus, den Anführer der Wesen, zu fliegen.

Dann fiel ihm Dreistein ein, der als einziger bei diesem Abenteuer sein Leben verloren hatte. Es gab keine Beerdigung, nur eine kleine Trauerfeier, denn sie hatten keinen Leichnam, den sie hätten bestatten können. Sie hatten keine Chance gehabt seine Leiche mitzunehmen. Um ihr eigenes Leben zu retten, hatten sie so schnell wie möglich aus der unterirdischen Halle fliehen müssen und ihn dabei zurückgelassen. Mit seinem letzten Atemzug hatte Zerebrus Dreisteins Körper mit seiner riesigen Laseraxt von der Schulter bis zur Hüfte zerteilt. Dreisteins obere Körperhälfte war daraufhin auf die merkwürdige blaue Kugel gefallen, die in der Nähe von Zerebrus Thron über dem Boden schwebte und war darin eingetaucht. Zerebrus hatte vorher von der Lebensenergie der blauen Kugel gesprochen und davon, dass die Flüssigkeit darin sein Leben verlängert hätte. Dies war ein faszinierender Gedanke gewesen, aber um ihr Leben zu retten, hatten sie das Geheimnis nicht lüften können. Wie auch immer. Für Dreistein hatten sie nichts tun können, er musste auf der Stelle tot gewesen sein. Vielleicht hatte die Kugel den Höhleneinsturz unbeschadet überstanden und Dreistein schwebte immer noch in ihr. Bis jetzt wusste es niemand.

Plötzlich klingelte Stevens Mobiltelefon.

»Lo Steven!«, hörte er schon Manys Stimme laut rufen, bevor er das Telefon richtig am Ohr hatte.

»Many! Schön mal wieder was von dir zu hören. Ich habe gerade eben an dich gedacht«

»Ja, ja. Sag mal Steven, hast du zufällig vorhin die Nachrichten gesehen?«

Steven kratzte sich am Kinn und nahm einen Zug von seiner Zigarette. »Hab es vor ein paar Minuten gesehen. Der Kadaver eines Brachiosauriers wurde ohne Kopf gefunden.«

»Ja schon, aber das ist nicht alles«, sagte Many.

15

»Inzwischen wurden noch vier weitere Brachiosaurier und ein Diplodokus gefunden, von denen in den Nachrichten noch nicht die Rede war. Alle fünf ohne Kopf.«

»Noch vier Brachiosaurier? Waren das die letzten? Ich bin mir nicht sicher, ob es fünf oder sechs gab.«

»Es waren nur fünf«, sagte Many. »Das waren die letzten. Deshalb wurde danach wahrscheinlich ein Diplodokus getötet. Es gab einfach keinen Brachiosaurier mehr. Und wie du wohl gerade in den Nachrichten gesehen hast, wurden auch Saurier in Stonehenge geköpft. Irgendwas sehr Merkwürdiges geht hier vor.«

»Da muss ich dir recht geben. Ein Zufall kann das nicht sein. Jemand hat es aus irgendeinem Grund genau auf die Köpfe von großen Sauriern abgesehen. Aber du hast mich doch bestimmt nicht nur angerufen, um mir das zu erzählen. Wie ich dich kenne, schwebt dir doch schon was im Kopf herum. Was hast du vor?«

Many machte eine kurze Pause, bevor er mit seiner tiefen Stimme sagte: »Es wird Zeit, dass wir noch einmal in unser Raumschiff steigen!«

Steven zog ein letztes Mal an seiner Zigarette und drückte sie im Aschenbecher aus. Manys Worte lösten einen Adrenalinausstoß aus. Er war sofort Feuer und Flamme. Warum, wusste er auch nicht so genau. Eigentlich hatte er genug vom Kämpfen. Doch er spürte dieses Kribbeln, wie man es manchmal spürt, wenn etwas Wichtiges vor einem liegt. Und er wollte

16

wieder etwas Wichtiges leisten. »Wann soll es los gehen?«

»Ich wollte eigentlich gleich zu dir kommen, bin schon fast auf dem Weg. Ehrlich gesagt, stehe ich gerade vor dem Raumschiff und bin nur nicht eingestiegen, weil das Telefon da drin nicht funktioniert.«

Steven erinnerte sich noch gut an das rechteckige schwarze Raumschiff, das sie in Atlantis gefunden hatten. Nach dem Abenteuer in der Pyramide hatten sie es in einer kleinen Höhle in ihrer Nähe versteckt. Many befand sich vermutlich jetzt wieder dort. Er konnte sich gut vorstellen, wie Many davor stand und es bewundernd anstarrte.

»Du müsstest das Schiff sehen«, sagte Many begeistert. »Ich war seit Monaten nicht hier. Ich hatte ganz vergessen, wie gut es aussieht.« Many räusperte sich. »Ich bin also gleich bei dir. Mach dich schon mal fertig.«

»Na, so schnell geht das aber nicht, da muss ich erst mit Tanja reden.«

Many war ein paar Sekunden still, bevor er weiter redete. »Nimm sie doch einfach mit.«

»So einfach ist das nicht. Sie hat eine gute Anstellung in einer Klinik in der Nähe gefunden, in der sie erst seit einem Monat arbeitet. Da kann sie sich jetzt nicht einfach Urlaub nehmen oder unentschuldigt fehlen. Sie hat Spätdienst und kommt erst heute Abend um zehn nach Hause. Ich werde ihr eine Nachricht hinterlassen, dann sehen wir weiter. Aber ich kann dir jetzt schon sagen, dass ihr das nicht gefallen wird.«

»Diese Frauen immer.«

Steven konnte sich vorstellen, wie Many am anderen Ende der Leitung den Kopf schüttelte. Er schob mit einem Finger den Aschenbecher auf dem Tisch hin und her. »Manchmal haben diese Frauen aber auch recht. Ich kümmere mich schon darum. Wann genau wirst du hier sein?«

»Ich bin in einer Stunde da.« Many legte auf.

Es ging also wieder los. Tanja würde das gar nicht gefallen. Sie wusste von nichts und er war schon auf dem Sprung ins nächste Abenteuer. Eigentlich wollte er sich entspannen, später was Tolles kochen – er hatte ein eigenes Rezept für Cheeseburger aufgeschrieben und wollte es heute zum ersten Mal probieren - und Tanja damit überraschen.

Steven erhob sich und schaltete die Musikanlage im Wohnzimmer ein. Aus einem Stapel Musik-CDs sucht er die neue Scheibe seiner Lieblings-Death-Metal-Band raus, die erst gestern mit der Post gekommen war. Bei dem dröhnenden Geknüppel des Schlagzeugs und dem kaum zu verstehenden tiefen Gesang, bei dem nicht viele Menschen entspannen können, genoss er eine heiße Dusche. Als er später vor dem Spiegel stand und sich die kurzen Haare trocknete, musste er sich eingestehen, dass er langsam aber sicher älter wurde. Viel war nicht mehr übrig von seinen Haaren. Beim nächsten Friseurbesuch würde er keine Schere mehr brauchen. Die Maschine würde die Arbeit in einer Minute erledi-

18

gen.

Eine halbe Stunde später stand er mit gepacktem Rucksack hinter dem Gebäude und wartete auf ein Zeichen von Many.

Ihm fiel ein, dass er vor Beginn ihres letzten Abenteuers auch hinter einem Haus auf Many gewartet hatte. Damals war es Lao Ches Garten gewesen und Rodrigo, Tanja, Laura und Dreistein waren dabei gewesen. Dann fiel ihm ein, dass bei der damaligen Landung Gartenstühle und Tische zerstört worden waren. Er sah sich schnell um. Okay, hier konnte nichts kaputt gehen. Jetzt blieb nur noch zu hoffen, dass die Nachbarn nichts bemerkten. Er war erst vor zwei Monaten mit Tanja in den Vorort von Chicago gezogen und wollte seine neuen Nachbarn nicht zu Tode erschrecken.

Er versuchte an etwas anderes zu denken. In der Hosentasche fand er den Ring und steckte ihn sich auf den kleinen Finger. Sein Antrag würde sich wohl wieder um einige Zeit nach hinten verschieben.

Steven musste sich noch einige Minuten gedulden, dann schwebte das eckige, schwarze Raumschiff über ihm und blies einen heftigen Windstoß auf ihn herab. Dicht an die Hauswand gelehnt, sah er zu, wie das Raumschiff langsam auf der grünen Rasenfläche aufsetzte. Ein Riss entstand an einer Seite des schwarzen Blockes, dann schob sich eine Tür zur Seite und Many trat in die Öffnung.

»Lange nicht gesehen, alter Freund.« Sie umarmten sich kurz. »Jetzt komm endlich rein. Im Cockpit wartet noch jemand auf dich.«

Steven ging zögernd mit geschultertem Rucksack in das Raumschiff, das er ein halbes Jahr lang nicht betreten hatte, und von dem er manchmal gehofft hatte, es nie wieder betreten zu müssen.

Ein einziges Mal war er mit diesem Schiff geflogen. Damals waren sie damit aus dem Reich des Bösen entkommen. Er hatte schon einige Stunden im runden Raumschiff verbracht, im dem Many und Lao Che von der Pyramide aus zum Mond geflogen waren, aber dieses Schiff war zerstört worden, als er mit Dreistein und Tanja vor Stonehenge gelandet war. Dieses eckige, schwarze Raumschiff hatten sie in der versunkenen Stadt Atlantis gefunden, und Many hatte es gerade rechtzeitig starten können, bevor die Stadt endgültig zerstört worden war. Von diesem Schiff wusste er, dass es mindestens zehntausend Jahre alt war, weil es all die Jahre in Atlantis verweilt hatte, um den Schutzschild aufrecht zu halten. Aber er vertraute noch nicht ganz auf seine Fähigkeiten. Vielleicht würde das besser werden, wenn er einige Zeit darin verbracht hatte.

Im Raumschiff war es dunkel und er brauchte einige Sekunden, um sich an die Dunkelheit zu gewöhnen. Dann sah er sie. Vanadielle. Sie saß vor einem jämmerlich zusammengeschusterten Tisch, den Many selbst gebaut haben musste, auf einem alten Plastikstuhl und strahlte ihn an. »Wie geht es dir?«

»Mir geht es gut, aber wichtiger ist, wie geht es

dir? Du solltest jetzt ziemlich am Ende der Schwangerschaft sein, oder?« Steven sah ihren kugelrunden Bauch an. Er hatte lange nicht mehr an Vanadielle und den letzten Nachwuchs der Atlanter gedacht. Er erinnerte sich gut an den Tag, als er bemerkt hatte, dass sie schwanger war. Many und er hatten gerade Zerebrus zur Strecke gebracht und alle außer Dreistein waren im Raumschiff aus der Halle unter Stonehenge geflüchtet. Many hatte das Schiff irgendwo hin gesteuert, wo es etwas zu essen gab. Steven hatte sich alle Insassen des Schiffes angeschaut und in dem Augenblick die leichte Rundung an ihrem Unterleib bemerkt.

Die letzten sechs Monate hatten wirklich erstaunliches bei ihr bewirkt. Steven vermutete, dass sie wahrscheinlich nicht mehr bequem laufen konnte und selbst das Sitzen musste ihr zu schaffen machen.

Vanadielle strich sich mit der rechten Hand über den runden Bauch. »Uns beiden geht es sehr gut. Many war mit mir bei einem von diesen Frauendoktoren und der sagte, es sei alles wunderbar.«

»Das freut mich zu hören. Wann soll es denn so weit sein?«

»Der Arzt sagt noch höchstens ein bis zwei Wochen. Es könnte also jederzeit so weit sein.«

»Solche guten Nachrichten würde ich gerne öfter hören. Am meisten aber freut mich, dass du unsere Sprache so schnell gelernt hast. Das schafft nicht jeder in sechs Monaten.«

»Ich hatte einen guten Lehrer«, sagte sie und sah

zu Many rüber.

»Ah, ich verstehe«, sagte Steven und fing an zu lachen. »Der dicke Zwerg mit der Glatze hat sich gut um dich gekümmert.«

»Jetzt hör auf mit dem Blödsinn«, sagte Many und strich sich mit beiden Händen über das Gesicht. Er musste sich seit Wochen nicht mehr rasiert haben. Unrasiert zu sein gehörte irgendwie zu Many. »Wir haben genug Nettigkeiten ausgetauscht, es wird Zeit. Vanadielle, du gehst jetzt am besten. Tanja sollte bald nach Hause kommen. Du kannst ihr dann alles erklären.«

Steven guckte verwirrt, als Vanadielle sofort aufstand. »Habt ihr schon alles ohne mich geplant?«, fragte er.

»Genau das!«, sagte Many. »Vanadielle wird Tanja alles erzählen, wenn sie nach Hause kommt, denn wir beide haben gleich was vor.«

Na gut, dachte Steven, dann machen wir es eben so. Tanja wird es schon verstehen.

Vanadielle winkte Steven kurz zu, drückte dann Many an sich und trat nach draußen. Steven sah ihr hinterher und sagte gar nichts. Many schloss die Tür, oder das Schott, oder wie immer man es nennen sollte, und setzte sich auf den mittleren der drei Pilotensitze. Steven nahm auf dem rechten Platz.

Wenig später waren sie in der Luft. Many hatte keine Schwierigkeiten damit das Raumschiff zu starten oder es zu fliegen. Er sagte: »Das ist wie beim Fahrradfahren. So etwas verlernt man nicht.«

»Ja, ja, ja. Ganz toll! Und was ist jetzt?«

»Jetzt, mein alter Freund, werden wir etwas unternehmen, von dem du schon dein ganzes Leben lang geträumt hast.«

Sofort schossen Steven tausend Dinge durch den Kopf. Es gab jede Menge Dinge, die er schon sein ganzes Leben lang machen wollte. Zum Beispiel Fallschirmspringen, aber das würden sie jetzt bestimmt nicht machen. Eine Reise zum Mittelpunkt der Erde wäre auch nicht schlecht. Oder vielleicht...? Ach, was dachte er überhaupt darüber nach. Sie waren wieder auf einer Mission. Es gab wieder etwas Aufregendes zu tun. Jemand stahl Dinosaurierschädel.

Doch so wie Many es sagte, sollte es etwas Besonderes werden. Steven war gespannt, was da kommen würde. Er hatte eine klitzekleine Ahnung, und wenn es das wirklich war, dann würde es die Reise seines Lebens werden. Noch besser als eine Reise zum Mittelpunkt der Erde.

Bloorham

Der Morgen war noch dunkel und kalt in dem kleinen Ort Bad Arolsen in Deutschland. Seit zwei Wochen wohnte Julius X. Bloorham jetzt hier und noch immer verfuhr er sich auf dem Weg nach Hause. Natürlich verfuhr er sich auch auf dem Weg zur Arbeit, eigentlich verfuhr er sich ständig. Langsam kamen ihm Zweifel, ob es wirklich eine so gute Idee gewesen war, die neue Stelle in der Klinik anzunehmen. Es war ein schönes kleines Städtchen. Fünf Minuten zu Fuß und er stand in einem wunderschönen Wald. Selbst in der Stadt war eine lange Allee, durch die man spazieren gehen oder mit dem Fahrrad fahren konnte. Hier könnte er den Rest seines Lebens verbringen. Die deutsche Sprache musste er zwar noch ein bisschen üben, aber das war ja nur ein vorübergehendes Hindernis.

Er vertrieb die Gedanken über die schöne Stadt aus seinem Kopf. Jetzt freute er sich nur noch auf sein Bett. Vielleicht noch eine Folge seiner Lieblingsserie, mit dem Mann, der aus einem Kugelschreiber und einem Kaugummi alles Mögliche bauen konnte, gucken und dann schlafen.

Doch er war ja leider noch nicht zu Hause. Er kam gerade erst von einem anstrengenden Nachtdienst in der Station für Neurochirurgie nach Hause.

Plötzlich prasselte auch noch Regen auf die Windschutzscheibe des alten Pick-Ups. Er bog nach rechts in die menschenleere Bahnhofstraße ab. Wenig später sah er zu seiner Rechten, dass schon wieder ein neuer Dönerladen eröffnet hatte. Wenn er richtig zählte war das schon der vierte, allein im oberen Teil der Bahnhofstraße. Jemand hatte ihm erzählt, dass vorher schon zwei gleiche Läden im Gebäude gewesen waren, beide hatten nicht lange durchgehalten. Wahrscheinlich würde es dem neuen Besitzer nicht anders gehen. Er fuhr weiter Richtung Königsberg, wo er sich ein Haus gemietet hatte.

Während der Fahrt dachte er über die letzten Stunden nach. Die Schicht war ihm diesmal länger vorgekommen als sonst. Der letzte Patient war eine Stunde vor Schichtende mit einer Sehstörung eingeliefert worden. Nach und nach stellte sich heraus, dass er an einem pilozytischen Astrozytom litt. Jetzt lag er auf seinem Zimmer und dachte wahrscheinlich über die schlechte Nachricht nach. Wenn der Patient Glück hatte, würde der Hirntumor komplett entfernt werden können. Bei dieser Art Tumor war das tatsächlich möglich. Bloorham würde sich morgen wieder um ihn kümmern, jetzt brauchte er Ruhe und Schlaf.

Endlich hatte er die richtige Straße gefunden. In seiner Garage angekommen, ließ er mit einem leisen Rattern das Tor hinunter und nahm ein trockenes Handtuch von einem Tisch. Er machte sich daran seinen Pick-Up trocken zu wischen. Dieser Wagen war das Einzige, was der gebürtige Amerikaner aus seinem Heimatland hatte importieren lassen. Er liebte diesen Wagen.

Nachdem der Wagen trocken war, ging er durch die Tür, die die Garage direkt mit dem Haus verband. In der Küche legte er wie immer die Autoschlüssel auf die Theke zwischen die Kaffeemaschine und die benutzte Kaffeetasse. Das erinnerte ihn immer daran seine Tasse zu spülen, da sie sonst tagelang irgendwo in der Wohnung herumstand.

Genau deshalb fiel ihm jetzt etwas Merkwürdiges auf. Etwas war anders als sonst. Die Kaffeetasse, die er jeden Morgen vor der Arbeit trank und dann beim Gehen neben die Schlüssel auf die Theke stellte, stand nicht mehr an ihrem Platz. Sie stand ganz am Ende der Theke. Dort hätte er sie nie hingestellt, da sie leicht herunterfallen konnte. Ihm fielen auch noch andere Veränderungen auf, als er sich in dem großen Raum umsah, der gleichzeitig als Wohnzimmer und Küche diente. Die Blumen auf der Fensterbank neben der Terrassentür standen anders. Jemand hatte sie verschoben, aber beim Versuch sie wieder hinzustellen, ihre Plätze vertauscht. Da er keine Putzfrau hatte und seine Wohnung selbst ordentlich hielt, musste es jemand Fremdes gewesen sein.

Er ging zur Terrassentür und untersuchte sie ebenso auf Schäden, wie die gesamten Fensterscheiben im Raum. Er konnte nichts Besonderes entdecken. Hatte er vielleicht doch selbst die Blumen verstellt? Er ging in die Küche und danach ins Badezimmer.

Alles in Ordnung. Er kratzte sich nachdenklich am Kopf, rückte seine Brille zurecht und ließ sich auf dem Sofa im Wohnzimmer nieder.

Er war zwar fast fünfzig, aber konnte er wirklich schon so vergesslich sein? Bis jetzt war so etwas noch nie vorgekommen. Vielleicht sollte er sich überlegen, eine Art Gedächtnistraining zu machen, damit so etwas nicht noch einmal geschah.

Plötzlich hörte er ein Geräusch aus dem Keller. Paranoid war er nicht, er hatte es genau gehört. Jemand war dort unten und das war ganz bestimmt keine Einbildung.

Er ging vorsichtig und sehr langsam in Richtung der Tür, die nach unten in den Keller führte, um keine auffälligen Geräusche zu verursachen und legte ein Ohr an die Kellertür. Jetzt stieg ihm der widerliche Geruch eines Schimmelpilzes in die Nase. Es roch irgendwie gleichzeitig nach Moder und Blumen. Da war wirklich jemand und dieser Jemand roch ganz fürchterlich. Er konnte Schritte hören. Sie waren aber zu leise, um von der alten Holztreppe zu kommen. Der oder die Unbekannte ging weiter hinten im Keller umher. Aber dort lagen höchstens ein paar alte Schallplatten und der große Röhrenfernseher, den er erst letzte Woche gegen einen schönen Flachen ausgetauscht hatte. Damit konnte doch keiner was anfangen. Was sollte das?

Bloorham kratzte sich am Hinterkopf, dort, wo die kleine kahle Stelle, langsam aber sicher größer wurde. Wie sollte er sich verteidigen, wenn die Person zu ihm nach oben kam? Hatte er überhaupt eine Waffe im Haus? Er war so aufgeregt, dass er sich gar nicht erinnern konnte. Er sollte besser gleich die Notrufnummer wählen und es nicht auf einen Zusammenstoß mit dem Unbekannten ankommen lassen.

Bloorham drehte sich um und schlich auf Zehenspitzen zum Telefon, das neben der Haustür an der Wand hing. Erschrocken blieb er stehen, an der Haustür stand schon jemand. Die Einbrecher waren also mindestens zu zweit.

Bloorham sah den Mann völlig verdutzt an. Mit ihm stimmte etwas ganz und gar nicht. Er fand keine anderen Worte dafür. Der fremde Mann sah einfach nur böse aus. Außerdem ging dieser widerliche, schimmlige Geruch von ihm aus, was ja an sich schon sehr merkwürdig war. Er war einen Kopf größer als Bloorham und der Gesichtsausdruck ähnelte mehr dem eines Tieres auf Beutezug, als dem eines Menschen. Etwas stimmte auch nicht mit seiner rechten Hand. Sie war schwarz wie die Nacht und ein wenig größer als die Linke.

Der Fremde kam ein paar Schritte auf ihn zu. Bloorham fiel auf, dass der Mann sich irgendwie steif bewegte. Als würde auch etwas mit seinen Beinen nicht stimmen. Unwillkürlich dachte Bloorham nach, ob die Beine des Fremden vielleicht auch so schwarz waren, wie die rechte Hand. Im dunklen Flur konnte er es nicht erkennen, weil der Mann eine Hose trug.

Jetzt, da der Fremde näher bei ihm stand, kam er ihm irgendwie bekannt vor. Er war schon älter und hatte lange weiße Haare, die ungepflegt herunter hingen. Woher kannte er diesen Mann? Er hatte ihn schon einmal gesehen. Vielleicht auf einem Foto, das er geschickt bekommen hatte? Jetzt fiel es ihm wie Schuppen von den Augen. »Verdammter Mist! Sie sind doch der Doktor, bei dem meine ...«

Der unheimliche Mann kam noch einen Schritt näher und unterbrach ihn. »Bist du Dr. Julius X. Bloorham?«

Bloorham brachte kein Wort heraus. Die Stimme des Fremden hatte einen merkwürdigen Klang. Sie war viel zu tief, fast schon ein gutturales Knurren.

Der Mann sprach weiter. »Bist du der Neurochirurg an der hiesigen Klinik?«

Bloorham stellte sich gerade hin. »Jawohl, der bin ich.«

Der Fremde kam so schnell auf ihn zu, dass er nicht reagieren konnte. Bloorham schaffte es gerade noch einen Schritt nach hinten zu gehen, stieß dann aber mit dem Rücken gegen eine Wand. Der Fremde packte ihn mit der widerlichen, schwarzen Hand am Hals und schob ihn die Wand hoch. Er war unbeschreiblich stark. Er konnte unmöglich ein normaler Mensch sein. Ein Bodybuilder hätte ihn vielleicht so die Wand hoch schieben können, aber dieser alte Mann doch nicht.

Die schwarze Hand drückte fester zu. Bloorham konnte nicht mehr richtig atmen. Sterne begannen

29

vor seinen Augen zu tanzen.

In einem letzten Kraftakt rammte Bloorham sein rechtes Knie in den Magen des Fremden. Aber es war, als hätte er gegen eine Stahltür getreten. Der Griff der schwarzen Hand lockerte sich keinen Millimeter.

Der Sauerstoffmangel raubte ihm die Sinne. Er griff mit beiden Händen nach der schwarzen Hand. Sie war eiskalt und steinhart. Er hatte keine Chance.

Bloorham verdrehte die Augen, bis nur noch das Weiße zu sehen war, dann erschlaffte sein Körper.

Der alte Mann sah den ohnmächtigen Bloorham lange an, dann legte er ihn sich über die Schulter. Er ging zur Kellertür und öffnete sie.

Von unten war eine Stimme zu hören. »Ist alles okay? Kann ich hochkommen?«

»Natürlich ist alles in Ordnung. Glaubst du etwa, ich schaff das nicht alleine?«

»Das war nur eine Frage«, sagte die Stimme vorsichtig von unten.

»Komm hoch und durchsuch seine Sachen. Vielleicht müssen wir noch etwas mitnehmen.«

Der Jäger erschien im Türrahmen. Er trug den gleichen Tarnanzug, den er auch bei der Jagd verwendete. »Ich habe keine Ahnung, wonach ich suchen soll.«

Der alte Mann sah sich im Flur um. Neben dem Telefon hing ein einzelnes Foto an der Wand. Der Mann betrachtete es eine Weile interessiert und begann dann immer breiter zu grinsen. Aber es war kein herzliches Grinsen, es war hinterhältig und böse. »Nimm das Foto mit und bewahre es gut auf. Es könnte uns noch gute Dienste leisten.«

Der Jäger nahm es von der Wand und betrachtete es. »Die habe ich noch nie gesehen. Wer ist das?«

»Das brauch dich jetzt noch nicht zu interessieren. Wenn wir es brauchen, sage ich dir Bescheid. Zuerst sehen wir, wie umgänglich unser Doktor ist.« Der alte Mann öffnete die Tür und trat mit Bloorham auf der Schulter heraus.

Der Jäger folgte ihm und schloss die Tür von außen, dann folgte er dem Alten in die Dunkelheit.

Der Zeitsprung

Steven betrachtete neugierig die Anzeigetafel, die Many soeben aus dem Armaturenbrett ausgefahren hatte.

Many faltete die Hände und fragte dann sehr konzentriert: »Kannst du dich noch daran erinnern, dass wir damals, als wir Zerebrus auf den Fersen waren, über Zeitreisen gesprochen haben?«

Das war es also, was Many vorhatte. Er wollte eine Zeitreise machen. Das war ja kaum zu glauben.

Steven dachte nach. Er kramte weit hinten in seinem Gedächtnis. Eine schwache Erinnerung kam zum Vorschein. »Ja, ja, ich glaube jetzt kommt was. Wir hatten, glaube ich, darüber gesprochen, dass eine Person alleine nicht so viel in einem Leben schaffen kann, wie er es getan hat, auch wenn er anscheinend sehr alt gewesen war. Einer von uns beiden erwähnte dann die Zeitreise, mit der Zerebrus möglicherweise einige seiner Taten begangen haben könnte. Später hat er es dann selbst gesagt. Als er im Sterben lag, hat er erzählt, dass dies das letzte Raumschiff seiner Art ist und durch die Zeit reisen kann. Ich war mir damals sicher, dass er die Wahrheit gesagt hat. Er hat uns von der Zeitmaschine erzählt, damit wir ihn am Leben lassen, um mehr von ihm darüber zu erfahren.«

»Genau. Und ich habe damals gesagt, dass ich das Raumschiff nach einer möglichen Zeitmaschine oder

Ähnlichem untersuchen werde. Damals hatte ich natürlich keine Zeit dafür, und als ich Zerebrus erledigt hatte, habe ich nicht mehr daran gedacht. Vanadielle und ihre Schwangerschaft haben das alles vertrieben. Als ich dann aber vor kurzem von den kopflosen Sauriern gehört habe und mir wieder alles von damals einfiel, habe ich mich auf die Suche gemacht. Und du wirst es mir vielleicht nicht glauben, aber ...«

»Du hast es gefunden.«

»Ja, das habe ich.« Many kramte in seiner Hosentasche und zog eine Packung Zigaretten heraus und zündete sich eine an. »Die Zeitmaschine ist tatsächlich genau in diesem Schiff. Mir ist wieder bewusst geworden, dass wir dieses Raumschiff in Atlantis gefunden haben, wo es wahrscheinlich zehn- oder zwölftausend Jahre gestanden hat. Die Chancen standen also nicht schlecht. Ich schätze auch, dass diese spezielle Apparatur in dem runden Raumschiff, das wir aus der Pyramide gestohlen haben und das wahrscheinlich erst nach Atlantis entstanden ist, fehlte. Dieses eckige Schiff hier hat einen ganz anderen Aufbau und stammt sicher aus einer älteren Baureihe. Wir hatten ausgesprochen viel Glück, dass wir ausgerechnet auf dieses eine gestoßen sind. Vielleicht gibt oder gab es noch mehr von ihnen, aber in der ganzen Zeit, in der wir mit den Wesen zu tun hatten, habe ich nie ein anderes dieser eckigen Bauweise gesehen.«

Steven strich sich über seinen Chin Strap Bart am

33

Kinn. »Und du meinst, dass es wirklich funktioniert? Wir können mit diesem Raumschiff durch die Zeit reisen? Wie soll das bitte funktionieren? Ich bin immer davon ausgegangen, dass das sehr unwahrscheinlich ist.«

»Es ist möglich«, Many korrigierte die Flugbahn und stellte den Autopiloten ein, dann drehte er sich zu Steven um und sprach weiter. »Ich habe heraus gefunden, dass das Raumschiff mit einem Plasma-Antriebssystem ausgestattet ist.«

Steven strich sich wieder über den Bart. »Ich kenne mich mit allem Möglichem aus, aber nicht mit einem Plasma-Antriebssystem. Was hat das mit Zeitreisen zu tun?«

»Es geht um die Energie, die freigesetzt wird, wenn Plasma entsteht. Also mal von vorne. Ich nehme mal das Beispiel Sonne. Die Sonne stößt einhunderttausend Grad heißes Plasma aus. Hast du bestimmt schon mal auf Bildern gesehen. Diese riesigen Wirbel, die aus der Oberfläche der Sonne schießen. Oder zum Beispiel die Bilder von einem Sternennebel, das ist nichts anderes als ein Plasmagewitter. Stell dir bloß einmal die Energie vor, die bei einem solch gigantischen Ereignis frei gesetzt wird.«

»Jo, die Bilder hab ich schon gesehen. Das sind drei Säulen nebeneinander, die von links nach rechts kleiner werden. Nur, dass die Säulen ein paar Millionen oder Milliarden Kilometer hoch sind.«

»Ja genau. Das sind unvorstellbare Energien, die

da freigesetzt werden. Also das Plasma entsteht, wenn Gas sehr stark erhitzt wird. Dann erscheint dieses Plasmalicht, meistens bläulich, grünlich oder rötlich, oder alles zusammen. Übrigens ist nichts im Universum heißer als Plasma. Im Weltraum manifestieren sich in diesen riesigen Plasmawolken, elektrische Kreisläufe, die die Sterne mit Energie versorgen und ganze Planeten entstehen lassen. Auf der Erde kennen wir Plasma eher in der Form von Blitzen. Normalerweise reichen Blitze nur einige Kilometer hoch, aber ich glaube mich dennoch zu erinnern, dass 2003 eine Raumfähre während des Fluges in größerer Höhe durch einen Plasma-Blitz zerstört wurde. Ich bin ja kein Experte auf dem Gebiet, aber das scheint die Energiequelle der Zukunft zu sein. Einige Wissenschaftler sind derzeit damit beschäftigt Reaktoren herzustellen, mit denen man Plasma künstlich herstellen kann. Die Wissenschaftler sind sich einig, dass sie eine unerschöpfliche Energiequelle erschaffen können, da der Hauptteil des Rohstoffs aus Wasserstoff besteht.«

Steven kraulte sich noch immer nachdenklich den Bart. »Die Wesen sind uns also mal wieder einen Schritt voraus gewesen und haben wahrscheinlich schon vor vielen Jahrtausenden solche Plasmareaktoren erschaffen.«

»Ja genau. Außerdem habe ich im Zusammenhang mit dem Plasma-Antriebssystem technische Zeichnungen vom goldenen Schnitt gefunden.«

»Den goldenen Schnitt kenne ich auch. Die Formel

war, glaube ich: a : b = b : (a + b). Der kleinere Anteil verhält sich zum größeren, wie der größere zum Ganzen. Das hat irgendwas mit vollkommenen Formen zu tun. Ich glaube, bei Blättern kann man das gut sehen. Die sind in einem bestimmten Winkel von unten nach oben am Stängel ausgerichtet, so dass auch das untere Blatt Licht empfangen kann.«

»Ich sehe, du kennst dich ein bisschen aus«, sagte Many und zündete sich eine neue Zigarette an. An der letzten hatte er nur zum Entzünden gezogen, da er sich so in Rage geredet hatte. »Du wusstest aber bestimmt nicht, dass zum Beispiel die Cheops-Pyramide nach diesen Maßen gebaut ist oder das Pantheon. Es wird auch behauptet, dass der Geigenbauer Stradivari den goldenen Schnitt zur Herstellung seiner Geigen benutzte. Außerdem wird er auch in Da Vincis *Abendmahl* vermutet.«

»Der goldene Schnitt ist also allgegenwärtig. Und diese komplizierte Mathematik wird zur Berechnung des Zeitsprungs verwendet.«

Many sah kurz auf das Armaturenbrett und korrigierte die Flugroute. Das Raumschiff flog jetzt senkrecht nach oben. »Der goldene Schnitt scheint die Berechnung für einen Zeitsprung zu sein, oder wird irgendwie dafür verwendet. Zusammen mit der Geschwindigkeit, die das Plasma-Antriebssystem ermöglicht, wird dann der Zeitsprung erreicht.«

Steven hatte aufgehört sich über den Bart zu streichen. Er starrte Many fasziniert an. »Wie schnell kann das Schiff denn fliegen? Ich bringe Zeitreisen immer mit Lichtgeschwindigkeit in Verbindung.«

»Das kann ich nicht genau sagen. Ich kenne nur die Berechnungen, die von den Wissenschaftlern stammen. Mindestens hundertvierzigtausend Stundenkilometer. Deshalb fliegen wir jetzt auch senkrecht nach oben. Wir müssen mindestens neun Kilometer hoch sein, dann sind wir höher als der Mount Everest. Wenn wir das hier unten versuchen, würden wir mit irgendwas kollidieren, sei es ein Wolkenkratzer oder ein Berg. Nur dort oben haben wir den nötigen Freiraum, um die erforderliche Geschwindigkeit zu erreichen.«

Steven kratze sich nachdenklich an der Nase. »Da ich überhaupt keine Ahnung von dem Raumschiff und allem, was damit zu tun hat, habe, hoffe ich einfach mal, dass du weißt, was du machst.«

Steven sah aus der Frontscheibe nach draußen. Sie stiegen immer höher. Flüsse wurden zu kleinen Strichen und Städte zu Flecken. Dann durchbrachen sie die Wolkendecke. Für einige Sekunden sahen sie nur Weiß an sich vorbei ziehen. Allein der Anblick, der jetzt dem Weiß folgte, war die Reise hier hoch wert gewesen. Wie ein dicker, flockiger Teppich erstreckte sich die Wolkendecke über viele Kilometer. Zwischendurch waren einige freie Stellen, durch die man auf die Erdoberfläche schauen konnte. Steven war schon öfter im Leben geflogen, aber dieser Anblick war immer wieder unbeschreiblich.

Many hatte seinen Sitz wieder zur Armatur hin gedreht und machte sich an den Instrumenten zu schaffen. Er betrachtet eine Weile den kleinen Bildschirm, der links neben dem Steuerknüppel zu sehen war. Man konnte förmlich spüren, wie er sich konzentrierte. Many verdeckte mit seinen breiten Schultern den gesamten Bildschirm, weshalb Steven nichts darauf erkennen konnte, bis auf ein paar gerade Stiche, die vielleicht ein Dreieck darstellen sollten.

Nach einigen Minuten drehte Many sich wieder um. Steven konnte jetzt einige Digitalzahlen auf dem Bildschirm sehen. Die Ziffern erinnerten ihn an den Film, in dem ein Auto als Zeitmaschine fungierte. Die obere Reihe der Zahlen zeigte das heutige Datum und die aktuelle Uhrzeit an. 16:57 Uhr. Die untere Reihe zeigte das morgige Datum und die Uhrzeit 06:57 Uhr. Wenn das stimmte, würden sie eine Zeitreise von vierzehn Stunden unternehmen.

»Wir reisen also vierzehn Stunden in die Zukunft und dann wieder zurück?«

»Nein. Wir reisen vierzehn Stunden in die Zukunft und bleiben dann da. Deshalb habe ich so eine kleine Zeitspanne ausgesucht. Wenn wir morgen früh erreicht haben, kaufen wir eine Tageszeitung und überprüfen, ob die Zeitreise funktioniert hat.« Der Schweiß stand ihm auf der Stirn, als er sich wieder zum Bildschirm umdrehte. »Ich glaube ich habe es geschafft. Die Zeiteinstellung steht jetzt fest. Wenn alles gut geht, ist gleich morgen.«

»Was soll denn heißen, wenn alles gut geht? Ich dachte, du wärst dir deiner Sache sicher.«

»Hundertprozentig sicher kann man sich nie sein. Das weißt du doch genau.«

»Oh Mann, na ganz toll. Und was machen wir, wenn wir als grüner Schleim auf der Scheibe enden?«

Many lächelte. »Ich würde mal sagen, dann machen wir gar nichts mehr.«

Steven raufte sich die Haare. »Ich hätte Tanja gerne nochmal vorher gesehen. Vielleicht hätten wir nicht so überstürzt aufbrechen sollen.«

»Keine Angst. Vanadielle wird ihr alles erzählen. Ich bin mir sicher, dass es funktionieren wird. In einer Stunde wirst du sie wieder in deine Arme schließen können, oder besser gesagt in fünfzehn Stunden. Für sie wird eine Nacht vergangen sein, für uns wird es nur einen Augenblick dauern.« Er sah noch einmal auf die Anzeigen. »Wir haben jetzt die richtige Höhe erreicht.«

Steven schüttelte den Kopf. »Na dann hau rein.«

»Noch einen Augenblick.« Many griff unter das Armaturenbrett und zog die *Daily News* hervor. »Heute ist der 24ste.« Er sah auf seine Armbanduhr. »16:59 Uhr. Draußen ist es jetzt noch hell. Wenn es funktioniert, merken wir es sofort, weil es dann dunkel sein wird.«

Steven war etwas verunsichert, dachte kurz daran etwas zu sagen, ließ es dann aber sein.

»Bereit?«

»Gib alles!«

»Vorher noch ein Glas Whisky?«

»Gerne.«

»Hab leider keinen.«

»Oh Mann. Mach endlich hin.«

Many griff in seine Tasche und holte die Zigarettenschachtel daraus hervor. Er zündete zwei Zigaretten an und reichte Steven eine, dann betätigte er einen Schalter neben dem Bildschirm mit den Digitalziffern.

»Oh, oh«, sagte Many in einem verdächtigen Tonfall.

»Was soll das heißen, oh, oh?«

»Das heißt, wir haben sechzig Sekunden Zeit eine Frage zu beantworten und die richtige Antwort einzutippen.«

Steven spürte, wie ihm der Angstschweiß ausbrach. »Zeig her!«

Many trat zur Seite. Auf dem Bildschirm stand jetzt eine lange Zahlenfolge, die über zwei Reihen ging und mit einem blinkenden Fragezeichen endete.

»Ich habe keine Ahnung, was das bedeuten soll«, sagte Many ängstlich, »aber wenn wir die Antwort nicht wissen, wird das nicht gut sein.«

Steven bekam einen Adrenalin-Schock als er die Zahlen sah und starrte sinnlos vor sich hin. Als der Schock nach einigen Sekunden vergangen war, sah er sich die Zahlenfolge genauer an.

01123581321345589144233377610
9871597258441816765109 4?

»Ach du heilige Scheiße!«, rief Many. »Was soll das denn sein? Wir haben noch fünfzig Sekunden

Zeit!«

»Warte, warte. Das kommt mir bekannt vor.« Stevens Gedanken rasten. »Die letzte Stelle ist ein blinkendes Fragezeichen. Also kann es nur eine Ziffer von null bis neun sein.«

»Noch vierzig Sekunden!«

Wo hatte er diese Zahlenreihe schon mal gesehen? Er kannte sie auf jeden Fall. »Die ersten Zahlen ... der Schlüssel ... aufeinander aufbauend«, murmelte Steven.

»Noch dreißig Sekunden!«, schrie Many panisch auf.

Steven tippte mit der Hand auf die ersten Zahlen. »Null plus eins gleich eins, ein plus zwei gleich drei, zwei plus drei gleich fünf, drei plus fünf gleich acht. Ich hab's, das ist die Fibonacci Folge.«

»Noch zwanzig Sekunden!« Many war bereits außer sich.

Steven überschlug weiter. Er war schnell aber vorsichtig. Zeit für einen weiteren Versuch hatten sie nicht, er musste sich hundertprozentig sicher sein. »Dreihundertsiebenundsiebzig plus sechshundertzehn gleich neunhundertsiebenundachtzig.«

»Um Himmels Willen!«, schrie Many. »Noch zehn Sekunden!«

Steven war bei der letzten Zahl. »Viertausendeinhunderteinundachtzig plus sechstausendsiebenhundertfünfundsechzig gleich zehntausendneunhundertsechsundvierzig.«

Many schrie erneut auf. »Noch drei Sekunden!«

Steven schrie jetzt auch. »Sechs, die Sechs!«, dann drückte er die Taste.

Der Countdown war bei der Zahl eins stehengeblieben.

»Du heilige, beschissene, dreckige Mistscheiße! Das kann doch wohl nicht wahr sein!« Many hielt ein Büschel Haare in der rechten Hand.

Und jetzt ging es richtig los.

Steven spürte gerade noch, wie das Raumschiff einen schnellen Schub nach vorne machte, dann wurde alles schwarz. Er hörte Many noch etwas sagen, verstand ihn aber nicht mehr.

Erklärungen

Tanja ging gegen 22:00 Uhr den langen Flur zu ihrem Appartement entlang. Die Arbeit in der Klinik war anstrengend gewesen und sie war froh endlich wieder zu Hause zu sein. Sie kramte in der Handtasche nach ihrem Schlüssel. Irgendwo musste das verdammte Ding doch sein. Da war er endlich. »Vielleicht sollte ich mal wieder meine Tasche aufräumen«, dachte sie sich, sah wieder nach vorne und erschrak.

»Was machst du denn hier?«

Vanadielle stand vor ihrer Wohnungstür, damit hatte sie heute nicht gerechnet. Sie sah etwas übermüdet aus.

»Many hat gesagt, ich soll hier mit dir warten, bis sie wieder kommen.«

Tanja war etwas verwirrt. »Bis wer wiederkommt?«

»Many und Steven.«

»Haben die beiden denn schon wieder was angestellt? Am besten du kommst erst mal rein und wir reden in Ruhe darüber.«

Tanja schloss die Tür zum Appartement auf. Auf der Kommode neben der Tür lag keiner der Zettel, auf denen Steven gewöhnlich eine Nachricht an sie hinterließ, wenn er irgendwo hinging.

»Komisch, Steven hat keine Nachricht hinterlassen. Normalerweise verschwindet er nicht einfach so. Er hätte ja wenigstens anrufen können.«

Die beiden gingen ins Wohnzimmer. Vanadielle nahm auf der Couch Platz.

Tanja blieb stehen. »Kann ich dir etwas anbieten? Vielleicht einen Tee, oder ein Glas Wasser?«

»Einen Tee bitte. Einen ganz normalen Kamillentee. Many hat mir einen Schwangerschafts-Tee gebracht. Der schmeckt so fürchterlich, dass man ihn kaum trinken kann.«

Tanja ging in die Küche. Kurze Zeit später kam sie mit zwei dampfenden Tassen Tee zurück und nahm ebenfalls auf der Couch Platz.

Sie wollte Vanadielle eine Tasse reichen, doch die hatte schon etwas in der Hand. Es war eine ganz gewöhnliche Nagelfeile mit Spitze und pinkfarbenem Griff, mit der sie sich den linken Zeigefingernagel feilte.

Vanadielle bemerkte ihren Blick. »Diese Nagelfeile ist eine tolle Sache. Bei uns auf der Insel gab es sowas nicht. Es fühlt sich wunderbar an, wenn die Fingernägel ordentlich gemacht sind. Ich trage die Feile ständig mit mir herum.«

Tanja beobachtete, wie Vanadielle die Feile in die Hosentasche steckte und reichte ihr dann die Teetasse.

»Wir sollten einmal überlegen, ob wir dir eine schöne Handtasche kaufen. Du kannst doch keine Nagelfeile in der Hosentasche mit dir herum tragen.«

Vanadielle starrte verträumt in die Luft. »Es gibt so

viele wunderschöne Sachen, die ich mir gerne kaufen würde. Wenn das Baby da ist würde ich gerne einkaufen gehen.«

Tanja nickte. »Das machen wir. So, und jetzt erzähl mal, was die beiden Kerle wieder angestellt haben. Ich habe schon jetzt so ein ungutes Gefühl, und dabei hast du noch gar nichts gesagt.« Tanja schüttelte genervt den Kopf. »Eigentlich will ich gar nicht wissen, was wieder los ist.«

Vanadielle kostete vorsichtig den Tee. »Ich glaube, Many hat ihn überfallen. Steven sah nicht so aus, als hätte er vorgehabt so schnell aufzubrechen. Er wollte ihm auch erst erklären, was er vorhat, wenn Steven im Raumschiff ist.«

Tanja wurde langsam wütend. »Na, dann sag mir bitte endlich, was die beiden vorhaben, oder besser gesagt, was Many mit Steven vorhat.«

»Ich kann es dir nicht genau erklären, ich verstehe es nicht ganz. Manche Wörter, die Many gesagt hat, habe ich nicht verstanden. Meine Sprache ist noch nicht so gut, dass ich alle Worte kenne. Many hat gesagt, er will mit Steven in die Vergan, Vergan, ich kann das Wort nicht. Es ist so was wie Gestern. Ja. Er will mit Steven nach Gestern gehen.«

Tanja hatte einen Verdacht. Das würde zu Many und Steven passen, war aber unmöglich. Selbst die beiden würden nicht versuchen solche merkwürdigen Sachen anzustellen. »Meinst du etwa, sie wollen in die Vergangenheit reisen?«

»Ja, genau. Das war das Wort, das Many gesagt

hat. Vergangenheit. Sie wollen in die Vergangenheit reisen. Aber vorher noch einen Tag in die Zukunft, um das Raumschiff zu testen.«

»Das kann doch wohl nicht wahr sein. Steven hat mir damals, als wir von Stonehenge aufbrachen, erzählt, dass das eckige Raumschiff, mit dem Many unterwegs war, angeblich einen Zeitreisemechanismus hat. Es soll laut Zerebrus das letzte seiner Art sein. Es ist ja das Raumschiff, mit dem ihr beide Atlantis verlassen habt.«

Vanadielle erschauerte bei dem Gedanken. »Ja. Ich kann mich sehr gut daran erinnern. Damals hat Many mir das Leben gerettet. Und ich habe mit angesehen, wie Trojan, der Vater meines Kindes, gestorben ist.«

Tanja wusste nicht, was sie darauf erwidern sollte. Ihr war klar, dass sie das nicht einfach ignorieren konnte, aber für Beileidsbekundungen war es lange zu spät. »Seitdem ist viel passiert. Sieh doch, wie gut du dich in unserer Zeit eingelebt hast. Ich habe selten einen Menschen gesehen, der so schnell eine neue Sprache gelernt hat wie du. Und ich habe auch das Gefühl, dass es Many nicht im geringsten stört, dass du schwanger bist. Viele Männer wären davon abgeschreckt, wenn ihre Partnerin das Kind eines anderen in sich trägt.«

»Ja. Many ist ein toller Mann. Er kümmert sich gut um mich. Er zeigt mir alles und bringt mir alles bei, was ich wissen muss, um mich in dieser Zeit zurechtzufinden. Mir geht es gut und ich kann mich nicht beklagen.«

Tanja war froh, dass Vanadielle so dachte. Sie hatte also keine Depressionen oder ähnliches. Jetzt konnten sie wieder über Steven und Many reden. »Hat Many noch etwas zu dir gesagt? Vielleicht, wo sie hin wollten? Oder, wann sie wieder zurück sind?«

»Ja. Er hat gesagt, dass sie morgen früh wieder zurück sind.«

Tanja spürte leichte Verzweiflung in sich aufkommen. Steven und Many würden weiß Gott wohin fliegen und sie konnte nichts dagegen unternehmen. Sie überlegte kurz, ob sie Steven anrufen sollte. Dann verwarf sie den Gedanken wieder. Wenn sie im Raumschiff waren, konnte sie sie sowieso nicht erreichen. Der Empfang drang nicht durch die Wände des Schiffes.

Vanadielle stöhnte plötzlich laut auf.

»Was ist los?«, fragte Tanja.

»Das Kind hat sich bewegt.«

»Aber das geschieht doch häufig, oder? «

»Ja, aber so wie jetzt ist es erst seit kurzem.«

Tanja rutschte näher an Vanadielle heran. Sie legte ihre Hand auf Vanadielles Bauch, während diese wieder laut aufstöhnte. So etwas hatte Tanja noch nie gefühlt. Es fühlte sich an, als würde sich das Kind einmal um hundertachtzig Grad im Bauch drehen. Sofort kam ihr der Gedanke, dass sich das Kind mit dem Kopf nach unten gedreht hatte. Das geschah eigentlich einige Wochen vor dem Geburtstermin. Bei Frauen die schon ein Kind zur Welt gebracht hatten, konnte es aber auch erst geschehen, wenn die Wehen einsetzten. Tanja wusste nicht, ob dies Vanadielles erstes Kind war, und hielt es für besser auch nicht danach zu fragen. Im Fall der Fälle könnte das traurige Erinnerungen wachrufen.

»Wie lange ist es noch bis zum Geburtstermin?«

»Many war vor zwei Tagen mit mir bei diesem Arzt. Der hat gesagt, dass es in wenigen Tagen soweit ist.«

Tanja wurde wütend. Wie konnte Many nur auf so eine dumme Idee kommen, und genau jetzt verschwinden. Das Kind konnte jeden Moment kommen, und ihre Männer waren verschwunden. Das sah ihnen ähnlich. Sie sollten sich besser mit ihrer Zeitreise beeilen, sonst brauchten sie sich so schnell nicht mehr blicken zu lassen.

Nach dem Zeitsprung

Als Steven die Augen wieder öffnete, sah er Many neben sich sitzen, den Kopf vorn über auf das Armaturenbrett gelegt. Die Zigarette in seiner rechten Hand brannte noch. Er schlief tief und fest. Steven stieß ihm mit der Faust gegen die Schulter. »Aufwachen!«, sagte er barsch.

Many öffnete verschlafen die Augen und nahm sofort einen Zug von der Zigarette. Auf seiner Stirn hatte er den runden Abdruck eines Schalters, auf dem er gelegen hatte. »Was ist los?«, sagte er hustend, dann rieb er sich die Augen.

»Ich hoffe doch mal, dass wir unseren ersten Zeitsprung erfolgreich hinter uns gebracht haben und nicht in einer Paralleldimension gelandet sind.«

»Jo, stimmt ja.« Many sah auf seine Instrumente. »Ich habe überhaupt keine Ahnung, was passiert ist. Es scheint so, als hätten wir den Planeten einmal komplett umrundet. Wahrscheinlich hat es funktioniert.« Er lehnte sich in seinem Stuhl zurück und zog wieder an der Zigarette.

»`Wahrscheinlich´ reicht mir nicht.« Steven stand von seinem Pilotensitz auf und trat neben Many. Er bemerkte, dass er ebenfalls noch seine Zigarette zwischen den Fingern hatte und zertrat sie auf dem Boden »Ich habe keine Lust gleich festzustellen, dass wir im zweiten Weltkrieg gelandet sind und nicht mehr von hier weg kommen.«

»Schon gut, schon gut. Das werden wir gleich haben.« Many nahm Kurs auf ihr Startgebiet.

Minuten vergingen wie Stunden, während Steven hinter Many auf und ab ging und alle zwei Minuten fragte, ob alles in Ordnung sei.

Bei der sechsten Frage antwortete Many gereizt: »Du siehst doch, dass die ganze Umgebung unter uns im Dunkeln liegt. Bevor wir losgeflogen sind habe ich doch gesagt, dass wir im Dunkeln ankommen sollten. Das ist doch schon mal ein gutes Zeichen.«

»Dann bring uns schnell runter. Wir müssen eine Zeitung kaufen.« Steven lief noch immer hinter Many auf und ab.

Noch bevor sie in Chicago ankamen, steuerten sie das nächstbeste Lichtermeer an, da Steven es nicht mehr abwarten konnte. Das sie überhaupt eine Stadt gefunden hatten, war ja schon mal gut. Beim Landeanflug stellten sie fest, dass sie sich in einer amerikanischen Kleinstadt befanden. Many hatte das Raumschiff hinter einem großen, durchgehend geöffneten Einkaufszentrum, zwischen mehreren dichten Büschen und Bäumen, geparkt. Als sie um das Gebäude herumkamen, schlossen sie sich einer kleineren Menschenmenge an, die gerade in das Einkaufszentrum ging.

Direkt am Eingang neben der großen Schiebetür war ein Tabakladen, in den Steven sofort hastete und eine Zeitung kaufte. Mit schnellen Schritten war er wieder bei Many, der gut gelaunt, mit den Händen in den Hosentaschen, vor dem Laden auf ihn wartete. Die Zeitung war der *Boston Herald*, sie befanden sich also in Massachusetts. Sie waren gar nicht so weit vom Kurs abgekommen, aber das war jetzt nicht so wichtig.

»Es hat funktioniert«, rief Steven begeistert. »Das Datum zeigt den 25sten.«

»Das war ja auch nicht anders zu erwarten.«

»Ja, ja, gib nicht immer so an. Ich glaube nicht, dass du dir da so sicher warst.« Steven boxte ihm gegen die Schulter. »So was machen wir jetzt? Du hast doch sicher schon irgendwas geplant.«

»Na klar. Was denkst du denn.« Many zog einen kleinen Zettel aus der Hosentasche. »Ich habe eine Liste mit Dingen erstellt, die wir mitnehmen sollten.«

»Wohin denn mitnehmen?«

»Na, in die Vergangenheit zu den Dinosauriern. Was glaubst du denn, warum wir diese kleine Reise gerade gemacht haben? Die Zeitmaschine funktioniert. Wir werden uns jetzt einen Dinoschädel holen und diejenigen damit anlocken, die unsere Saurier geköpft haben.«

Wenn Steven mit irgendwas gerechnet hatte, dann nicht damit.

Many ging mit seinem Zettel in der Hand in die Werkzeugabteilung des Einkaufzentrums. Steven trottete ihm gedankenverloren hinterher, bis Many ihn rief. »Jetzt guck mal nicht so. Wir haben schon

Schlimmeres erlebt, da macht uns doch so eine kleine Zeitreise nichts aus.«

»Auf jeden Fall ist es mal wieder ein Erlebnis.«

»War es denn in letzter Zeit so langweilig mit Tanja?«

»Nein, nein. Auf keinen Fall. So war das nicht gemeint.« Steven zuckte mit den Schultern. »Ich hatte nur irgendwie das Gefühl was unternehmen zu müssen. Bei den Abenteuern, die wir schon durchgemacht haben, kommt manchmal Langeweile auf, wenn man nur zu Hause rumhängt und nichts macht. Ich fange erst in drei Wochen wieder an zu arbeiten. Hatte ich dir schon erzählt, dass ich acht Wochen lang als Leiter zu einer Ausgrabung ins Tal der Könige gehe? Dort werden weitere Kammern hinter dem Grab des Tutanchamun vermutet, in denen Nofretete bestattet sein könnte.

Ich sollte mich eigentlich freuen, mal nichts Lebensgefährliches zu machen. Manchmal komme ich mir aber so nutzlos vor und verspüre das dringe Gefühl was zu unternehmen. Ich hatte allerdings nicht gleich an eine Zeitreise gedacht. Eher sowas wie in der Natur zelten gehen. Mal was anderes halt.«

»Zelten gehen?« Many lachte. »Ha! Zelten gehen kannst du wieder, wenn du Kinder hast.«

»Das wär doch auch mal was. Wir sind jetzt alt genug dafür. Ach, ist ja auch egal. Zeig mal deinen Zettel her. Was nehmen wir denn alles mit?«

Many reichte ihm den Zettel. Eine lange Liste stand darauf in seiner ordentlichen Handschrift geschrieben.

- ein langes Seil
- einen Spaten
- Taschenlampen
- Pfefferspray gegen Tiere
- 2 Rucksäcke
- Wasserflaschen
- Hamburger
- Fotoapparat
- einen großen Sack für den Schädel
- Waffen und Munition
- Cheeseburger
- ein paar Messer
- Toilettenpapier
- 2 Funkgeräte für den Fall der Trennung
- Batterien für die Funkgeräte
- Tarnkleidung
- Stiefel
- 2 Nachtsichtgeräte
-

»Das ist eine ganz gute Liste. Cheeseburger und Toilettenpapier, du hast anscheinend an alles gedacht. Hast du die Liste selber geschrieben, oder hat dir deine Mama dabei geholfen?«

»Ha, ha. Halt die Klappe. Wenn du was beizutragen hast, dann schreib es auf.«

Many ging die Regale entlang und lud alles in einen Einkaufswagen. Steven hatte noch die Idee

Batterien für die Taschenlampen mitzunehmen, was ihm einen grimmigen Blick von Many einhandelte.

»Jetzt haben wir eigentlich alles, außer den Nachtsichtgeräten«, sagte Many und überflog noch einmal die Liste.

»Die Waffen fehlen auch noch, woher willst du die denn kriegen?«

»Die habe ich schon.« Many grinste schief. »Ich habe mir eine 9mm Beretta bei dem Waffenhändler meines Vertrauens gekauft und mehrere Ersatzmagazine dazu. Außerdem habe ich mir zwei Messer besorgt, die ich hinten in meinen Gürtel stecken kann.«

»Dann bleiben tatsächlich nur noch die Nachtsichtgeräte. Wo kriegt man denn sowas her?«

»Eigentlich gibt's die auch in einem Waffengeschäft. Aber die sind fürchterlich teuer. Den Punkt auf der Liste lassen wir weg.«

Steven strich sich nachdenklich mit Daumen und Zeigefinger über den Bart. »Also, mir fällt auch nichts mehr ein.«

»Dann können wir los.«

Sie bezahlten alles an der Kasse und verließen das Einkaufszentrum. Schnell hatten sie alles im Raumschiff verstaut. Den Einkaufswagen ließen sie auf der Wiese stehen.

Sie starteten im Schutz der Dunkelheit und stiegen schnell zu den Wolken hinauf.

Das Serum

Der alte Mann ging einen langen halbdunklen Gang entlang. Er hatte diesen Gang noch nie benutzt und hatte keine Ahnung, wo sich die Lichtschalter befanden. Warum hatte er sich auch dieses verdammte Schloss zugelegt? Alles war dunkel und staubig und alt. Es hatte zwar den Vorteil, dass nur wenige Menschen wussten, wo es zu finden war, aber das war auch schon fast alles.

»Irgendwo muss doch dieser verdammte Fahrstuhl sein«, murmelte er leise vor sich hin, als er eine alte Holztür mit verrosteter Klinke öffnete, nur um festzustellen, dass es eine Besenkammer war, in der vermoderte Stiele und ein rostiger Eimer standen.

Es war natürlich kein Wunder, dass er sich hier noch nicht auskannte, er wohnte erst seit knapp zehn Wochen hier und das Schloss war viel größer, als er es sich vorgestellt hatte. Es hatte nicht nur drei bewohnbare Stockwerke, sondern war auch voll unterkellert, inklusive Weinkeller. Darunter befand sich sogar noch ein weit verzweigtes Abwassersystem, das nicht einmal komplett kartographiert war. Außerdem musste der Dachboden ebenfalls gewaltig sein. Dort war er aber nur bei der Besichtigung vor dem Kauf gewesen und hatte ihn seither nicht wieder betreten. Er glaubte auch nicht, dass er ihn je betreten würde, denn er war sich sicher, dass er bald zu groß sein würde, um durch die kleine Luke zu klettern. Er war jetzt schon gute zweieinhalb Meter groß und sah auf alle anderen hinab. Das gefiel ihm besonders gut. Es gab ihm ein Gefühl von Macht und Überlegenheit, wenn alle anderen zu ihm aufsehen mussten.

Nach zwei weiteren Fehlversuchen beim Türen öffnen, fand er schließlich den Fahrstuhl. Er hatte Schwierigkeiten das alte Gitter vor dem Fahrstuhl nach oben zu schieben, so wie man es manchmal in alten Filmen sah. Das Gitter hakte irgendwo und er musste vorsichtig schieben, um es nicht zu verbiegen. Seine neuen Kräfte machten ihm manchmal noch Probleme. Nach ein paar Minuten konnte er endlich einsteigen. Während er überlegte, ob der uralte Fahrstuhl ihn überhaupt tragen würde, schloss sich das Gitter mit einem unangenehmen Quietschen. Der Fahrstuhl sank nun langsam in die Tiefe.

Er dachte über sein unnatürliches Gewicht nach und über die Umstände, unter denen er dazu gekommen war. Hass stieg in ihm auf. Er dachte an seine damaligen Freunde, oder besser gesagt die Menschen, die er für seine Freunde gehalten hatte, und ballte seine verbliebene menschliche Hand zur Faust. Als er sie wieder öffnete, sah er, dass seine Fingernägel tiefe Abdrücke in der Handfläche hinterlassen hatten. Wie hatten sie ihm das nur antun können? Er hatte sie für seine Freunde gehalten und sie hatten ihn einfach zurückgelassen. Allein und verlassen hatte er sich einen Weg aus der eingestürzten Höhle suchen müssen.

Aber er hatte von unerwarteter Seite Hilfe bekommen. Er sah auf seine andere Hand. Die Schwarze. Er betrachtete dieses Wunder von allen Seiten. Als ihm damals der rechte Arm abgetrennt wurde, hatte er nicht damit gerechnet sich je wieder als ganzer Mensch zu fühlen. Doch jetzt fühlte er sich besser als in seinem ganzen Leben zuvor. Er betrachtete weiter seine schwarze Hand. Sie hatte sich in den letzten Tagen ein wenig verändert und er wusste noch nicht genau warum. Sie war jetzt ein kleines bisschen größer als seine linke Hand und sein Ringfinger fühlte sich seit ein paar Tagen merkwürdig taub an.

Der Fahrstuhl hielt im Kellergeschoss. Er öffnete das quietschende Gitter und trat in einen hell erleuchteten Gang. Hier begann sein wahres Reich. In den Etagen über ihm konnte er wohnen und leben, aber hier unten konnte er seinen Traum zum Leben erwecken.

Hinter der ersten Tür, an der er vorbei kam lagerten nur die Ersatz-Instrumente.

Hinter der zweiten Tür lag sein Schatz. Er trat ein. Sofort strömte ihm der unverkennbare Duft in die Nase. Die Mischung aus Moder und frischen Blumen ließ sein Herz sofort höher schlagen. Es war eine merkwürdige Mischung. Der Geruch nach Leben und Tod, der von seinem Serum ausging. Er glaubte, dass er schon selbst diesen Geruch angenommen hatte.

Im hinteren Teil des Zimmers stand sein Schreibtisch. Man konnte die Reagenzgläser mit der blauen Flüssigkeit auf den ersten Blick erkennen. Es waren fünf Stück, die sauber aufgereiht an der Schreibtischkante entlang standen. Es waren einige freie Plätze daneben, die darauf schließen ließen, dass es einmal mehr gewesen waren.

Der ganze Raum erinnerte an das Labor eines Alchemisten aus dem neunzehnten Jahrhundert. Überall standen leere Glaskolben, Kerzen und Bücher herum. In einem Regal an der Wand standen zwei Dutzend verschlossene Gläser mit unidentifizierbarem Inhalt.

Der alte Mann setzte sich auf den von Holzwürmern zerfressenen Stuhl und betrachtete die fünf Reagenzgläser vor ihm auf dem Schreibtisch. Hier stand es vor ihm: das Serum des ewigen Lebens. Auch wenn es noch nicht vollständig war, hatte es bereits seine unvorstellbare Macht gezeigt. Er nahm eines der Glasröhren mit der blauen Flüssigkeit in die Hand und schwenkte es vorsichtig von einer Seite zur anderen. Er konnte sich in der blauen Farbe der Flüssigkeit verlieren. Er setzte das Glas an seine Lippen, schloss die Augen und nahm einen kleinen Schluck vom Elixier des Lebens. Es glitt seine Kehle hinunter wie flüssiges Eis. Er öffnete die Augen und stellte den Rest der Flüssigkeit wieder an seinen Platz.

Hitze durchströmte seinen Körper. Seine Augen zuckten wild umher. Er spürte, wie sich die Muskeln in seinem linken Arm und der Schulter anspannten und dann wieder erschlafften. Sein schwarzer Arm nahm mehrere Zentimeter an Umfang zu.

Seine Augen standen wieder still und er stand auf. Er ging zur gegenüber liegenden Wand und brach mit der schwarzen Hand ein Stück Stein heraus. Ja, er war noch stärker geworden.

Das geheime Wissen von Zerebrus und seiner blauen Kugel war kurz davor gelüftet zu werden. Er selbst hatte die Macht zu spüren bekommen, doch er wollte noch mehr. Das Wesen Zerebrus, auf das sie unter den Ruinen von Stonehenge gestoßen waren, war das mächtigste, was er je im Leben gesehen hatte. Allein seine Größe war beeindruckend gewesen.

War es wirklich die Wahrheit, dass Zerebrus der letzte Überlebende der untergegangenen Stadt Atlantis gewesen war? Es konnte nicht anders sein. Eine andere Erklärung gab es nicht. Wie sonst hätte er das alles erreichen können. Aber der Allerletzte war er ja doch nicht gewesen, da gab es noch die Frau, die aus den Fluten der einstürzenden Stadt gerettet worden war. Er hatte schon lange mit dem Gedanken gespielt, sich die Frau zu holen. Für Zerebrus war sie wichtig gewesen, aber er wusste nicht genau warum. Wahrscheinlich nur, weil sie die letzte lebende weibliche Person war, die vom alten Volk übrig war.

Seine Gedanken schweiften ab. Er vertrieb die Frau aus seinem Kopf. Die war sowieso bald dran.

Die Operation war wichtiger. Die aus den Sauriergehirnen extrahierte Flüssigkeit musste jetzt in den menschlichen Körper injiziert werden.

Die Selbstversuche hatten ihn weiter gebracht, aber er war noch lange nicht am Ende. Die Versuche an den Probanden mussten weiter gehen. Die Nebenwirkungen waren noch zu stark. Er war dabei sich zu verwandeln. Die Finger seiner schwarzen Hand waren mindestens einen Zentimeter länger geworden und sein rechtes Auge bekam einen goldgelben Stich. Wenn das so weiter ginge, würde er vielleicht irgendwann so aussehen wie Zerebrus. Aber die Verwandlung in ein acht Meter großes Monster konnte nicht sehr angenehm sein.

Es war an der Zeit den nächsten Versuch durchzuführen.

Der Jäger hatte den Auftrag bekommen einen weiteren Bauern aus dem kleinen Dorf in der Nähe zu beschaffen. Er war zu einer enormen Hilfe geworden. Die letzten drei Personen, die er besorgt hatte, waren genau die Richtigen gewesen. Die beiden Männer waren kräftig und fast zwei Meter groß gewesen, während die Frau genau das Gegenteil gewesen war.

Einer der Männer war schnell nach der Einnahme des Serums gestorben, wahrscheinlich an einer Überdosis. Bei dem anderen hatte er daher weniger verabreicht. Leider war es auch zu viel gewesen. Der Proband befand sich zurzeit in einer der Kerkerzellen und bewegte sich nur noch auf allen Vieren.

Als die Frau an der Reihe war, hatte er schon fast die richtige Menge des Serums herausgefunden. Aber eben nur fast. Auch die Frau hatte es nicht geschafft. Sie lebte zwar noch, wenn man das noch leben nennen konnte, war aber geistig zerstört. Jetzt, wo er an sie dachte, kam ihm der Gedanke vielleicht mal wieder nach ihr zu sehen. Er war seit mindestens einer Woche nicht mehr bei ihr gewesen. Er sah nachdenklich an die Decke, dann schüttelte er den Kopf. Einen weiteren Tag konnte sie auch noch warten.

Er trat aus dem Raum auf den Flur und ging nach rechts. Nach wenigen Metern stand er vor der Glaswand, die ihn vom Operationsraum trennte. Er hatte die Scheibe extra anfertigen lassen. Sie war vier Meter lang, drei Meter hoch und bestand aus zehn Zentimeter dickem Panzerglas. Man konnte ja nie wissen, was geschah, wenn er dem Subjekt eine ungetestete Dosis verabreichte.

Der Mann lag festgeschnallt auf dem Edelstahltisch. Diesmal war er kleiner und dünner, genau wie er ihn sich gewünscht hatte. Vielleicht sollte er dem Jäger eine Gehaltserhöhung anbieten. Die Augen des Mannes bewegten sich unter den geschlossenen Liedern. Er würde bald aufwachen. Es war an der Zeit Bloorham zu holen.

Der alte Mann ging die Treppe zum Verlies hinunter. Bloorham hatte aufgehört um Hilfe zu schreien. Er hatte endlich aufgegeben. Jetzt würde er keine Probleme mehr machen. Mit schnellen Schritten durchquerte der Alte den langen Gang. Bloorhams Zelle war die Mittlere. Mit jedem Schritt, den er näher kam, stieg seine Aufregung. Er stoppte vor der

61

Zellentür und schob den Riegel zur Seite. Mit leisem Knarren schwang die Tür auf.

Bloorham stand an der gegenüber liegenden Wand und starrte ihn aus müden Augen an. Sein Hemd war schweißnass, aber er sah nicht so aus, als hätte er Angst. »Ich werde nichts für Sie tun. Egal was es auch sein mag«, sagte er ohne zu zögern.

»O doch. Das wirst du. Du wirst alles machen, was ich dir sage. Wirklich alles!«

»Wie kommen Sie darauf? Warum sollte ich das tun? Sie können mich nicht dazu zwingen.«

»O doch. Das kann ich und das werde ich.«

»Sie können mich mal!«

»O, wie nett. Wie würdest du es finden, wenn ich deine Tochter zu mir hole und auch mal nett zu ihr bin?«

»Das würden Sie nicht wagen.«

»Oh doch. Ich habe bereits Vorkehrungen getroffen.«

Einem älteren Mann wie Bloorham hätte man das vielleicht nicht zugetraut, aber er sprang seinen Gegner wie ein wildes Tier an. Mit beiden Händen packte er seinen Hals und drückte zu.

Der alte Mann lachte kurz auf und warf Bloorham mit seinem schwarzen Arm lässig zur Seite, als wäre er nichts weiter als ein nasses Handtuch nach dem Duschen. »Und wie sieht es jetzt aus?«

Bloorham stand mühsam wieder auf. Er hatte eingesehen, dass er keine Chance gegen ihn hatte. Gestern hatte er es schon einmal versucht und war ebenso kläglich gescheitert.

»Bitte, tun Sie meiner Tochter nichts.«

»Dann solltest du besser machen, was ich dir sage. Mein Jäger hat bereits Anweisungen erhalten nach deiner Tochter zu suchen. Wie sich herausgestellt hat, ist sie zufällig mit einer weiteren Frau zusammen, die ich ebenfalls haben will. Es hängt ganz von dir ab, ob ich mir beide hole.«

»Okay«, keuchte Bloorham, der noch immer dabei war sich von dem Sturz zu erholen. »Ich werde tun, was Sie von mir wollen. Sie müssen mir aber versprechen, dass Sie meine Tochter in Ruhe lassen.«

Der alte Mann lachte grausam. »Dann lass uns anfangen und sehen, was du kannst. Wenn mich deine Arbeit zufrieden stellt, könnte ich mir das mit deiner Tochter vielleicht nochmal überlegen. Die andere Frau werde ich mir früher oder später sowieso holen. Wenn ich deine Tochter nicht mehr als Druckmittel brauche, kann sie bleiben, wo sie ist. Ich werde meine Zeit nicht mit ihr verschwenden.«

Bloorham ließ die Schultern hängen und schritt aus seinem Verlies.

Der alte Mann drängte ihn vor sich her. Er hatte es eilig. Irgendwie spürte er schon wieder das Verlangen nach dem Serum, obwohl er es gerade erst genommen hatte.

Das Serum musste endlich einen Zustand erreichen, in dem es keine Verwandlung verursachte und nur seine wahre Macht zeigte.

Reise in die Vergangenheit

Für Steven und Many war die wichtigste Frage: Wie sollten sie sich den Kopf eines riesigen Sauriers beschaffen? Vielleicht hatten sie Glück und stießen auf einen Kadaver. Irgendwie würden sie das schon hinkriegen.

Das erste Problem war natürlich, dass sie nur zu zweit durch die Zeit reisen würden. Keiner konnte ihnen den Rücken freihalten. Keiner durfte verletzt werden. Sie würden immer dicht zusammenbleiben und aufeinander achten müssen.

Dann war da das Problem mit der Landung. Sie konnten nicht einfach irgendwo in der Vergangenheit auftauchen. Bei ihrer ersten Reise durch die Zeit waren sie in neun Kilometer Höhe gestartet, damit sie über dem Mount Everest waren. Aber wer wusste schon, wie hoch die Gebirge in der Urzeit waren.

Vielleicht würden sie mitten in einem Berg oder großen Baum erscheinen. Die Reise wäre dann schneller zu Ende, als sie angefangen hatte. Wenn das Raumschiff durch die Landung zerstört werden würde, konnten sie das vielleicht überleben, wären aber für immer in der Vergangenheit gefangen. Selbst wenn es nur beschädigt würde, könnten sie es wahrscheinlich nicht reparieren, ganz zu schweigen von fehlenden Ersatzteilen. Many konnte das Raumschiff zwar fliegen, von seiner Technik verstand er aber nicht so viel, dass er Fehler beheben konnte.

Und was wäre, wenn einer von ihnen bei der Landung in der anderen Zeit zur Hälfte in einem Felsen stecken würde und nur der Oberkörper herausragt? Sie durften sich nicht die kleinste Verletzung zuziehen. Wenn sie sich mit irgendeiner unbekannten Krankheit infizieren würden, oder an einer giftigen Pflanze stachen, würde das möglicherweise ihren Tod bedeuten.

Gegen Krankheiten, Keime und Bakterien konnten sie nicht viel unternehmen. Um das Risiko von Verletzungen zu verringern, beschlossen sie dünne Lederhandschuhe zu tragen.

Many hatte einen retten Einfall zur Landung. »Wir fliegen einfach zehn Kilometer in den Himmel und starten die Reise dort!«

»Vielleicht sollten wir noch ein paar Kilometer drauf packen, dann können wir sicher sein, dass kein Berg mehr im Weg ist. Wer weiß denn genau, wie groß die Berge früher waren. Der Himalaja ist über achteinhalb Kilometer hoch. Die höchste Erhebung auf der Erde ist aber der Vulkan Mauna Kea auf Hawaii. Es gucken zwar nur vier Kilometer aus dem Wasser, aber vom Meeresboden aus gemessen ist er zehntausendzweihundertundfünf Meter hoch. Und da wir gerade vom Meeresboden sprechen, die tiefste Stelle der Erde ist laut der letzten Messung von 2011 das Challengertief mit zehntausendneunhundertvierundneunzig Metern. Ich denke, mit fünfzehn oder zwanzig Kilometern Höhe für den Start sind wir auf der sicheren Seite.«

Das war ein sehr guter Gedanke. Das Problem mit der Landung hatten sie also geklärt.

Steven war derjenige, der etwas noch wichtigeres ansprach. Das Großvater-Paradoxon. »Ein Problem gibt es da noch, welches ich schon immer sehr interessant fand. Nach Einsteins berühmter Theorie ist das Reisen in die Zukunft theoretisch möglich, wenn man schneller reist als das Licht. Bei Reisen in die Vergangenheit sieht es da schon ganz anders aus. Als Beispiel kann man das Großvater-Paradoxon aufführen.« Steven machte eine Pause und räusperte sich, dann sprach er weiter. »Wenn ich in der Zeit zurück reise und meinen Großvater töte, wird mein Vater nicht geboren. Also werde ich nicht geboren. Also kann ich gar nicht in der Zeit zurück reisen, um meinen Großvater zu töten. Daraus folgt zwangsläufig, dass mein Vater doch geboren wurde, also wurde ich auch geboren und kann doch in der Zeit zurück reisen, um meinen Großvater zu töten. Also wurde mein Vater doch wieder nicht geboren. Und so weiter und so weiter. Der Gedanke ist echt der Hammer oder?«

Many schüttelte den Kopf. »Also, da hast du mal wieder den Vogel abgeschossen.«

»Sag ich doch! Im Zusammenhang mit Zeitreisen, werden immer solche Dinge angesprochen. Noch etwas interessanter ist die Quantentheorie. Quanten sind die kleinsten Teile. Wenn man wissen will, was in der Zukunft passiert, müsste man wissen, wo sich momentan alle Quanten im Universum befinden.

Dann könnte man theoretisch berechnen, wo die Quanten waren, oder wo sie sein werden. Wenn man das alles weiß, könnte man dann in die Vergangenheit reisen. Im normalen Leben würde man das als unmöglich bezeichnen. Vor allem, da man nicht genau messen kann, wo sich die Quanten befinden. Die Quanten sind so klein, dass man sie allein durch den Messvorgang verschiebt. Das bezeichnet man als Heisenbergsche Unschärferelation. Du kannst kein kleines Teil mit einem anderen kleinen Teil beschießen, um zu messen, wo es ist. Demnach ist eigentlich alles, worüber wir sprechen unwahrscheinlich.«

»Du irritierst mich mit deinem ganzen Quantenzeug. Irgendwie haben es die Wesen ja trotzdem geschafft.«

»Ja, irgendwie haben sie es geschafft«, Steven strich sich nachdenklich über den Bart. »Okay, lassen wir es einfach auf uns zukommen.«

»Gut«, sagte Many. »Dann gehen wir noch mal durch, was wir alles besorgt haben. Jetzt haben wir noch Zeit, etwas zusätzlich zu besorgen.«

Steven griff nach der handgeschriebenen Liste, die vor ihm auf den Bedienungselementen lag. »Als erstes stehen hier Wasser und Nahrungsmittel. Können wir abhaken, haben wir alles.«

»Na ja, bis auf meine Burger«, sagte Many grimmig.

»Wir haben aber nun mal keinen Herd oder Mikrowelle dabei. Und kalt willst du deine Burger ja nicht essen. Also weiter. Wir haben ein langes Seil und Taschenlampen. Dann haben wir mehrere Feuerzeuge gekauft, jeder von uns hat zwei in der Tasche. Ebenfalls hat jeder ein Taschenmesser dabei. Dann haben wir dieses Spray, das Tiere fernhalten soll, wenn es gegen Hunde wirkt, könnte es auch gegen kleine Dinos wirken.«

»An einen T-Rex kommst du sowieso nicht dran, der ist viel zu groß«, warf Many ein, dann grinst er. »Du kannst ihm die Dose höchstens an den Kopf werfen und sehen, was passiert.«

Steven nickte. »Lustig. Ha, ha. Ach ja, wir haben noch zwei Handfeuerwaffen dabei. Beretta M9, wie sie in der US-Armee benutzt werden.«

»Handfeuerwaffen. Wie hört sich das denn an. Ich habe uns zwei fette Knarren besorgt. Das hört sich schon viel besser an. Außerdem ist es egal, ob sie in der Armee benutzt werden. Die wurden damals in unserem Lieblingsspiel benutzt. Weißt du noch? Das Herrenhaus mit den vielen Zombies. Ich weiß es noch, als wäre es gestern gewesen. Als die Zombiehunde durchs Fenster gesprungen sind, hast du sogar den Controller fallen gelassen. Ich glaube ich habe noch irgendwo ein Foto, wo wir beide nebeneinander vor dem Fernseher sitzen.«

Steven nickte erneut, daran konnte er sich noch gut erinnern. »Gut. Zwei Knarren inklusive Munition. Ansonsten haben wir alles, was wir brauchen. Wenn dir nichts mehr einfällt, können wir los.«

»Alles klar bei mir.«

»Nun gut. Hast du die Zeitdaten eingegeben?«

»Jo.«

»Was heißt denn jo?«

»Äh, ich hab einfach fünfundsechzig Millionen Jahre eingegeben.«

»Ja, warum nicht. Ein bestimmtes Jahr brauchen wir nicht. Den Tag mit dem Kometen werden wir schon nicht erwischen. Das wäre ja was.«

Many sah konzentriert auf den Bildschirm mit der Zeitanzeige. »Okay, jetzt ist alles eingespeichert.«

»Wie sieht's mit dem Ort aus?«, fragte Steven. »Hast du dir darüber Gedanken gemacht?«

»He he. Und ich glaube sogar ganz gute Gedanken. Wir fliegen zur Pyramide, in der alles begonnen hat.«

Steven strich sich wieder einmal nachdenklich über den Bart und nickte dann. »Das ist gar keine schlechte Idee. Wenn wir um die Pyramide herum keinen Dinosaurier finden, können wir in die Pyramide gehen, und uns von dort einen holen. Dann müssten wir uns auch nicht mit dem Problem des Einfangens befassen.«

»Genau das habe ich mir auch gedacht.« Mit diesen Worten steuerte Many das Raumschiff in den Himmel.

Steven sah auf den Erdboden hinab. Erst wurden die Menschen immer kleiner, bis er sie nicht mehr erkennen konnte. Dann konnte er die Häuser als solche nicht mehr erkennen und dann wurde die ganze Stadt zu einem kleinen Fleck am Boden.

Er suchte in der Hosentasche nach dem Ring und drehte ihn einige Mal hin und her. Ohne darüber nachzudenken schob er ihn sich auf den kleinen Finger. Würde Tanja Verständnis dafür haben? Wahrscheinlich nicht. Ebenso wenig wie Vanadielle. Aber manchmal musste man die Dinge einfach tun. Es würde schon alles gut gehen. Er streifte den Ring ab und ließ ihn wieder in die Tasche gleiten. Jetzt war er bereit.

»Wir haben jetzt eine Höhe von zwanzig Kilometern erreicht, genau, wie du gesagt hast. Bist du bereit?«

»Kann los gehen.«

Many drückte einen Knopf und der plötzliche Geschwindigkeitsschub presste Steven in seinen Sitz. Mit zusammengebissenen Zähnen zischte er ein paar unverständliche Flüche.

Diesmal mussten sie kein Rätsel oder eine mathematische Aufgabe lösen. Darüber waren sie auch froh. Letztes Mal war es ziemlich knapp gewesen und Steven war sich nicht sicher, ob er das schon wieder schaffen würde. Das war aber auch das einzig Gute.

Die Lichter vor seinen Augen verschwammen und plötzlich wurde um ihn herum alles schwarz. Ein Druck setzte sich in seine Ohren, wie er es nur vom Fliegen kannte und plötzlich war er taub. Blind und taub wurde ihm schwindelig. Es fühlte sich an, als würde er sich immer schneller um die eigene Achse drehen. Dann fiel er in bodenlose Tiefe.

Steven erwachte wie schon beim ersten Mal völlig orientierungslos. Die Sonne schien ihm durch die Frontscheibe ins Gesicht. Er sah zu Many hinüber. Der lag mit dem Kopf auf den Bedienungselementen. Er schlief tief und fest. Steven stupste ihn unsanft an. »Ey Mann! Wach auf!«

»Wie? Was?« Many rieb sich die Augen. »Sind wir da? Haben wir es geschafft?«

»Guck mal raus, dann hast du die Antwort.«

Many sah durch die Scheibe. Obwohl sie noch zwanzig Kilometer über dem Erdboden waren, hatte sich die Umgebung komplett geändert. Bevor sie in die Vergangenheit aufgebrochen waren, hatten sie sich nicht in der Nähe eines Berges befunden, doch jetzt ragte nur wenige Kilometer von ihnen entfernt ein langer Bergkamm in die Höhe. Es war gut gewesen, das sie diese Höhe gewählt hatten, denn der Berg musste weit über zehn Kilometer hoch sein. Das zweite, das ihnen auffiel, war, dass die Stadt unter ihnen nicht mehr zu sehen war. Alles war grün, soweit das Auge reichte.

»Wir haben es tatsächlich geschafft«, rief Many vor Freude und klatschte sich mit der flachen Hand auf den Oberschenkel.

»Warten wir erst mal ab, bevor wir in Jubel ausbrechen. Wir könnten sonst wo sein.«

»Ach was. Jetzt sei nicht so ein Miesepeter.«

Steven stand auf. Er musste sich die Beine vertreten. »Hast du die Koordinaten von der Pyramide?«

»Na klar.«

»Dann los. Bald werden wir wissen, ob wir hier richtig sind.«

Die nächsten dreißig Minuten beobachteten sie Flora und Fauna. Da sie aber so schnell flogen, konnten sie nur selten Einzelheiten erkennen. Eins konnte Steven mit Sicherheit sagen, sie waren in einer vollkommen anderen Welt. Hier sah gar nichts bekannt aus. Sämtliche Bäume und Sträucher waren farbintensiver, als sie es kannten, oder waren um ein vielfaches größer. Die wenigsten Tiere kamen ihm bekannt vor, und selbst die Berge sahen anders aus. Steven kam sich seltsam vor. Plötzlich hatte er das ungute Gefühl nicht wieder von hier weg kommen zu können. Den Rest seines Lebens hier verbringen zu müssen, war momentan das Schlimmste, was er sich vorstellen konnte. Hoffentlich nahm das ein gutes Ende.

»Ach nun guck doch nicht so betrübt«, sagte Many und klopfte Steven auf die Schulter. »Wird schon alles gut gehen.«

Steven war sich da nicht so sicher. Er dachte über etwas nach, was ihm schon länger im Kopf herum schwebte. Was würde geschehen, wenn sie einen Dinosaurier töten würden, und damit in den Zeitverlauf der Geschichte eingreifen würden? Konnte man nicht in allen Geschichten, egal ob geschrieben oder verfilmt, sehen, dass man die Vergangenheit nicht verändern kann oder darf?

Steven schob die Bedenken beiseite. Ein einzelnes

totes Tier würde schon nicht gleich die ganze Menschheit vernichten.

Vielleicht hatten sie ja Glück.

Die Operation

Der alte Mann trieb Bloorham vor sich her und gab ihm immer wieder einen Schubs, wenn er zu langsam war. Er rieb sich vergnügt die Hände. In den letzten Monaten spürte er schon bei solch kleinen Grausamkeiten mehr und mehr Vergnügen. Er wusste genau, dass er früher nicht so ein Mensch gewesen war. Erst seit er in seinem neuen Körper erwacht war, spürte er diesen unbändigen Hass in sich aufkommen. Am Anfang nur selten, mittlerweile jedoch immer häufiger. Er konnte nichts dagegen machen, wollte es inzwischen aber auch nicht mehr. Die Veränderungen hatten einen neuen Menschen aus ihm gemacht. Vielleicht böser, aber auch besser und stärker.

»Was wollen Sie denn von mir?«, fragte Bloorham, während sie weiter den Gang entlang gingen.

»Das wirst du gleich sehen. Wir sind da.«

Sie stoppten vor einer einfachen Holztür. Er öffnete sie und zog Bloorham hinter sich her.

Bloorham fiel auf, dass sich der alte Mann leicht bücken musste, um unter dem Türrahmen hindurch zu kommen. Bloorham war sich nicht ganz sicher, aber es kam ihm so vor, als wäre der Alte seit ihrem letzten Zusammentreffen noch ein bisschen größer geworden. Bloorham schüttelte den Kopf. Es musste sich irren, denn das war ja nicht möglich.

Den Raum, in dem sie jetzt standen, konnte man

als kleinen Operationssaal bezeichnen. Er war gut ausgeleuchtet. Es gab einen Rollwagen auf dem eine oszillierende Knochensäge, eine silbrig glänzende Bohrmaschine und verschiedene Skalpelle lagen. In der Mitte stand ein Edelstahltisch und in der Wand neben der Tür gab es mehrere eingelassene Schubladen, in denen vermutlich weitere Instrumente lagerten.

Das einzige, was Bloorham nicht gefiel, war der nackte Mann, der auf dem Edelstahltisch lag. Er lag auf dem Bauch, seine Arme hingen zu beiden Seiten am Tisch herunter.

Bloorham bewegte sich kein Stück und starrte auf den Mann. »Lebt der noch?«

»Natürlich lebt der noch. Wie sollten wir sonst erfahren, ob der Eingriff erfolgreich ist?«

»Das kann ich nicht machen. Der Raum sieht nicht besonders steril aus. Und überhaupt, hier wirkt nichts, wie vor einer ordentlich organisierten Operation.«

»Das ist auch nicht wichtig«, sagte der alte Mann tonlos. »Der Mann ist nicht wichtig. Wenn er überlebt, dann ist das gut für ihn. Wenn nicht, dann eben nicht.«

»Das kann doch nicht Ihr Ernst sein!«

Der alte Mann tat so, als würde er überlegen. »Äh .... Doch, doch. Der Kerl ist mir egal. Ich will nur wissen ob das Serum funktioniert.«

»Dann können Sie das alleine machen.«

Das gefiel dem alten Mann gar nicht. Die nächsten

Worte zischte er zwischen zusammengepressten Zähnen hervor. »Jetzt mach schon, oder ich werde mir deine Tochter holen und sie in eine Zelle neben deiner einsperren.«

Bloorham war entsetzt und der alte Mann bemerkte es.

»Vielleicht sollte ich das Serum beim nächsten Mal an ihr ausprobieren. Ich wäre gespannt, wie sie darauf reagiert.«

Jetzt biss Bloorham die Zähne zusammen und dachte nach. Eine Minute stand er so da, dann entspannte er seinen Kiefer. Er wusste, was die richtigen Worte waren, doch sie kamen nur sehr langsam heraus. »Sie haben gewonnen.«

Der alte Mann redete weiter, als hätte er sowieso keine Widerworte erwartet. »Die Skalpelle liegen dort. Los geht's.«

Immer noch widerwillig ging Bloorham zu dem kleinen Edelstahltisch und griff nach dem erstbesten Skalpell. »Was soll ich tun? Wonach genau suchen wir?«

»Ich habe ein Serum, welches das Leben auf unbestimmte Zeit verlängert. Ich muss wissen, ob es funktionaler ist, wenn es direkt in den Hypothalamus injiziert wird.«

Bloorham war verwirrt, ließ es sich aber nicht anmerken. Der Kerl schien wirklich zu glauben unsterblich zu werden, dachte er. »Wie haben Sie dieses Serum denn bis jetzt zu sich genommen?«

»Ich habe es getrunken.«

Bloorham überlegte. »Es könnte schon sein, dass ein Serum eine bessere Wirkung erzielt, wenn es direkt injiziert wird.«

Der alte Mann deutete auf den Rollwagen. »Dort liegt eine Spritze. Erledige deine Arbeit. Sofort.«

Bloorham fiel auf, dass der Alte nervös wurde. Er kratzte sich jetzt ständig mit der schwarzen Hand auf der anderen. Jetzt fiel Bloorham auch auf, das die schwarze Hand nur noch vier Finger hatte. Mittelfinger und Zeigefinger hatten sich miteinander verbunden.

Egal was diese blaue Flüssigkeit in der Spritze auch war. Sie funktionierte. Auf welche Weise war nicht zu sagen, aber sie funktionierte.

»Was geschieht mit dem Mann, wenn das Serum injiziert ist? Sie müssen es ja schon mal probiert haben.«

»Ich habe schon verschiedene Wege probiert. Die Wirkung war jedes Mal unterschiedlich. Auf jeden Fall war der Proband danach äußerst aggressiv.«

»Haben Sie herausgefunden, wie das Serum funktioniert? Es könnte wichtig sein.«

Für kurze Zeit war der Mensch zu sehen, der der Alte einmal gewesen war, während er dozierte. »Es enthält Melatonine aus der Zirbeldrüse, die die Ausschüttung des Wachstumshormon Somatropin stimulieren. Außerdem Serotonin aus dem zentralen Nervensystem, sowie Dopamin, welches die Durchblutung der inneren Organe regelt. Ebenfalls sind Neuropeptide enthalten, die unter anderem am Entzündungsgeschehen beteiligt sind.«

Gegen seinen Willen wurde Bloorham neugierig. Der Alte hatte Wachstumshormone und das zentrale Nervensystem erwähnt. Bloorham erinnerte sich an das Medikament Circadin, welches Melatonine enthält und zur Vermeidung von Krebs und Herzinfarkten verabreicht wird. Dieses blaue Serum muss eine hochkonzentrierte Mischung aus all diesen Mitteln sein. Das Anti-Aging-Mittel schlechthin, aber keiner kannte oder nutze es auf diese Weise. Hier geschah etwas Wichtiges. Fast wie in Trance griff er nach der oszillierenden Knochensäge. Was jetzt kam, machte er in der Klinik fast täglich. Es dauerte nicht lange und der hintere Teil des Schädels war entfernt und das Gehirn lag frei.

Der alte Mann verfolgte das alles mit angespannter Miene.

Bloorham griff jetzt nach dem Serum. Doch bevor er es injizierte, überlegte er noch einmal. Dieser Mann hier vor ihm auf dem Tisch würde beträchtlichen Schaden nehmen, auf welche Weise auch immer. Konnte er das wirklich verantworten? Naja, die Frage war wohl eher, welcher Vater das nicht tun würde, wenn das Leben der eigenen Tochter auf dem Spiel stand.

»Jetzt mach schon!«, schrie der Alte ihn plötzlich an.

Bloorham wählte die richtige Stelle peinlich genau aus und injizierte das Serum. Dann schloss er die Schädeldecke wieder und trat er einige Schritte zurück. Der Alte hingegen trat näher an den Tisch heran und blickte dem Patienten neugierig ins Gesicht. Er hob ein Augenlied an und leuchtete ihm mit einer kleinen Taschenlampe ins Auge. Es war aber keine Veränderung der Pupille zu erkennen.

Einige Minuten geschah nichts. Beide Männer bewegten sich nicht. Sie waren hoch konzentriert und warteten auf die leiseste Bewegung des Patienten; wenn man den Mann so nennen konnte.

Zuerst bemerkten sie die leichte Muskelkontraktion nicht. Es war nur ein minimales Zittern des linken kleinen Fingers. Doch kurz darauf begann der ganze Körper zu beben und hob immer wieder einige Zentimeter vom Tisch ab. Der Mann begann zu schreien, immer lauter, immer höher. Und dann war alles wieder ganz still, so plötzlich, wie es begonnen hatte.

Der alte Mann sah kurz zu Bloorham, der nur mit den Schultern zuckte.

Bloorham wich noch einige Schritte weiter zurück.

Der alte Mann beugte sich über den Patienten, der plötzlich mit den Händen nach ihm schlug.

Bloorhams Herz setzte vor Schreck einen Schlag aus.

Der alte Mann wich keinen Millimeter. Er hatte seinen Patienten an der Kehle gepackt, noch bevor er sich ganz herum gedreht hatte und drückte ihn so fest auf den Edelstahltisch, dass eines der Räder einknickte.

Der Patient schien die Kraft des Alten nicht zu

spüren. Oder vielleicht spürte er auch nur keine Schmerzen.

Während der Mann wild um sich schlug und laut kreischte, nickte der Alte Bloorham zu. »Das war um einiges besser, als beim letzten Mal. Der Patient hat gewaltig an Kraft zugelegt, und das nach einer einzigen Dosis.«

»Äh...«, war das einzige, was Bloorham sagen konnte.

Es war kaum zu glauben, aber der alte Mann klemmte sich den wild um sich schlagenden Patienten unter den schwarzen Arm und ging mit ihm aus dem Raum. Bloorham folgte den beiden durch mehrere Gänge bis zu einigen Zellen. Der Korridor ähnelte dem, in dem er gefangen gehalten wurde. Der Alte öffnete eine Tür und schleuderte den Mann hinein. Als die Tür wieder verschlossen war, packte der alte Mann Bloorham plötzlich am Kragen und hob ihn einen halben Meter hoch. »Das war gute Arbeit"«, brummte er. »Gut, dass du nicht abgehauen bist, während ich den Mann weggebracht habe.« Dann ließ er Bloorham wieder runter.

Zu seiner Schande musste Bloorham sich eingestehen, dass er keine einzige Sekunde an Flucht gedacht hatte. Er war dem Alten einfach aus Neugier gefolgt. Als Arzt war er von Natur aus an solchen Dingen interessiert.

Der alte Mann wandte sich zum Gehen. »Gehen wir und sehen uns den nächsten Fall an«, sagte er und schritt um die Ecke in den nächsten Korridor.

Bloorham folgte ihm schweigend. Hinter ihm ertönte noch immer das wilde Geschrei des eingesperrten Mannes. Er hörte genauer hin. Jetzt waren es zwei Personen die schrien.

Bloorham erschauerte. Die zweite schreiende Person war auf jeden Fall eine Frau.

Die Pyramide der Unsterblichkeit

Steven sah sie zuerst. Die Pyramide, in der alles begonnen hatte. Nie wieder wollte er zu ihr zurückkehren, und doch stand er jetzt hier.

Manchmal wünschte er sich, die Zeit zurückdrehen zu können. Wenn sie nicht in die Pyramide eingedrungen wären, wäre sein Leben normaler verlaufen. All die Abenteuer, die er mit den Wesen, aber auch mit seinen Freunden erlebt hatte, hätten nie stattgefunden. Aber vielleicht hätte er Tanja nicht kennen gelernt, oder besser gesagt, nicht so kennengelernt, wie er sie jetzt kannte; sie hatten sich ja schon gekannt, bevor sie in die Pyramide eingedrungen waren. Many wäre jetzt auch nicht glücklich mit Vanadielle zusammen. Auf alles andere konnten sie vielleicht verzichten, aber diese beiden Frauen zu treffen, hatte ihrer beider Leben nachhaltig auf eine positive Weise verändert.

Die Pyramide kam näher, aber Steven erkannte auf den ersten Blick, dass sie anders aussah. Auch die ganze Umgebung sah völlig anders aus. Die Pyramide war nicht zur Hälfte in dem Berg eingeschlossen, so wie sie es aus ihrer Zeit kannten. Der riesige Canyon hinter der Pyramide, in den sie beinahe gestürzt wären, als sie aus der Pyramide entkommen waren, war nicht mehr als eine kleine Schlucht, mit einem sich hindurch schlängelnden Bach. Der Rest der Umgebung war von dichtem Urwald überwuchert. Das Wüstenstück, in dem sie vor so langer Zeit das Wettrennen veranstaltet hatten, gab es noch nicht.

Many hatte damals gesagt, dass die Pyramide möglicherweise vor fünfhundert Millionen Jahren erbaut wurde. Jetzt waren sie fünfundsechzig Millionen Jahre in der Zeit zurück gereist und die Pyramide sah nagelneu aus. Vielleicht stand sie nicht so lange da, wie Many vermutet hatte, aber genau konnte man das natürlich nicht sagen. Steven erinnerte sich, dass die Steine, mit denen die Pyramide erbaut wurde, aus einem Material bestanden, welches auf der Erde nicht existiert. Als sie dann in der Pyramide auf die Wesen gestoßen waren, dachte Steven tatsächlich, dass es Außerirdische waren. Zerebrus hatte sie eines besseren belehrt. Der Atlanter war einst ein Mensch gewesen.

Steven war gespannt. Würden sie gleich tatsächlich auf eines der Wesen stoßen? Oder vielleicht sogar auf mehrere? Mit etwas Glück waren sie derzeit dabei einen Saurier zu fangen und einzufrieren. Steven, Rodrigo und Laura hatten damals mehrere große Saurier unter der Pyramide frei gelassen.

Etwas kompliziert wurde es jetzt nur mit dem Zeitparadoxon. Konnten sie den Wesen einen Saurier abnehmen? Steven spielte es in Gedanken durch. Wenn die Wesen sie sehen würden, hätten sie sich verraten und wären aufgeflogen. Die Wesen würden in die Zukunft zurückfliegen und Zerebrus Bescheid sagen. Der riesige Atlanter würde dann … Ja was genau würde er dann unternehmen? Das konnten sie nicht wissen. Vielleicht hatte der Anführer genau das getan, was schon geschehen war. Vielleicht hatte gerade deshalb ihr Abenteuer in der Pyramide begonnen. Zerebrus konnte er nicht mehr fragen, ob er damals schon von ihnen gewusst hatte. Es war aber ein unglaublicher Gedanke.

Steven brummte der Schädel.

Es wurde immer komplizierter. War nicht die Tatsache, dass sie jetzt hier waren, der Beweis, dass es schon geschehen war? - Das Gedankenexperiment war kaum noch nachvollziehbar. - Es musste so sein. Die theoretischen Physiker der Welt hatten solche Gedankenexperimente schon durchgespielt und sie waren sich einig, dass die Vergangenheit nicht verändert werden kann. Das Großvater-Paradoxon war der beste Beweis dafür. Man konnte zwar in der Zeit reisen, wie er jetzt wusste, aber verändern konnte man sie nicht. Es geschah genau das, was zu den Ergebnissen in der Zukunft führte. Many und er würden jetzt in die Pyramide gehen, und wenn Zerebrus davon erfahren sollte, konnte er nichts anderes unternehmen, als das, was er dann auch tatsächlich getan hatte. Und genau diese Taten hatte der Atlanter mit seinem Leben bezahlt.

Steven kratzte sich am Hals und strich sich über den Bart. Wenn es stimmte, was er gerade gedacht hatte, waren sie theoretisch schon in der Pyramide gewesen und hatte einen Dinosaurierschädel bekommen. Natürlich nur, wenn es stimmte, was er sich gerade zusammengereimt hatte. Er sollte besser aufhören über solche Sachen nachzudenken. Da kam man ja ganz durcheinander. Auch wenn es logisch nachvollziehbar war. Schluss jetzt. Es war an der Zeit zu handeln.

Many setzte zwischen mehreren Bäumen zur Landung an. Steven konnte sie nur Bäume nennen, da er sich in Paläobotanik nicht auskannte. Einige dieser Bäume reichten dreißig Meter hoch, die meisten anderen waren Farne, die höchstens so hoch waren, wie das Raumschiff. Farblich gesehen beschränkte sich alles auf Grün- und Brauntöne. Steven hatte schon immer wissen wollen, welche Farben die Flora und Fauna in der Urzeit hatten. Durch Versteinerungen konnte man es nicht sehen und rosa waren sie wahrscheinlich auch nicht gewesen. Überraschend waren die normalen Farbtöne eines Urwaldes natürlich auch nicht. Bis auf die ungewöhnlichen Proportionen der Farne sah hier alles nach einem normalen Wald aus.

In diesem Augenblick flog ein Insekt an der Scheibe vorbei. »Himmel Arsch und Zwirn!«, stieß Many aus. »Hast du die Mücke da gesehen?«

»Ja, wie 'ne Ratte mit vier Flügeln.«

»Wenn wir hier nicht aufpassen, fressen die uns, bevor wir wieder im Schiff sind.«

»Dann ziehen wir mal los«, sagte Steven und wandte sich Richtung Ausgang.

»Warte«, sagte Many plötzlich. »Ich habe eine bessere Idee. Mir ist gerade eingefallen, was damals passiert ist, als Lao Che und ich zum Mond gestartet sind.« Many unterbrach sich selbst, indem er das Raumschiff wieder startete und direkt auf die Pyramide zuflog.

»Sollten wir nicht ein wenig vorsichtiger sein?«

»Wenn ich Recht behalte, sind wir gleich in der Pyramide. Bleibt nur zu hoffen, dass gerade niemand da ist.«

Als sie noch hundert Meter von der Pyramide entfernt waren, geschah plötzlich etwas Merkwürdiges. Im Innern des Raumschiffes begann ein rotes Licht unter der Decke zu blinken. Der piepsende Warnton, den Steven und Many zu dem Blinklicht erwarteten, blieb jedoch aus.

Dann klappte ruckartig eine Seite der Pyramidenspitze nach außen und sie sahen endlich einen Eingang.

»Das kommt mir bekannt vor«, sagte Many. »Das Gleiche geschah damals, bevor wir zum Mond geflogen sind, zumindest hat Tanja es mir so beschrieben. Sie hat es damals mit Dreistein zusammen von außen beobachtet. Ich war ja schon im Raumschiff und kämpfte gerade mit einem der Wesen.«

Steven sah interessiert zu, wie sich die Pyramide öffnete. Er hatte es damals auch nicht gesehen, da er ebenfalls in der Pyramide gewesen war. Wo genau er zu diesem Zeitpunkt gewesen war, wusste er aber nicht mehr. »Okay, dann geht's jetzt los. Ich bin gespannt, was im Innern auf uns wartet.«

Many lenkte das Raumschiff hoch und dann in die Pyramide hinein. Sehr gut. Das hatten sie schon mal geschafft.

Es stellte sich sehr schnell heraus, dass sie tatsächlich Glück hatten. Im Innern der Pyramidenspitze war niemand. Der Raum stand vollkommen leer.

Many konnte das Raumschiff problemlos in der Mitte des Raumes landen. Sie warteten noch einige Augenblicke, bis sie sicher waren, dass auch wirklich niemand kam. Steven überprüfte den Sitz von Excalibur an seinem Gürtel und Many seine beiden Messer.

Als Steven als erster den Boden der Pyramide betrat, nahm er den so bekannten Geruch aus Staub und Stein wahr. Schlagartig erinnerte er sich an alles, was damals geschehen war. Die Erinnerungen durchfluteten ihn. Es kam ihm vor, als wäre der große Kampf unter der Pyramide erst gestern gewesen.

Many unterbrach seine Gedanken. »Ich weiß, was wir jetzt machen müssen. Wir müssen den Weg, den ich damals gegangen bin, einfach rückwärtsgehen.«

Steven war froh über die Ablenkung. »Dann los. Je früher wir diesen Ort wieder verlassen, desto besser.«

Many ging ein paar Schritte durch den Raum. »Es sieht anders aus als damals. Wo unser Raumschiff jetzt steht, stand das runde Raumschiff. Davor stand eine der Holzkisten, die die Wesen gerade in das

Schiff tragen wollten.« Many deutete in eine Ecke des Raumes. »Dort drüben standen mehrere gelbe Fässer. Dahinter sind Lao Che und ich durch den Teleporter erschienen.«

Steven blieb stehen, während Many in die gezeigte Ecke ging. Many hatte ihm schon einige Male von dem Teleporter erzählt. Den könnten sie möglicherweise zu ihrem Vorteil nutzen.

»Wenn wir den Teleporter betreten, sollte er uns direkt in den Raum bringen, in dem wir den ersten Eisblock gefunden haben. Genau den Weg sind Lao Che und ich damals gegangen. Wir haben im Raum mit dem Eisblock den Teleporter betreten und sind hier oben in der Pyramidenspitze erschienen. Wenn wir den Teleporter hier oben betreten, sollten wir eigentlich dort unten erscheinen. Zumindest hört sich das ganz logisch an.«

»Bist du dir auch ganz sicher?«

»So sicher, wie man sich nur sein kann.«

»Dann los.«

»Warte, eins noch. Wir müssen den Teleporter gleichzeitig betreten, damit wir das nötige Gewicht erzeugen.«

Steven hatte den Teleporter noch nie betreten und war sich auch jetzt nicht sicher, ob er es tun sollte. Manys Erzählung nach war es nicht so schlimm. Trotzdem dachte er kurz darüber nach, vielleicht einen Fußweg zu suchen. Er verwarf den Gedanken jedoch gleich wieder. Wenn sie den Teleporter betraten, würden sie sofort in dem Raum erscheinen, in dem sie damals das Wollhaarmammut entdeckt hatten. Und wenn sie besonders viel Glück hatten, war zurzeit ein Dinosaurier im Raum eingefroren.

»Ich zähle bis drei«, sagte Many.

Steven nickte ihm schweigend zu.

»Eins. Zwei. Drei.«

Gleichzeitig sprangen sie auf den Teleporter und im selben Moment verzerrte sich Stevens Sichtfeld. Die Wände des Raums verschoben sich und bildeten einen Schleier aus bunten Bildern. Das letzte, was er noch erkennen konnte, war Manys Gestalt, die links neben ihm zu Boden stürzte. Dann schwanden seine Sinne und alles um ihn herum wurde schwarz.

Als er wieder zu sich kam, lag er ausgestreckt auf dem Bauch und sah nach links. Many lag neben ihm und hatte die Augen geschlossen. Steven stützte sich auf die Arme und stand dann langsam auf. Er rieb sich die schmerzende Stirn. Offenbar hatte er sich den Kopf am Boden angeschlagen.

Wenn er genauer darüber nachdachte, wurden sie eindeutig zu oft ohnmächtig und kamen mit Schmerzen wieder zu sich. Aber normal war das ja alles nicht.

Während Steven noch so dastand, kam Many auf die Füße. »Also letztes Mal habe ich das besser weggesteckt. Ich glaube, ich werde langsam alt.«

»Jetzt sag bloß nicht, du bist zu alt für den Scheiß.« Steven sah sich um. Sie waren tatsächlich in dem Raum, in dem sie sein wollten. Doch dieser Raum war anders, als er ihn in Erinnerung hatte. Die silbrigen Wandkonsolen, die viel zu groß für Menschen waren, standen in dem Raum, es waren aber nicht so viele und dort war auch kein riesiger Eisblock. Es war aber zu erkennen, dass dort einer stehen konnte. Die Apparatur, mit der der Block aufgetaut werden konnte war bereits angebracht.

»Ich glaube, das können wir vergessen!«, sagte Many wütend und schlug mit der Faust gegen eine der Wandkonsolen.

Steven hob beschwichtigend die Hände. »Noch ist nichts verloren.«

»Ja, ja, ja. Und jetzt? Das war unsere beste Chance.«

»Nein. Es gibt noch eine andere.«

Es vergingen weit über zwei Stunden, bis Steven und Many in der riesigen Halle unter der Pyramide ankamen. An den Ort, den Steven nie wieder betreten wollte, und den Many noch nie betreten hatte.

Dieses Mal hatten sie jedoch kein Glück.

Die riesige Halle war fast leer. Nur in der Mitte standen einige Eisblöcke. Direkt daneben standen zwei der kleineren Wesen. Sie sahen die beiden Ankömmlinge sofort und noch im Laufen ballten sie die Fäuste.

Steven zog Excalibur. Da er es so lange nicht benutzte hatte, lag es ihm ungewohnt schwer in den Händen.

Many zog seine beiden Messer. Er bedauerte, dass seine Laserstreitaxt nicht mehr funktioniert, sah aber im selben Moment, dass die Wesen auch keine Laserwaffen dabei hatten.

Die beiden Wesen stürmten auf sie zu. Sie trugen keine Waffen bei sich, doch sie wehrten sich verbissen mit ihren Krallen und gaben nicht auf.

Als der Kampf zu Ende war, war Stevens linker Ärmel mit Blut durchtränkt und sein Haar klebte davon. Solch einen blutigen Kampf hatten sie selten gehabt. Many war kaum noch zu erkennen. Stückchen von grauer Hirnmasse klebten ihm im Gesicht und auf der Hose.

Nachdem sie sich die Gesichter mit ihren Hemden abgewischt hatten, sahen sie sich die Eisblöcke an. Es waren ungefähr zwanzig kleine und zwei größere Eisblöcke. Danach zu urteilen, schien es, als hätten die Wesen gerade erst angefangen Lebewesen einzufrieren und in der Pyramide einzulagern.

»Sollen wir einen der großen Blöcke auftauen?«, fragte Many.

»Ich würde sagen, wir nehmen den rechten. Der sieht ein kleines bisschen größer aus. Dann haben wir die bessere Chance etwas großes zu finden.«

»Dann schauen wir mal, was drin ist«, sagte Many und ließ den Eisblock schmelzen, indem er den bekannten grün leuchtenden Knopf auf der Armatur am Eisblock drückte.

Nach kurzer Zeit lief das Schmelzwasser bereits in großen Pfützen am Boden zusammen. Zuerst kamen zwei nach vorne gerichtete Hörner zum Vorschein. Wenig später war ein weiteres kleineres Horn zu erkennen.

»Das ist ein Triceratops«, rief Steven. »Das kommt mir bekannt vor. Als wir zum ersten Mal in der Pyramide waren, wurde auch ein Triceratops aufgetaut und ist hier rumgerannt. Na das wär ja was, wenn es genau der Saurier ist, den ich herumlaufen sah.«

»Ich habe eine Idee.« Many trat an den Eisblock heran und drückte erneut auf die Armatur, mit dem sich der Eisblock auftauen ließ und stoppte somit den Schmelzvorgang. Jetzt ragte nur der obere Teil des Kopfes aus dem Eis. »Das ist der perfekte Augenblick, um das Gehirn zu entnehmen.«

»Oh, oh, nicht so schnell.« Steven hatte sofort sein Zeitparadoxon im Sinn. »Nehmen wir mal an, dass dies das Triceratops ist, das ich damals hier habe herumlaufen sehen. Wenn wir es jetzt töten, kann es doch in der Zukunft nicht mehr herumlaufen, wenn es aufgetaut wird. Ich bin mir nicht ganz sicher, aber es könnte sein, dass es uns damals mit seiner Anwesenheit geholfen hat. Es hat irgendeinen anderen Dinosaurier aus dem Weg gestoßen.« Er machte eine kurze Pause und strich sich über den Bart. »Ich will ja nur keinen Fehler machen und die Zukunft verändern.«

»Oh Mann. Du gehst mir damit so auf die Nerven. Sieh es doch mal von einer anderen Seite. Was du damals in der Pyramide erlebt hast, ist schon passiert. Egal was du jetzt hier machst, die Vergangenheit ist so abgelaufen, wie du sie in Erinnerung hast. Also kann es dir keiner mehr nehmen.«

»Ich glaube nicht, dass das so einfach ist.« Steven steckte die Hand in die Hosentasche und fing unbewusst an, den Ring zwischen den Fingern hin und her zu drehen. Sie waren so weit gekommen, jetzt gab es kein Zurück mehr. »Aber ich glaube, dass wir das Risiko eingehen müssen. Es kann ja nicht immer alles glatt laufen. Packen wir's an.«

Many rieb sich die Hände. Doch dann stoppte er plötzlich. »Wie kriegen wir das Hirn denn da raus? Darüber haben wir uns noch gar keine Gedanken gemacht.«

»Ich habe mein Schwert und du hast deine beiden Messer. Hmm.... Damit kommen wir nicht durch den Knochen. Und den ganzen Kopf können wir auch nicht mitnehmen, der wiegt bestimmt 'ne Tonne.«

»Ich habe eine Idee«, sagte Many langsam. Es sah aus, als dächte er während des Sprechens weiter. »Du leistest mit deinem Schwert schon mal Vorarbeit und ich suche mir einen großen Stein, mit dem ich den Schädel an einer dünneren Stelle durchbrechen kann.«

Ohne weitere Worte begann Steven Fleisch und Haut am Hinterkopf, hinter dem Knochenkamm zu lösen.

Many entfernte sich und kam erst nach einigen Minuten wieder. »Ich habe da hinten an der Wand was gefunden.« Er hielt einen großen dunklen Stein hoch, der so schwer war, dass er ihn gerade noch heben konnte. »Ich war auch in dem angrenzenden Raum, in dem du dein Schwert gefunden hast. Dort gibt es in dieser Zeit leider noch keine Wand mit einer Waffensammlung.«

Many suchte eine geeignete Stelle und ließ den schweren Stein mit voller Kraft darauf nieder fahren. Er musste den Vorgang einige Male wiederholen, bis der Knochen in mehrere Teile gebrochen war. Jetzt konnten sie die Knochenstücke beiseitelegen und sahen endlich das sehnsüchtig erwartete Saurierhirn.

»Das ist ja echt winzig«, sagte Many, als er das Hirn in Händen hielt.

Steven zog eine Plastiktüte aus der Hosentasche, öffnete sie und hielt sie Many hin. »Das ist bei allen Sauriern so. Selbst bei den größten ihrer Art. Leg es hier rein und lass uns endlich abhauen.«

Wenig später hatten sie die Halle verlassen und rannten durch die unterirdischen dunklen Gänge. Sie hatten den Eisblock und die Leichen der Wesen einfach liegen gelassen. Was hätten sie auch damit anstellen sollen. Many hatte gemeint, dass sie ein kleines Grillfest veranstalten könnten, doch Steven fand das gar nicht witzig. Schließlich waren sie sich einig geworden; die Leichen und der Saurier konnten ruhig gefunden werden. Sollten sich die Wesen doch darüber wundern, was dort geschehen war. Vielleicht war ein bisschen Verwirrung gar nicht so schlecht.

Im Raumschiff angekommen, ließen sie sich sofort auf die Sitze nieder und Many startete.

»Dann schick uns mal zurück in die Zukunft.« Steven grinste und deutete mit Zeigefinger nach vorne. »Seit ich ein Kind war, wollte ich das immer schon mal sagen.«

Steven und Many hatten es geschafft. Wenn die Zeitanzeige im Raumschiff stimmte, waren sie wieder in der Zukunft, oder besser in ihrer Gegenwart. Auf jeden Fall lag die Urzeit jetzt wieder in der Vergangenheit. Steven bekam Kopfschmerzen. Das war aber auch nicht leicht mit der Zeit.

Sie befanden sich lediglich nicht am gleichen Ort, an dem sie ihre Zeitreise begonnen hatten. Aber bei der Geschwindigkeit, mit der sie um die Erde rasten, wäre das auch sehr unwahrscheinlich gewesen. Den richtigen Punkt zu treffen, wäre wahrscheinlich so einfach, wie sechs Richtige plus Zusatzzahl im Lotto zu tippen.

Jedenfalls brauchten sie eine Weile, um nach Chicago zurück zu gelangen. Jetzt waren erst mal die Frauen an der Reihe. Steven musste Tanja unbedingt erzählen, was alles während ihrer Zeitreise geschehen war. Er war sich zwar sicher, dass sie nichts davon gut heißen würde, das bisschen Ärger war es aber wert gewesen.

Many würde sich um die schwangere Vanadielle kümmern müssen. Es könnte jeden Augenblick soweit sein, und er wollte die Geburt auf keinen Fall verpassen.

Nachdem sie die beiden gesehen und benachrichtigt hatten, wollten sie den Köder für den Sauriermörder auslegen. Many war der Meinung, sie sollten an den Ort gehen, von dem zuletzt in den Nachrichten die Rede gewesen war. Sie würden sich dort ein kleines Dorf in der Nähe suchen und das Saurierhirn dort an einem öffentlichen Platz ausstellen. Das würde sich schnell herumsprechen und derjenige, der die Köpfe suchte, würde früher oder später davon erfahren und dort auftauchen.

»Das ist keine schlechte Idee«, meinte Steven dazu. Doch er hatte eine noch bessere Idee. »Wir sollten einen bekannten Ort wählen, an dem viele Menschen sind und der schnell für jedermann erreichbar ist.«

Stevens Idee versprach schnelleren Erfolg. Schnell waren sie sich einig gewesen, dass der Times Square in Manhattan der beste Platz für eine solche Veröffentlichung war. Hier würde es nur Minuten dauern und Millionen von Menschen wussten Bescheid. In den Menschenmassen konnte man sich gut verstecken und beobachten was geschah.

Das Raumschiff würden sie auf einem der Hochhäuser parken. Steven wollte das Dinosaurierhirn mitten auf dem Times Square platzieren und dann auf sich aufmerksam machen. Many unterdessen wartete auf dem nächsten Hochhaus und beobachtete alles von oben. Wenn möglich würde er sich vorher noch ein Fernglas besorgen und dann auf ein Zeichen von Steven warten.

Es zielte alles darauf, dass die Polizei den Bereich um das Gehirn absperren würde. Und genau das war dann der Augenblick, ab dem sie aufpassen mussten.

Früher oder später würde jemand auftauchen und versuchen das Gehirn zu stehlen.

Steven würde dann das Zeichen geben und Many würde mit dem Raumschiff nach unten fliegen, um Steven abzuholen. Was danach geschah, konnte man nicht einschätzen. Es würde eine Verfolgung geben, die auf die eine oder andere Weise enden würde.

»Das ist ein guter Plan«, sagte Many, während er auf dem Dach von Stevens Appartement landete.

»Jetzt müssen wir das nur noch den beiden beibringen.« Steven verdrehte die Augen, als wüsste er jetzt schon, dass das nichts werden würde.

»Na dann mal los«, sagte Many energisch und zündete sich eine Zigarette an.

Der Besucher

Tanja und Vanadielle saßen auf der Couch und unterhielten sich über Vanadielles Schwangerschaft. Heute konnten sie sich über alles unterhalten, denn ihre Männer waren nicht dabei. Wenn Steven und Many dabei waren, konnten sie nicht über alles reden. Es gab Themen, bei denen die beiden aufstanden und aus dem Raum gingen. Außerdem gab es auch Dinge, die sie nur beredeten, wenn die Männer nicht in der Nähe waren. Verschiedene Öle zur Vermeidung von Schwangerschaftsstreifen zum Beispiel. Tanja erzählte Vanadielle gerade von einem Artikel, den sie neulich in einer Zeitschrift gelesen hatte, als es an der Tür klingelte.

»Können sie das schon sein?«, fragte Tanja.

»Es könnte sein, sie sind schon eine ganze Weile weg.«

Genervt stand Tanja auf und ging den Flur entlang zur Tür. Wenn das Steven und Many waren, konnten sie sich jetzt was anhören. Wenn es jemand anderes war, konnte derjenige sich noch mehr anhören. Sie schob den kleinen Riegel, der den Türspion verdeckte, beiseite und sah hindurch. Sie starrte geschlagene dreißig Sekunden durch den Spion. Denn das, was sie auf der anderen Seite sah, konnte nicht die Wirklichkeit sein. Sie schob den Riegel wieder vor das Sichtloch und blieb reglos vor der Tür stehen. Dann sah sie erneut hindurch und starrte in das Gesicht, das sie so gut kannte und so lange nicht gesehen hatte, und von dem sie dachte, dass sie es nie wieder im Leben sehen würde.

Es war Dreistein.

Doch das konnte nicht sein. Dreistein war unter Stonehenge gestorben. Sie hatten seine Leiche zwar nie bergen können, doch sie hatten ihn alle sterben sehen.

Tanja hörte Vanadielle von hinten rufen. »Wer ist denn da? Sind die beiden schon zurück?«

Tanja antwortete nicht. Sie war zu geschockt. Als es zum zweiten Mal klingelte, zuckte sie erschrocken zusammen. Was sollte sie jetzt tun? Sie ließ die Sicherheitskette eingehängt und öffnete die Tür einige Zentimeter.

Dreistein starrte sie an. Im gleichen Moment stieg ihr der penetrante Geruch eines Schimmelpilzes in die Nase. Trotz des unangenehmen Geruchs, der irgendetwas Blumiges an sich hatte, stieg Freude in Tanja auf. Sie wollte gerade die Kette entfernen, als ihr Blick auf Dreisteins Körper fiel.

Sie erinnert sich noch gut daran, dass Dreisteins Arm von dem Stahlskorpion abgetrennt worden war. Doch jetzt hatte Dreistein einen neuen Arm. Aber der Arm war schwarz. Sie konnte ihn deutlich sehen, da Dreistein ein kurzärmliges Hemd trug. Sie hatte zudem das Gefühl, das die Hand an dem schwarzen Arm etwas größer war, als die gesunde linke. Ihr Blick wanderte zu Dreisteins Beinen, die eigentlich nicht dort hätten sein dürfen. Zerebrus hatte Dreisteins Oberkörper zerteilt und nur der Kopf, der linke Arm und das Stück vom Oberkörper waren in der blauen Kugel gelandet. Unwillkürlich überlegte sie, ob seine Beine ebenso schwarz wie die Hand waren. Wegen der Hose konnte sie es nicht sehen.

Ihr Blick glitt wieder nach oben und stoppte an seinen Augen. Sie erschrak vor der Intensität seines Blickes. So ernst hatte sie diesen Mann noch nie gesehen. Doch das Erschreckendste war, dass sein rechtes Auge die Farbe geändert hatte. Es hatte eine goldgelbe Färbung angenommen, und wirkte fast, als ob es leuchten würde.

Tanja schluckte. Sie bekam kein Wort heraus. Ihre Kehle war wie zugeschnürt.

Mit viel tieferer Stimme, als sie es erwartet hatte sprach Dreistein. »Wie ich sehe, kannst du dich noch an mich erinnern.«

Sofort fiel Tanja auf, dass Dreistein *Du* zu ihr gesagt hatte, denn das war das erste Mal gewesen, dass er sie geduzt hatte, seit sie sich kannten. Dreistein hatte immer zu allen Menschen *Sie* gesagt.

Sie wollte gerade den Mund öffnen, um etwas zu erwidern, als Dreistein plötzlich zupackte.

Vanadielle kam es merkwürdig vor, dass sie so lange nichts von Tanja hörte. Es mussten schon einige Minuten vergangen sein, seit Tanja aufgestanden war. Von ihrem Sitzplatz aus konnte sie die Eingangstür nicht sehen. Sie rief noch einmal nach Tanja, doch es kam nichts zurück.

Sie konnte nicht länger sitzen bleiben, irgendetwas war geschehen, sonst wäre Tanja schon längst wieder zurück. Wegen der Größe ihres Bauches war das aufstehen etwas umständlich geworden. Sie watschelte auf den Flur zu, der zur Eingangstür führte. Unterwegs horchte sie, doch alles war still. Jetzt konnte sie erkennen, dass die Tür offen stand. Tanja war doch nicht einfach fort gegangen? Was konnte das bedeuten? Sie blieb vor der halb geöffneten Tür stehen und begutachtete sie. Mit der Tür war nichts, sie sah aus wie immer.

Vanadielle dachte nach. Sollte sie rausgehen und nach Tanja suchen? Vielleicht kam sie aber auch gleich zurück. Nein, dachte sie. Dann hätte Tanja ihr Bescheid gesagt. Vanadielle trat einen Schritt hinaus auf den Hausflur und im selben Moment schlug ihr etwas Hartes gegen die Stirn. Sie hatte gerade noch so viel Zeit zu erkennen, dass es etwas Schwarzes war. Dann sah sie nichts mehr.

Der Zettel auf dem Tisch

Steven betrat als erster sein Appartement und sofort fiel ihm auf, dass hier etwas ganz und gar nicht stimmte.

Many stand direkt hinter ihm. »Sollten die beiden nicht hier sein? Die sind doch nicht so früh einkaufen gegangen.«

Das war eine Überlegung wert, aber Steven glaubte das nicht. In der Wohnung war etwas anders als sonst, aber Steven kam nicht darauf, was es war. Er ging ins Wohnzimmer und hier bemerkte er einen merkwürdigen Geruch. Nur ganz leicht und doch war er da. So etwas hatte er noch nie gerochen. Es war ähnlich einem Schimmelpilz und doch nicht unangenehm.

»Jemand war hier«, sagte Steven schlicht.

»Wieso? Was hätte er hier gewollt?«

»Das werden wir gleich erfahren.« Steven hatte auf dem Tisch vor dem Fernseher einen kleinen Zettel entdeckt. Auf dem Zettel lag ein Kugelschreiber und merkwürdiger Weise stand darauf auch noch ein kleiner Spielzeug-Brachiosaurier aus Hartplastik. Er griff sofort nach dem Zettel. Darauf standen nur drei Worte.

Ich habe sie

Many hatte über Stevens Schulter mitgelesen.

»Wer hat wen?«, fragte er verwundert.

»Na, Tanja und Vanadielle. Wen denn sonst?«

»Das verstehe ich nicht. Wer hat sie denn? Und warum?«

Steven drehte den Zettel um. Dort standen noch drei Worte.

Ein alter Freund

Steven hielt in der einen Hand den Zettel und in der anderen Hand den Kugelschreiber und den Spielzeugdinosaurier. In diesem Moment beschlich ihn eine leise Ahnung. Er drehte den Kugelschreiber in der Hand hin und her. Das erinnerte ihn an jemanden. Seit Dreistein gestorben war, musste er ziemlich oft an ihn denken, wenn er einen Kugelschreiber sah. Dreistein hatte stets mehrere in seiner Kitteltasche mit sich herum getragen. Immer wenn er Zeit hatte, fummelte er an seinen Kugelschreibern herum.

Steven strich sich nachdenklich über den Bart und brummte vor sich hin. »Hm. Hm. Hm. Tja. Tja. Tja. Hm.« Er ging ein paar Mal auf und ab. »Erst werden alle Dinos von damals getötet und deren Schädel entfernt. Und jetzt wurden Tanja und Vanadielle entführt. Das kann kein Zufall sein. Es ist auch völlig sinnlos. Was will jemand von den beiden? Das kann nur etwas Persönliches sein. Ich denke in beiden Fällen ist es derselbe Täter und mir kommt da langsam eine Vermutung. Er hat uns nicht ohne Grund den

Spielzeugdino dabei gestellt.«

»Was denkst du?«

»Ich denke wir müssen diesem Dinokopfjäger eine Falle stellen. Dann sehen wir weiter. Ich vermute allerdings, dass es mehr als nur einer ist. Eine Person alleine kann das nicht so leicht bewerkstelligen. Aber das werden wir erst wissen, wenn wir den Jäger gefunden haben.«

Many raufte sich die Haare. »Glaubst du, Tanja und Vanadielle sind in Gefahr?«

»Das denke ich nicht. In diesem Fall hätten wir keine Nachricht gefunden, sondern ihre Leichen hier auf dem Fußboden.«

Many schluckte heftig. »Okay. Wie war nochmal dein Plan mit dem Saurierhirn? Wo wollten wir es hinbringen?«

»Wir fliegen jetzt zum Times Square und legen das Saurierhirn dort ab. Dem Jäger ist das mit den Gehirnen so wichtig, dass ihm nichts anderes übrig bleibt, als sich das Hirn zu holen. Genau dann schlagen wir zu.«

»Dann lass uns endlich anfangen. Schnappen wir uns diesen dreckigen Mistkerl.«

Am Times Square war wie immer die Hölle los. Sie kreisten gute hundert Meter über dem Platz und warteten auf eine gute Gelegenheit zum Landen. Diese kam natürlich nicht, da grundsätzlich immer viel zu viel los war. Sie mussten sich etwas anderes überlegen.

Als sie in der nächsten Seitenstraße landeten, hatten sie endlich Glück. Für kurze Zeit war niemand zu sehen. Many ging bis auf zwei Meter runter und öffnete die Tür. Die Dunkelheit kaschierte das schwarze Raumschiff, mit etwas Glück würde es niemand sehen, auch wenn jemand aus der Entfernung zusah. Da fiel ihm zum ersten Mal ein, ob das Raumschiff auf dem Radar der Flugüberwachung zu sehen war. Da aber noch nie etwas geschehen war, war das Schiff auf dem Radar anscheinend unsichtbar.

Steven nahm die Plastiktüte mit dem Saurierhirn und steckte es in einen kleinen Glaskasten mit Deckel, den er kurz zuvor extra dafür besorgt hatte, damit man das Dinohirn gut erkennen konnte. Dann steckte er noch den Zettel rein, auf den er eine Nachricht geschrieben hatte. Er öffnete die Tür, sah sich kurz um, und sprang auf den Bürgersteig.

Many startete sofort wieder und flog zum Dach des Gebäudes.

Steven sah sich erneut um. Ein junges Pärchen starrte ihn entsetzt an. Er konnte es ihnen nicht verübeln, für sie musste es aussehen, als wäre er aus dem Nichts erschienen und auf den Bürgersteig gesprungen. Steven verneigte sich vor ihnen und ging zum Times Square davon.

Obwohl es noch dunkel war, leuchtete der Platz vor ihm fast so hell, als wäre es Tag. Geschätzte zweihundert bis dreihundert Menschen liefen auf den Bürgersteigen umher. Viele von ihnen waren

Touristen, die Fotos schossen, Videoaufnahmen machten, oder einfach nur nach oben sahen und die Reklametafeln bestaunten.

Schnell war er auf der Höhe des Schnellrestaurants mit dem goldenen M angelangt. Jetzt musste er nur noch über die Straße. Er lief blitzschnell hinüber, schlängelte sich zwischen den Autos durch und war dann endlich auf dem Platz in der Mitte der Kreuzung Broadway und Seventh Avenue angekommen. Hier wollte er das Gehirn ablegen. Er streifte kurz umher, dann entschied er sich für den Fahnenmast. Ohne sich verdächtig umzusehen stellte er den Glaskasten auf den Boden und ging ein paar Schritte zurück.

Noch hatte niemand den Glaskasten bemerkt, doch das würde sich schnell ändern. Steven entschied sich dazu etwas nachzuhelfen. Gerade hatte er zwei uniformierte Polizisten entdeckt, die gemächlich über dem Platz gingen. Er ging auf sie zu und stellte sich ihnen in den Weg.

Die beiden Polizisten sahen ihn misstrauisch an und legten gleichzeitig die Rechte an ihre Dienstwaffe.

»Können wir ihnen behilflich sein?«, fragte der größere der beiden. Er trug einen gut gestutzten Schnurrbart und sah im Allgemeinen recht freundlich aus.

Steven trat jetzt nervös von einem Fuß auf den anderen, was den anderen Polizisten dazu brachte den Sicherheitsriemen seiner Waffe zu lösen. »Sie könnten mir tatsächlich helfen, oder besser gesagt, uns allen. Ich habe einen verdächtigen Gegenstand gefunden.«

Bei den letzten Worten veränderte sich die Haltung der Polizisten. Der nervösere der beiden sah sich sofort verstohlen nach allen Seiten um. Der mit dem Schnurrbart löste ebenfalls seinen Sicherheitsriemen und sagte mit merkwürdig ruhiger Stimme: »Führen Sie uns bitte hin, aber verhalten Sie sich bitte ruhig. Wir wollen die anderen Personen nicht unnötig in Panik versetzen.«

Steven drehte sich um und ging auf den Fahnenmast zu. Sehen konnte er das Saurierhirn jetzt leider nicht mehr. Eine kleine Menschentraube hatte sich schon vor dem Fahnenmast versammelt.

Als sich die Polizisten näherten, tat sich eine Gasse für sie auf, durch die Steven zuerst schlüpfte und auf den Glaskasten zeigte. Plötzlich schrie er aus Leibeskräften: »Das ist ein Dinosauriergehirn!«

Einige Sekunden herrschte vollkommene Stille um sie herum, dann wurde es schnell lauter. Menschen kamen näher. Steven schob sich unbemerkt in die herbeidrängende Menschenmenge. Er sah, wie die Polizisten vor den Glaskasten traten und den Menschen laut etwas zuriefen. Der nervöse Polizist hatte jetzt seine Waffe gezogen, hielt sie aber zu Boden gerichtet. Die Menschen blieben sofort stehen, auch wenn die vordersten noch etwas nach vorne gedrängt wurden.

Steven drängelte sich weiter nach hinten und verstand jetzt nicht mehr, was die Polizisten sagten. Er hatte die Sache ins Rollen gebracht.

Jetzt mussten sie nur noch abwarten und beobachten.

Drei Stunden vergingen.

Die Polizei von New York hatte den gesamten inneren Teil des Times Square abgesperrte. Der Verkehr musste umgeleitet werden, da die Schaulustigen auf den Straßen standen und nicht mehr zurück wichen.

Alle wollten das Dinosauriergehirn sehen. Alle Menschen und vor allem die Polizisten wollten wissen, warum es ausgerechnet hier abgelegt worden war. Es hatte nicht lange gedauert und die ersten Bilder gingen in den Nachrichtensendungen um die Welt.

Steven und Many standen am Rande des Wolkenkratzers und sahen sich alles von oben an.

»Ich glaube, da passiert nichts mehr«, sagte Many frustriert und zündete sich wieder eine Zigarette an. Vor ihm lag schon ein beträchtlicher Haufen Kippen am Boden.

»Wenn du weiter so viel rauchst, stirbst du schon morgen früh an Lungenkrebs.«

»Ach, so schnell geht das nicht. Wenn ich fünfzig bin, höre ich auf.«

Steven hob plötzlich die Hand und Many schwieg sofort. Er deutete auf das Ende des Broadways. »Ich

108

glaube, da hinten kommt was auf uns zu.«

Sie gingen zur Ecke des Gebäudes. Von dort konnten sie etwas besser sehen.

Etwas kam wirklich auf sie zu. Es war ein ziemlicher großer Mensch. Ungefähr einen Meter größer als die Menschen um ihn herum. Die Menschen liefen panisch umher, während der Riese Autos nach ihnen warf und sich dabei stetig dem Times Square näherte. Es dauert nicht lange, bis die Polizei auf ihn aufmerksam wurde.

Die Autos flogen nach links und nach rechts gegen die Hauswände. Die Passanten waren längst verschwunden. Die Polizisten gingen in geordneter Formation gegen ihn vor und eröffneten das Feuer. Das alles nützte nichts. Kugeln schienen von dem Riesen abzuprallen. Hose und Hemd hatten zahlreiche Löcher, doch darunter schien der Körper schwarz zu sein. Es gab weder Funken noch laute Geräusche. Die Kugeln prallten gegen den schwarzen Körper und fielen einfach zu Boden.

Etwas an dem Riesen ließ Steven genauer hingucken. »Also, ich muss sagen, dass dieser Riese da unten eine gewisse Ähnlichkeit mit Dreistein hat. Diese weißen Haare und das Gesicht«, sagte Steven. »Es ist natürlich vollkommen unmöglich - und doch, ich könnte schwören, dass er es ist.«

Nach einer Minute war der Mann bereits am Saurierhirn angekommen und dann war er auch schon wieder vorbei. Die Polizisten folgten ihm. Auch die Schaulustigen folgten mit nötigem Abstand.

Die Zerstörungsorgie entfernte sich jetzt schnell vom Times Square.

»Sollen wir ihm auch folgen?«, fragte Many.

»Du scheinst nicht genau aufgepasst zu haben.« Steven deutete mit dem Finger nach unten. »Sie mal genau nach unten. Er hat das Gehirn nicht mitgenommen. Es steht noch genau da, wo ich es hingestellt habe.«

»Es war ein Ablenkungsmanöver!«

»Genau.«

In diesem Moment tauchte eine Gestalt im langen dunklen Mantel aus einer Seitenstraße auf und schlich auf das Saurierhirn zu. Blitzschnell schnappte sie danach und verstaute es unter dem Mantel.

»Jetzt aber los!«, stieß Steven aus und rannte zum Raumschiff.

Sie verfolgten den Mann mehrere Blocks. Lautlos schwebten sie über ihm, während er die Seventh Avenue entlang lief. Sie wollten unbedingt wissen, wo der Mann hin ging. Er musste ja irgendwo ein Fahrzeug stehen haben. Als eine ganze Menschentraube auf einmal an einer Ampel über die Straße ging, hätten sie ihn beinahe verloren. Many hatte ihn kurze Zeit später wieder entdeckt. Einige Male änderte er willkürlich die Richtung, durch ihre Sicht aus der Vogelperspektive konnte er ihnen aber nicht entkommen.

Sie hatten ihren Plan schon fast aufgegeben, weil der Mann endlos durch die Straßen zu gehen schien, als er plötzlich in den Central Park ging und unter einigen Bäumen verschwand.

»Los runter«, rief Steven aufgeregt. »Jetzt schnappen wir ihn uns. Los schneller, bevor wir ihn verlieren.«

Ohne Rücksicht auf Verluste preschte Many durch eine Baumreihe und landete neben einer Parkbank. Sie hatten Glück, es befand sich niemand in direkter Umgebung. Die beiden stürmten aus dem Raumschiff. Many trug beide Messer in den Händen. Steven hatte Excalibur gezogen. Sie rannten in die Richtung, in der der Mann verschwunden war.

Nach einer Minute blieben sie stehen. »Wo bist du?«, schrie Many heraus. Natürlich sagte der Mann nichts.

»Er muss hier irgendwo sein.«, flüsterte Steven. »Teilen wir uns auf. Ich gehe nach links und du nach rechts.«

Nachdem Many fort war, bewegte Steven sich vorsichtiger. Er wollte in keinen Hinterhalt geraten. Weitere zwei Minuten verstrichen.

Plötzlich hörte er laute Geräusche von rechts. Zwei rennende Menschen, die durch das Unterholz jagten. »Bleib stehen!«, hörte er Many immer wieder schreien. Steven versuchte die Richtung, in die sie rannten einzuschätzen und rannte dann selbst los. Er näherte sich schnell. Manys Stimme klang immer näher. Und jetzt sah er den Mann endlich. Many war noch einige Meter hinter ihm. Wenn Steven im gleichen Tempo weiter vorankam, konnte er ihn hinter dem nächsten Baum abpassen. Er gab noch einmal alles und als er am Baum vorbeikam, sprang er mit aller Kraft vorwärts und schlug mit Excaliburs Griff genau in dem Moment zu, als der Mann um den Baum herumkam. Volltreffer gegen die Stirn. Der Mann fiel reglos zu Boden.

»Klassischer Knockout.«, keuchte Many vor Anstrengung, als er bei den beiden ankam.

»Jeder nimmt sich ein Bein. So ziehen wir ihn zum Raumschiff zurück. Ich bin gespannt, was er so zu sagen hat.«

Im Raumschiff angekommen, banden sie den Mann am rechten Pilotensitz fest, dazu benutzten sie das Seil, das sie glücklicherweise für die Reise in die Vergangenheit eingepackt hatten.

»Der hat aber eine ziemliche Beule am Kopf«, bemerkte Many trocken, dann schlug er ihm mit der flachen Hand ins Gesicht. »Wach auf, du Hund!« Der Mann rührte sich nicht. Many schlug noch einmal zu und holte zum dritten Schlag aus.

»Das reicht.« Steven hielt Manys Hand fest. »Er kommt zu sich.«

Der Mann öffnete zögernd ein Auge, dann das andere. Spucke lief ihm aus dem Mundwinkel, als er fragte: »Wo bin ich? Wer seid ihr?« Er blinzelte einige Male und starrte beide ahnungslos an.

»Tu nicht so, als wüsstest du nicht, wer wir sind. Oder teilt dein Chef dir die wichtigen Sachen nicht mit?« Many holte zu einem weiteren Schlag aus.

»Lass gut sein«, griff Steven wieder ein, dann

sprach er weiter an den Mann gerichtet. »Wo sind Tanja und Vanadielle?«

Many schlug ihm ohne Vorwarnung ins Gesicht. Der Mann schrie laut auf. Many schlug sofort noch mal zu.

»Sag uns, wo sie sind und wer sie hat!«, schrie Steven den Mann an.

Der Mann grinste. »Guter Cop und böser Cop ist wohl schon vorbei. Jetzt gibt's nur noch böser Cop und böser Cop.«

Many schlug erneut zu. Das linke Auge des Mannes begann anzuschwellen.

Steven schlug ihm auf das andere Auge. »Ganz genau!«

Einige Minuten später saßen Steven und Many in ihren Pilotensitzen. Der Mann hing noch festgebunden mit hängendem Kopf auf dem dritten Sitz. Stevens Hand schmerzte fürchterlich. Noch nie hatte er mit solcher Wut auf einen anderen Menschen eingeschlagen. Es hatte nicht viel gefehlt und sie hätten den Mann getötet. Zu guter Letzt waren sie wieder zu Besinnung gekommen und hatten aufgehört.

Beide konnten noch immer kaum glauben, was sie gehört hatten.

Sie banden den Jäger los, legten ihn vor dem Raumschiff auf den Boden und stiegen wieder ein. Hoffentlich sahen sie ihn nie wieder.

Dreistein.

Die blaue Kugel, in die er zum Zeitpunkt seines

Todes gefallen war, hatte ihn ins Leben zurückgeholt. Dreistein lebte also noch. Er hatte es aus irgendeinem Grund auf die Dinosauriergehirne abgesehen. Es war also wirklich Dreistein gewesen, der durch Manhattan geprescht war und alles kurz und klein geschlagen hatte. Es war kaum zu glauben.

»Es ist tatsächlich Dreistein«, sagte Steven und kraulte sich nachdenklich den Bart.

Many schüttelte nur den Kopf.

Steven sprach weiter. »Was will er bloß mit den Gehirnen? Und warum hat er Tanja und Vanadielle gekidnappt?«

Nach einer langen Pause schaltete Many sich ein. »Er will sich dafür rächen, dass wir ihn in Stonehenge zurück gelassen haben.«

Jetzt schüttelte Steven den Kopf. »Meine Güte. Er war doch tot. Sein Körper war von der Schulter bis zur Hüfte zerteilt. Er konnte doch gar nicht mehr leben. Außerdem lag er genau in der blauen Kugel.«

»Aber von all dem wird er nichts wissen. Er kann sich bestimmt nicht an seinen Tod erinnern und an die Zeit, die er in der blauen Kugel verbracht hat. Wenn man einen Unfall oder ein ähnliches Trauma erlebt, kann man sich doch oft nicht mehr an eine gewisse Zeitspanne erinnern. Er wird in den Trümmern von Stonehenge zu sich gekommen sein und hat sich dann gewundert, warum wir ohne ihn gegangen sind.«

Steven zog jetzt den Ring aus der Tasche. »Wir müssen ihn so schnell wie möglich finden. Er muss uns anhören. Wenn wir es ihm erklären, lässt er Tanja und Vanadielle bestimmt gehen.«

»Wovon träumst du denn nachts? Der hat sie nicht mehr alle. Der wartet darauf, dass wir versuchen die beiden zu befreien und dann legt er uns um. Und ich wette, er hat dabei keine Schwierigkeiten. So wie der jetzt aussieht.«

Steven steckte sich den Ring auf den kleinen Finger und betrachtete ihn. »Schade dass der Kerl hier nicht weiß, was Dreistein mit den Gehirnen vorhat, oder warum er sich so verändert hat. Wir brauchen einen guten Plan, wenn wir die Mädels befreien wollen.«

Many kratzte sich nachdenklich am Hals. Es dauerte eine Weile bis er sprach. »Dabei könnten wir Hilfe gebrauchen.«

»Wer sollte uns denn dabei helfen? Oder auch nur helfen wollen? Das hört sich für jeden normalen Menschen verrückt an. Und von Rodrigo und Laura haben wir schon ewig nichts mehr gehört.«

Many lachte erfreut. »Die beiden wirst du auch so schnell nicht von ihren neuen Arbeitsplätzen weg bekommen.«

Steven konnte sich ein Grinsen ebenfalls nicht verkneifen. »Die Ausgrabungen bei Stonehenge werden Laura noch einige Jahre in Beschlag nehmen.«

»Und Rodrigo«, fuhr Many fort, »wird auch noch eine ganze Weile im Bermuda-Dreieck umherfahren. Ich kann kaum glauben, dass die beiden diese Jobs angenommen haben.«

»Ich auch nicht. Mir wurde ja die Leitung auf der Osterinsel angeboten. Aber da kriegst du mich so schnell nicht wieder hin. Ich wette, da klebt noch Dreisteins Blut auf dem Boden.«

Die Freunde wurden still. Für kurze Zeit waren sie abgelenkt gewesen, doch die Erwähnung Dreisteins hatte sie wieder an das Hier und Jetzt erinnert.

»Wo waren wir stehen geblieben?«, fragte Steven.

»Mir war der Gedanke gekommen, dass wir Hilfe gebrauchen könnten.«

»Und an wen hast du da genau gedacht? Sonst war doch keiner bei unseren Abenteuern dabei.«

»Doch, doch. Da war noch jemand. Er hat uns bei der Suche nach Vanadielle geholfen und ist mit uns von Ägypten nach Stonehenge geflogen. Nur hat das keiner von uns während des Fluges mitbekommen. Erst in Stonehenge ist er uns plötzlich wieder begegnet.«

»Ah. Ja, ja. Jetzt weiß ich es wieder.«

Im Verlies

Tanja öffnete die Augen. Es war dunkel um sie herum, nur eine nackte Glühbirne verbreitete spärliches Licht. Sie sah alles leicht verschwommen und ihr Gesicht schmerzte fürchterlich. Es dauerte einige Augenblicke, bis sie einigermaßen bei Sinnen war. Sie lag auf einem kalten Steinboden. Es waren große, dunkle Steine, wie die gepflasterte Straße einer Altstadt.

Wo war sie? Was war geschehen?

Sie griff sich an den schmerzenden Kopf und stand auf. Schwankend ging sie auf eine Wand zu, die aus den gleichen Steinen bestand, mit denen auch der Boden gepflastert war. Sie stützte sich mit einer Hand an der Wand ab, atmete tief durch und schloss die Augen. Sie musste einen klaren Kopf bekommen. Nach mehreren tiefen Atemzügen fühlte sie sich besser.

Sie öffnete die Augen wieder und sah auf die Steinwand. Während sie die Wand aus nächster Nähe betrachtete und die feinen Risse in den Steinen sah, erinnerte sie sich wieder.

Dreistein.

Er hatte die Tür zu ihrer Wohnung aufgebrochen und Vanadielle und sie beim Teetrinken überrascht. Bei der Erinnerung an Vanadielle erschrak sie.

Vanadielle.

Wo war sie?

Voller Panik sah Tanja sich um. Wenn sie hier war, musste Vanadielle auch hier sein. Sie betrachtete den Raum um sie herum. Er sah aus wie ein sehr altes Verlies in einer Burg oder einem Schloss. Die Decke bestand ebenfalls aus den Wand- und Bodensteinen und war nach oben gewölbt. Es roch hier auch, wie in einem Verlies, irgendwie feucht, modrig und alt.

Sie inspizierte die andere Seite des Verlieses und endlich sah sie sie. Vanadielle lag in der hintersten, dunkelsten Ecke, am anderen Ende des Kellergewölbes flach auf dem Boden. Ihr runder Bauch ragte über den Rest des Körpers.

Tanja ging immer noch leicht benommen auf sie zu, doch mit jedem Schritt, den sie machte, fühlte sie sich besser. Sie hockte sich neben Vanadielle auf den Boden und griff automatisch nach ihrem Puls.

Etwas schwächer als normal, aber immerhin vorhanden.

Tanja strich ihr vorsichtig über die linke Wange. Vanadielle schlug sofort die Augen auf. »Ganz ruhig. Alles in Ordnung.« Erleichtert ließ sich Tanja zu Boden sinken. Nach wenigen Sekunden stand sie wieder auf. Sie war immer noch schwach, aber sie musste unbedingt versuchen wach zu bleiben.

»Was ist passiert?«, fragte Vanadielle und hielt sich den schwangeren Bauch. Ihr kamen die Tränen. »Wo bin ich?«

»Keine Ahnung wo wir sind, aber wer daran Schuld hat, weiß ich ganz genau. Dreistein! Er lebt noch!«

Vanadielle setzte sich mühsam auf und griff sich an die schweißnasse Stirn. Ihre Tränen versiegten. Jetzt sah sie wütend aus.

»Wie geht es deinem Baby?«, fragte Tanja vorsichtig.

Vanadielle betastete erneut ihren Bauch. »Ich glaube, ganz gut. Fühlt sich etwas fest an, aber in letzter Zeit ist das immer öfter so.«

»Du hast aber noch keine Wehen? Das wäre das Schlechteste, was uns jetzt passieren könnte.«

»Nein, aber es können nicht mehr viele Tage sein. Was auch immer uns passiert ist, dem Baby ist dabei nichts geschehen.«

»Wenigstens eine gute Nachricht.«

Plötzlich hörten sie das wilde, wütende Gekreische einer Frau, das durch den Gang vor ihrem Verlies hallte. Bei dem Geräusch stellten sich Tanja die Nackenhaare auf. Solche Schreie hatte sie noch nie gehört. Vanadielle sah sie ängstlich an. Die Frau konnte nicht weit von ihnen entfernt sein. Vielleicht war dies nicht das einzige Verlies. Vielleicht waren sie nicht die einzigen Gefangenen. Die Frau kreischte, ihre Stimme war noch schriller geworden. Es hörte sich an, als würde sie gerade unter fürchterlichen Schmerzen sterben.

Als die Schreie der Frau versiegten, hörten sie eine weitere Stimme rufen. Es war eine tiefe männliche Stimme und gehörte ganz sicher nicht Dreistein. »Sei endlich still, du alte Hexe!«

Tanja sah Vanadielle verwundert an. »Die Stimme

muss direkt aus dem Raum neben uns gekommen sein.«

Aber da war noch etwas. Sie konnte es zwar nicht genau sagen, da die Stimme durch Tür und Wand dumpfer klang. Die Stimme kam ihr bekannt vor. Es war eigentlich unmöglich. Er konnte nicht hier sein.

Tanja strich Vanadielle noch einmal beruhigend über die Wange und ging dann zur Tür ihres Verlieses. Sie bestand aus massivem Eichenholz und sah sehr alt aus. Eine Türklinke gab es zumindest auf dieser Seite nicht. In Augenhöhe war eine kleine, schmale Öffnung angebracht, die früher einmal abschließbar gewesen war. Doch der Riegel war jetzt im geöffneten Zustand eingerastet. Durch sein hohes Alter funktionierte er anscheinend nicht mehr. Tanja versuchte hindurch zu greifen, blieb aber mit dem Unterarm stecken. Mit einem kurzen Ruck befreite sie sich wieder.

Sie ging dicht mit dem Mund an die Öffnung und rief laut: »Hallo!«

Ein leises aber freundliches »Hallo« kam zurück, dann sprach die Stimme weiter: »Ich hab mich schon gefragt, wann ihr endlich aufwacht.«

Tanja war einen Moment sprachlos. Von ihren Gefühlen überwältigt schrie sie laut: »Dad!« Dann begann sie zu schluchzen. Die freundliche Stimme schrie jetzt fragend zurück. »Tanja?«

»Ja, ich bin es. Was machst du hier? Wie bist du hierher gekommen?«

»Als ich von der Nachtschicht nach Hause kam,

stand plötzlich ein Mann in meinem Haus. Er sah sehr merkwürdig aus, weshalb ich ihn nicht sofort erkannt habe. Aber dann wusste ich, wen ich vor mir hatte. Es war der Doktor, bei dem du gearbeitet hast. Er war mit euch bei dieser Pyramide in Mexiko.«

»Sein Name ist Dreistein«, rief Tanja.

»Ich habe nicht gesehen, wie er euch hergebracht hat, weil ich von meiner Zelle aus nichts sehen kann. Eure Tür ging zweimal auf und zu, deshalb vermute ich, dass ihr zu zweit seid.«

»Er hat Vanadielle und mich in meiner Wohnung überrascht und niedergeschlagen.«

»Dieser verdammte Dreckskerl!«, schrie Tanjas Vater Julius X. Bloorham wütend. »Ist Vanadielle deine Freundin, die schwanger ist?«

»Ja, aber es geht ihr gut. Er hat ihr nichts getan. Das Baby wird jedoch bald kommen. Wir müssen irgendwie hier raus.«

»Bis jetzt ist mir noch nichts eingefallen. Wenn euer Raum der gleiche ist wie meiner, dann habt ihr keine Chance. Die einzige Möglichkeit wäre, wenn dieser Dreistein die Tür öffnet. Vielleicht kann er dann überwältigt werden. Obwohl ich mir da nicht so sicher bin. Jemanden wie ihn habe ich noch nie gesehen.«

Tanja wusste nicht mehr weiter. Wie sollten sie bloß hier raus kommen? Was wollte Dreistein? »Ich habe keine Ahnung, was er von uns will. Was will er von dir?«

»Bevor er mich verschleppt hat, hat er mich gefragt, ob ich der Bloorham bin, der Facharzt für Neurochirurgie ist. Du willst gar nicht wissen, was der hier für fürchterliche Experimente durchführt.«

Was sollte das denn jetzt, fragte sich Tanja. War Dreistein komplett verrückt geworden? »Ich melde mich gleich wieder.« Tanja ließ sich mit dem Rücken an der Tür hinab gleiten und setzte sich auf den Boden. Was war hier los? Was hatte Dreistein vor? Was, um Gottes Willen, wollte er von ihrem Vater?

Ihr gingen tausend Gedanken gleichzeitig durch den Kopf. Je länger sie nachdachte, umso sicherer wurde sie sich, dass dieser Dreistein nicht mehr der Dreistein von früher war. Er hatte nicht nur eine körperliche Verwandlung durchgemacht. Sein ganzes Wesen hatte sich verändert. Der alte Dreistein hätte ihr und Vanadielle niemals etwas angetan.

Sie stand wieder auf und hielt den Mund vor den Sehschlitz. »Was für Experimente macht Dreistein?«

Einige Sekunden hörte sie nichts, dann erzählte ihr Vater in niedergeschlagenem Ton, was er getan hatte. »Er hat verlangt, dass ich einem Mann ein Serum direkt ins Gehirn injiziere. Wenn ich ihm nicht helfen würde, würde er dich holen und sonst was mit dir anstellen. Da hatte ich keine Wahl. Ich tat, was er von mir verlangte.« Bloorham schwieg einige Sekunden, bevor er fortfuhr. »Der Mann ist kurz darauf gestorben. Auch wenn es nicht meine Schuld ist, fühle ich mich dafür verantwortlich.«

»Du hattest keine andere Wahl. Wer weiß, was Dreistein mit dir angestellt hätte, hättest du ihm nicht geholfen. Was bezweckt Dreistein mit diesem Experiment?«

»Es hat irgendetwas mit einer blauen Flüssigkeit zu tun. Ich weiß nicht, wo er sie her hat. Durch die Flüssigkeit, dieses Serum, hat Dreistein sich verändert.«

Bei der Erwähnung der blauen Flüssigkeit schossen Tanja Bilder durch den Kopf. Die blaue Kugel in Zerebrus Reich unter Stonehenge. Zerebrus Worte über die blaue Kugel und das Elixier des ewigen Lebens. Sie sah die beiden blauen Drachen vor sich, durch sie hatte die blaue Kugel ihre Kraft. Sie sah, wie alles geendet hatte, und dann sah sie noch einmal, wie Dreisteins abgetrennter Oberkörper in der blauen Kugel schwebte.

Durch die Kugel hatte Dreistein überlebt. Sie hatte ihn wieder ins Leben zurückgebracht.

Dreistein wollte die gleiche Macht wie Zerebrus haben. Doch es gab keine blaue Kugel mehr und auch die beiden Drachen lebten nicht mehr. Die Wesen der Urzeit lebten nicht mehr.

Dreistein kam nicht heran an die unvorstellbare Kraft und Unsterblichkeit. Er konnte die Macht der Urzeit nicht erreichen. Noch nicht.

Aber er hatte einen Plan, einen grausamen Plan.

Hoffentlich wussten Steven und Many, wo sie waren, und beeilten sich herzukommen. Vorausgesetzt, sie waren schon von ihrer Reise zurück. Sie brauchten hier wirklich dringend Hilfe.

Neue Ziele

Eugen Fellger trat in kurzer Hose und T-Shirt auf seine Terrasse und betrat dann das vielleicht etwas zu kleine Rasenstück, das ihm als Garten diente. In der hinteren Ecke seines Gartens stand der Rasenmäher, den er sich von seinem Nachbarn ausgeliehen hatte. Daneben stand der Benzinkanister bereit. Eugen öffnete den Kanister und den Tankdeckel des Rasenmähers und füllte das Benzin ein.

Nachdem er den Kanister wieder auf die Terrasse gestellt hatte, zog er seinen MP3-Player aus der Hosentasche, steckte sich die Hörer in beide Ohren und schaltete ihn ein.

Mehrere Minuten lang schob er den Rasenmäher hin und her und hörte dabei der Musik zu. Er versuchte seine schlechten Gedanken zu vertreiben, das ging manchmal am besten bei der Arbeit. Im letzten halben Jahr hatte sich so einiges in seinem Leben geändert. Erst die Begegnung bei den Pyramiden von Gizeh, die sein komplettes Weltbild auf den Kopf gestellt hatte, und dann hatte ihn auch noch seine Frau verlassen.

Er sah seinen kleinen Sohn noch regelmäßig, aber jeden Tag nun auch wieder nicht. Dieses Mal musste er auf das übernächste Wochenende warten, erst dann konnte er wieder Zeit mit seinem Sohn verbringen. Die Wut, die er seit mehreren Wochen mit sich herum trug, machte ihn langsam aber sicher fertig.

Eugen hatte in diesem Augenblick große Lust seinen Rasenmäher durch das Schaufenster eines bestimmten Trainingsstudios zu werfen, in dem seine Frau wahrscheinlich gerade mit ihrem Neuen trainierte. Er atmete langsam aus. Das half ihm nicht. Er versuchte sich wieder auf die Musik zu konzentrieren.

Dann veränderte sich plötzlich etwas. Er wusste nicht, was es war. Natürlich hörte er nichts wegen der Musik und dem lauten Rasenmäher. Es war nur so ein Gefühl. Dann blies der Wind ganz sanft auf ihn herab. Er spürte es sofort. An diesem sonnigen Tag war es das erste Mal, dass er den Wind spürte. Er neigte den Kopf und sah zum Himmel. Doch da war gar kein Himmel. Über ihm schwebte ein mehrere Meter großer schwarzer Stahlkasten.

Eugen fiel die Kinnlade herunter. Er hatte dieses schwarze Etwas schon einmal gesehen. Bei seinem Urlaub in Ägypten, im letzten Jahr. Es war das Raumschiff, das sein Leben verändert hatte.

Während Eugen noch hoch starrte, erschien eine Öffnung an der Seite des Raumschiffes und ein Kopf war zu erkennen. »Mach mal Platz da unten«, rief eine Stimme zu ihm herunter.

Eugen ließ den Rasenmäher mit laufendem Motor stehen und ging rückwärts, ohne den Blick abzuwenden, bis er mit dem Rücken an die Hauswand prallte.

Das Raumschiff sank weiter zu Boden, traf dann auf den Rasenmäher und zerquetschte ihn wie eine alte verrostete Blechdose. An der Seite des Schiffes öffnete sich eine Tür. Many kam aus der Öffnung gestiegen und schritt auf Eugen zu, der noch immer völlig verwirrt an der Hauswand stand und gerade die Hörer seines MP3-Players in die Tasche steckte.

»Na mein Freund«, sagte Many und hielt Eugen die ausgestreckte Hand hin.

Eugen ergriff sie zögernd. »Äh, was machst du denn hier?«

»Um es kurz zu sagen… Wir brauchen deine Hilfe. Steig einfach ein. Wir erklären dir alles unterwegs.«

»Aber ich kann doch nicht so einfach hier weg. Ich habe gerade zu tun.«

»Was willst du denn hier noch machen?«, fragte Many und nickte zu der Stelle, wo vorhin noch der Rasenmäher gestanden hatte. »Das mit dem Rasenmähen kannst du ja wohl vergessen.«

»Das war der Rasenmäher von meinem Nachbarn.«

»Das ist ja ganz toll für deinen Nachbarn, dass er einen so wunderschönen und ziemlich platten Rasenmäher hat.«

»Äh ...«

»Los, los. Wir gehen jetzt.« Many schob den völlig perplexen Eugen vor sich her und durch den Eingang ins Raumschiff.

Im Innern des Raumschiffes wartete noch ein Bekannter auf ihn. Manys Freund Steven. Mit ihm hatte Eugen nicht so viel zu tun gehabt.

Many hatte er damals bei den Pyramiden von Gizeh kennengelernt und sich dann in seinem Raumschiff versteckt. Auf Steven war er dann erst unter den Ruinen von Stonehenge gestoßen. Sie hatten sich dort nichts zu sagen gehabt und auch auf dem Rückflug nur wenige Worte miteinander gewechselt.

Jetzt standen sie sich gegenüber und Eugen wusste nicht so recht, was er sagen sollte. Steven nahm ihm das ab. »Wie ich gehört habe, stehst du seit unserem letzten Abenteuer mit Many in Verbindung.« Eugen nickte. »Das ist gut. Many hat mir versichert, dass wir auf dich zählen können.« Eugen nickte erneut. »Dann kommen wir gleich zur Sache. Erinnerst du dich an Dreistein? Das war der ältere Mann mit den weißen Haaren, der mit uns unter Stonehenge war und der dort gestorben ist.« Eugen nickte zum dritten Mal. »Gut, Gut. Dreistein wurde damals in dieser blauen Kugel eingeschlossen, nachdem Zerebrus ihn getötet hatte. Zumindest dachten wir das.«

Jetzt zeigte Eugen zum ersten Mal eine Regung. Er verengte die Augen zu Schlitzen. »Du willst mir jetzt aber nicht erzählen, dass der noch lebt!? Der war doch nur ein halber Oberkörper mit einem Arm und Kopf.«

»Tja, Tja, Tja. Genau so scheint es zu sein. Wir wissen noch nicht genau wie, aber Dreistein ist noch am Leben.« Steven seufzte. »Er hat Tanja und Vanadielle entführt.«

Eugen riss verwundert die Augen auf. »Aber warum das denn?«

»Das können wir nur vermuten. Es sieht so aus, als

würde er uns die Schuld an seinem Tod geben. Oder besser gesagt, daran, dass wir ihn nicht gerettet haben. Ich habe keine Ahnung, wie er darauf kommt.«

Eugen starrte Steven weiter ungläubig an. »Kein Mensch auf der Welt hätte gedacht, dass der noch lebt.«

»Ja, aber aus irgendeinem Grund versteht Dreistein das nicht. Vielleicht hat es etwas damit zu tun, dass er die Dinosauriergehirne sammelt.«

»Was sammelt er?« Eugen war sich sicher, dass er sich verhört hatte.

»Dreistein ist dafür verantwortlich, dass die letzten Dinosaurier, die bei der Pyramide in Mexico und in Stonehenge entkommen sind, getötet werden. Wir haben den Jäger aufgespürt, der die Dinosaurier betäubt hat. Er hat ihnen die Köpfe abgeschnitten und mitgenommen. Wir wissen noch nicht, was Dreistein damit vorhat. Wir sind auf dem Weg zu ihm, um es herauszufinden und Tanja und Vanadielle zu befreien.«

Eugen lachte. »Und dann habt ihr ausgerechnet mich ausgesucht, um euch zu helfen? Ich bin mir nicht sicher, ob das eine gute Entscheidung ist. Was habe ich denn, was mich zum Helden macht?«

»Es sind immer die Zufälle, die das Leben bestimmen«, sagte Many und machte eine kurze Pause, bevor er weitersprach. »Du hast mir mal erzählt, dass du aus Russland kommst.«

»Ja, das stimmt.«

»Okay, dann setze ich mal voraus, dass du Russisch sprechen kannst?«

»Ja, aber schreiben kann ich es nicht so richtig. Das ist alles schon ziemlich lange her.«

Many zog eine Schachtel Zigaretten aus der Hosentasche und zündete sich Eine an. »Das reicht vollkommen. Wir haben aus einer zuverlässigen Quelle Dreisteins Aufenthaltsort erfahren. Es soll sich dabei um eine Art Schloss handeln, das in den Bergen von Kirgistan steht. Er hat es vor einem halben Jahr gekauft. Wir vermuten, dass er Tanja und Vanadielle dort festhält. Wahrscheinlich führt er dort auch seine fragwürdigen Experimente durch.«

»Was für eine Quelle hat euch das denn erzählt?«, fragte Eugen skeptisch. »Das Ganze hört sich nicht so an, als dürften viele davon wissen.«

Many kratzte sich geistesabwesend den Bart. »Der Jäger hat uns davon erzählt. Nennen wir es mal `den Umständen entsprechend glaubwürdig´. Mehr brauchst du jetzt nicht zu wissen.«

Steven mischte sich ein. »Den Rest können wir später besprechen. Pack deine Siebensachen zusammen und dann lasst uns endlich los.«

»Das geht mir zwar alles ein bisschen schnell, aber ich denke, ich bin dabei.«

»Dann ist ja alles geklärt«, sagte Many zufrieden und rieb sich die Hände.

Eugen ging in sein Haus. Nachdem er einige Minuten lang verzweifelt nach seinen Rucksack suchte - er fand ihn schließlich im Keller hinter der Waschmaschine und wunderte sich, wie zur Hölle er dorthin gekommen war - überlegte er, was er alles mitnehmen sollte.

Was brauchte man alles für eine Rettungsaktion? Woher sollte er so etwas wissen, es war immerhin sein erstes Mal.

Zuerst warf er Boxershorts und Socken in den Rucksack. Dann nahm er die Sachen wieder heraus und warf sie wieder in den Schrank, er wollte ja schließlich nicht bei einem Freund übernachten. Er ging in die Küche und packte eine Flasche Wasser ein. Jetzt kam er der Sache schon näher. Als er durch die Küchentür ins Wohnzimmer sah, fing er an zu grinsen. Über dem Fernseher hing die Nachbildung eines Samuraischwertes. Er hatte schon immer davon geträumt es im Kampf zu schwingen. An der Scheide waren sogar zwei Gurte befestigt, womit er es sich auf den Rücken schnallen konnte.

Langsam kam er auf den Geschmack. Er ging in den Keller. Dort hing noch der schwarze Kampfanzug, den er immer beim Paintball mit seinen Freunden trug. Er betrachtete den Anzug einen Moment. Warum sollte er die Sachen eigentlich nicht gleich anziehen?

Steven und Many standen am Eingang zum Raumschiff und besprachen einige Taktiken, als ihr Gespräch von einer zuknallenden Tür unterbrochen wurde. Beide sahen über den Rasen hinweg zu Eugens Haus.

Many schüttelte den Kopf. »Ach du heilige Scheiße. Jetzt hat er sich als Ninja verkleidet. Das gibt's doch nicht. Der hat ja sogar ein Schwert auf dem Rücken.«

Steven musste lachen. »Lass ihn doch. Der Mann hat sich gut vorbereitet. Stell dir vor, er hätte sich eine Badehose samt dazugehöriger Kappe angezogen.«

Jetzt musste auch Many lachen. »Jo, und am besten noch ein rotes S auf die Brust gemalt.«

Die beiden schüttelten sich vor Lachen, als Eugen ins Rauschiff trat.

»Was habt ihr denn?«

»Nichts, nichts«, sagten beide im Chor, dann ging Many und setzte sich auf den mittleren Pilotensitz. Steven nahm links von ihm Platz, Eugen rechts.

»Alle bereit?«, fragte Many, »oder sollte ich besser sagen, jo so hoy ching?«

Steven und Many brachen wieder in lautes Gelächter aus und sahen Eugen an.

»Ja, ja, ja, ist ja gut. Ich kann auch wieder gehen.«

»Ein kleiner Spaß darf ja wohl noch erlaubt sein«, sagte Many und wischte sich eine Träne aus dem Auge. »Dann mal los.«

Dreistein

Jetzt hatte er sie. Sie war schon unten im Keller in einem der vielen Verliese eingesperrt. Er konnte es kaum fassen. Die Frau war auch noch kurz davor ein Kind zu gebären. Jetzt hatte er also gleich zwei Atlanter bekommen. Und als besondere Dreingabe, war Tanja mit ihr zusammen gewesen. Jetzt konnten sie da unten erst mal vor sich hin schmoren. Er hatte genug Zeit, um sich um die Frauen zu kümmern.

Steven und Many würden eine Weile brauchen, um sie hier ausfindig zu machen. Nach dem, was am Times Square geschehen war, sollten sie mittlerweile wissen, mit wem sie es zu tun hatten. Da hatte er ja ganz schön für Aufsehen gesorgt. Nachdem er von dem Saurierhirn dort gehört hatte, blieb ihm nichts anderen übrig, als es sich zu holen. Er musste es einfach haben.

Ein kleines Problem gab es jedoch, der Jäger hatte seit einiger Zeit nichts von sich hören lassen. Vielleicht war er ja mittlerweile mit dem Saurierhirn eingetroffen. Später war noch Zeit sich darum zu kümmern.

Jetzt musste er einige Vorkehrungen für die Ankunft seiner alten Freunde treffen. Er hatte einige Überraschungen parat. Zwei bis drei Gefangene konnten freigelassen werden, die würden sich auf jeden stürzen, der ihnen zu nahe kam. Dann hatte er auch noch den Riesen, den er schwer verletzt unter den Ruinen von Stonehenge gefunden hatte. Mit einer Keule würde er mit Sicherheit eine gute Patrouille in den Gängen abgeben.

Es würde ein guter Empfang werden.

Mit etwas Glück würde auch das Serum bis dahin fertig sein. Mit Bloorhams Hilfe und einigen weiteren Tests und Operationen würde es nicht mehr lange dauern. Wenn dieser alte Mann nur nicht so stur wäre. Aber da Tanja jetzt in seiner Hand war, bestand dieses Problem nicht mehr. Bloorham würde jetzt alles tun, um seine Tochter zu beschützen.

Welcher Vater würde das nicht tun? Er selbst würde das ja auch für seine Söhne tun.

Er sah nach der Uhr an seinem Handgelenk. Dann fiel ihm auf, dass er keine mehr trug, seit sein Arm diese Ausmaße angenommen hatte. War ja auch egal. Es war jedenfalls Zeit für den nächsten Versuch.

Es dauerte nur wenige Minuten, bis er den sich sträubenden Bloorham aus seiner Zelle geholt hatte.

»Ich helfe Ihnen nicht mehr, egal, was sie von mir wollen.«

»Du hast sicher mitbekommen, dass ich deine Tochter habe. Ich denke, du wirst alles tun, was ich von dir will.«

Bloorham hatte sich letztendlich doch Dreisteins Willen gebeugt. Ihm war ja nichts anderes übrig geblieben.

Und jetzt waren weitere Menschen tot. Es war wieder ein unbekanntes Gesicht gewesen. Nach

Dreisteins Aussage war er aus dem Dorf in der Nähe.

»Wir müssen zuerst prüfen, ob das Subjekt die passende Blutgruppe AB positiv hat.«

»Warum ist das wichtig?«, fragte Bloorham.

Dreistein grinste hämisch. »Ich habe das Serum so modifiziert, dass es nur von jemanden eingenommen werden kann, der diese Blutgruppe hat. Das ist natürlich meine Blutgruppe, und somit habe ich den Kreis der Personen eingeschränkt, die mir den Erfolg streitig machen können.«

Bloorham musste sich das unbedingt merken, das könnte noch sehr wichtig sein.

Dieses Mal war die Wirkung des Serums noch stärker gewesen. Die Stelle der Injektion war die gleiche gewesen, nur die Menge war deutlich höher. Selbst Dreistein hatte seine Schwierigkeiten gehabt, den Mann zu bändigen, obwohl es im Gegensatz zum letzten Mal nur ein kleiner Mann gewesen war.

Nachdem Dreistein den Mann in eines der Verliese gebracht hatte, war er wieder zu Bloorham in den kleinen Operationssaal gekommen.

»Das hast du gut gemacht«, sagte Dreistein. »Wir sind unserem Ziel ein großes Stück näher gekommen.«

»Bitte reden Sie nicht von *wir*, alles, was ich hier erledige, mache ich unter Zwang. Es gibt kein *wir*.«

Dreistein beugte sich zu Bloorham herunter, holte mit der schwarzen Hand aus und schlug direkt neben Bloorham ein Loch in den Boden. Jetzt konnte man in das Stockwerk darunter sehen. »Was hast du gesagt?«, fragte Dreistein, seine Stimme war nur ein leises Knurren.

»Äh, nichts. Alles gut. Das haben *wir* gut gemacht. *Wir* sind *unserem* Ziel ein großes Stück nähergekommen.«

Bloorham sah Dreistein in die Augen. Das eine leuchtete jetzt goldgelb. Er hatte das Gefühl, dass Dreistein langsam die Kontrolle verlor. Dieser plötzliche Ausbruch von Gewalt war ungewöhnlich. Er wandte den Blick von Dreistein ab.

Sein Blick fiel auf den Edelstahltisch, auf dem die Ampullen mit dem blauen Serum standen, und plötzlich hatte er einen Einfall. Er musste eine Ampulle verschwinden lassen. Nur erwischen lassen durfte er sich nicht. Wenn Dreistein das mitbekam, würde er ihn durch die nächste Wand prügeln.

Dreistein drehte sich um und ging zur Tür. »Ich werde jetzt einen neuen Probanden holen. Du bleibst hier. Ich bin in zwei Minuten wieder da, und wenn du dann nicht alles vorbereitet hast, kannst du was erleben.« Dreistein ging raus und schloss die Tür hinter sich.

Bloorham war überrascht. Er war allein. Ohne weiter zu überlegen, nahm er eine Ampulle des Serums samt dazu gehöriger Spritze und sah sich nach einem Versteck um. Die Sekunden verstrichen. Er sah einige Schubladen, die in die Wand neben der Tür eingelassen waren. Er öffnete eine der Schubladen und legte Serum und Spritze hinein.

Schnell war er wieder am Operationstisch und beseitigte das Blut von Tisch und Instrumenten. Er hatte den blutigen Lappen noch in der Hand, als Dreistein wieder eintrat. Er warf den Lappen hinter sich und rief laut: »Alles vorbereitet!«, obwohl er eigentlich noch gar nichts vorbereitet hatte.

Dreistein schien einen Augenblick überrascht. Er schien in Gedanken woanders zu sein. Über der Schulter trug er eine bewusstlose junge Frau. »Dann kann es ja losgehen«, sagte Dreistein und legte die Frau auf den Tisch.

Bloorham schluckte, als er die Frau sah. »Das kann ich nicht machen Dreistein.«

»Doch, du kannst das machen. Ich kann die hier auch aus dem Fenster werfen und deine Tochter holen. Wir können das Serum natürlich auch an ihr testen.«

Bloorham ließ resigniert die Schultern hängen und begann zu tun, was er tun musste, um das Leben seiner Tochter zu schützen.

Das Dorf

In den letzten Stunden hatten sie die halbe Welt um-
flogen. Steven hatte Eugen erklärt, warum er auf
dieser Mission so wichtig war. Eugen war etwas pi-
kiert gewesen, dass er lediglich als Übersetzer
dienen sollte. Sie hatten ihn aber davon überzeugt,
dass er noch andere Qualitäten besaß, die sie gut gebrauchen konnten. Steven meinte, er würde auch
einen prima Ninja abgeben, worauf Many einen
Lachanfall bekommen hatte. Danach hatten sie sich
wieder im Griff und konzentrierten sich auf ihre
Aufgabe.

Sie fanden das Dorf ohne Probleme. Der Jäger hat-
te zumindest in dieser Hinsicht die Wahrheit gesagt.
Blieb nur noch zu hoffen, dass Dreistein auch in der
Nähe war, aber das würden sie bald wissen.

Many fand ein gutes Versteck für das Schiff und
sie mussten nur einige Minuten gehen. Wenn sie mit
dem Schiff im Dorf gelandet wären, hätten sie auch
gleich wieder umdrehen können.

Das Dorf hatte nur eine einzige Straße, die einmal
im Halbkreis hindurch führte. Sie näherten sich dem
Ortsschild, auf dem etwas in Kyrillisch geschrieben
stand. Eugen ging voran, Steven und Many gingen
dicht dahinter.

Kaum hatten sie die Straße betreten und das erste
Bauernhaus hinter sich gelassen, wurden sie schon
von den ersten Einheimischen angestarrt. Es war ein

älteres Ehepaar, das die drei Fremden grimmig über die Straße hinweg anstarrte. Die beiden verschwanden in dem Haus und Steven hätte schwören können, dass er den Riegel gehört hatte, mit dem die Tür abgeschlossen wurde.

Sie gingen weiter. Auch die nächsten Häuser, an denen sie vorbei kamen, waren Bauernhäuser. Fachwerkhäuser aus Holz und Lehm. Manchmal liefen im Vorgarten sogar Hühner, Enten oder Kaninchen herum.

In der Mitte des Dorfes kamen sie an ein Gebäude, das etwas größer war, als alle anderen. Obwohl es nicht wie eine Kirche aussah, war es wahrscheinlich eine. Davor war sogar so etwas, wie ein Marktplatz. Zwei kleine, aus dunklen Holzbrettern zusammengenagelte Buden, in denen irgendetwas verkauft wurde.

Ein dunkelhaariger Mann nahm gerade von einer Verkäuferin etwas entgegen, das in Zeitungspapier eingeschlagen war und ging dann quer über den Platz auf ein Haus zu. Es war das erste Haus, das nicht so wirkte wie der Rest des Dorfes. Über der Eingangstür, durch die der Dunkelhaarige gerade ging, war ein Schild angebracht. Was dort stand, konnte Steven nicht lesen, aber es wirkte wie ein Gasthaus oder eine Kneipe.

»Sollen wie da rein gehen?«, fragte Many.

»Da wird uns wohl nicht viel anderes übrig bleiben«, antwortete Steven und schob Eugen vorwärts auf das Gebäude zu. »Dafür haben wir ihn doch mitgenommen, er kann das bestimmt auch lesen.«

Einen solchen Gestank hatten die drei selten im Leben erlebt: Aschenbecher, Alkohol und irgendetwas, das von hinten aus der Küche zu kommen schien. An der Theke saßen drei Männer, die Bier tranken. Der Wirt stand hinter der Theke und wischte gerade ein Glas mit einem ziemlich dreckigen Tuch ab. Während er die drei neuen Gäste beobachtete, verschmierte er das Glas noch mehr, dann schien er es zu bemerken und nahm sich ein neues Tuch.

»Was trinkt ihr?«, fragte der Wirt auf Russisch und starrte die drei misstrauisch, fast schon feindselig an. »Drei Bier«, sagte Eugen fröhlich auf Russisch und nahm neben den Männern an der Theke Platz.

Steven und Many setzten sich dazu. Kurz darauf hatten alle drei ein Bier vor sich stehen, nur die Gläser sahen nicht besonders sauber aus.

Many begutachtete seines und kratzte mit dem Fingernagel irgendetwas vom oberen Rand des Glases ab. »Das kann ich echt nicht trinken.« Er sah zu den drei anderen Gästen rüber, die sehr wohl saubere Gläser hatten.

»Wenn wir das nicht trinken«, flüsterte Eugen, »beleidigen wir ihn und können gleich wieder gehen. Die testen uns nur. Sie fragen sich, warum wir hier sind.«

Many schloss die Augen und nippte an seinem Getränk. Er sah aus, als würde er gleich alles wieder auf die Theke spucken, behielt es dann aber tatsächlich drin.

Steven trank ebenfalls einen Schluck und stupste Eugen unauffällig gegen den Ellenbogen.

Eugen verstand und sprach den Wirt an. »Wir sind wegen des neuen Besitzers des Schlosses oben in den Bergen hier.« Der Wirt sah ihn immer noch misstrauisch an. »Wir haben gehört, dass ungewöhnliche Dinge geschehen sind, seit wieder jemand dort oben wohnt.« Der letzte Satz war Eugen spontan eingefallen, aber er merkte, dass er damit genau ins Schwarze getroffen hatte.

»Ihr seid keine Freunde des Doktors?«, fragte der Wirt, seine Augen waren nur noch Schlitze durch die er die drei anfunkelte.

»Nein, nein. Auf gar keinen Fall«, beteuerte Eugen.

»Der Doktor hat uns etwas gestohlen, was wir unbedingt wieder haben wollen.«

»Was hat er euch gestohlen?«

Jetzt kam es darauf an. Wenn er jetzt die richtigen Worte wählte, konnte er den Wirt für sich gewinnen. Am besten war es mit der Wahrheit. Mit Ehrlichkeit kam man manchmal am weitesten. Eugen zeigte auf Steven und Many. »Er hat ihre Frauen gestohlen.«

Steven und Many sahen sich kurz an. Da das ganze Gespräch weiterhin auf Russisch stattfand, verstanden sie kein Wort und waren sich nicht sicher in welche Richtung das Gespräch lief. Eugen bemerkte es und übersetzte für die beiden.

Der Wirt sah die drei Dorfbewohner an der Theke an. Die nickten ihm nacheinander zu. Als der Wirt wieder sprach wurde seine Stimme leiser und ganz plötzlich wirke er nicht mehr so feindselig. »Seit der Doktor in dem Schloss wohnt, sind einige Dorfbewohner verschwunden und nicht wieder aufgetaucht.« Er zeigte auf den mittleren Dorfbewohner. »Das hier ist Tschenko. Sein Bruder ist vor drei Wochen verschwunden. Er war gerade dabei auf seinem Feld Kartoffeln zu ernten. Als seine Frau ihn zum Essen rief, war er verschwunden. Nur noch seine Mütze lag mitten auf dem Feld.«

Tschenko ließ traurig den Kopf sinken.

Der Wirt sprach weiter. »Insgesamt sind drei Männer und sechs Frauen verschwunden. Von keinem haben wir seitdem etwas gehört. Es gab keine Kampfspuren. Es ist, als hätte der Himmel sie nach oben gezogen.«

Bevor Eugen seine nächste Frage stellte, übersetzte er das Gespräch für Steven und Many, dann wandte er sich wieder an den Wirt. »Habt ihr euch schon an die Polizei gewandt?« fragte Eugen.

»In dieser Gegend gibt es keine Polizei. Die ist erst in der nächsten Stadt. Es dauert Stunden, bis die hier sind. Und wegen ein paar verschwunder Dorfbewohner kommen die erst gar nicht."

Nachdenklich nahm Eugen einen Schluck von seinem Bier, bereute es aber sofort. Er versuchte sich den bitteren Geschmack nicht anmerken zu lassen.

»Und warum seid ihr euch dann sicher, dass dieser

Doktor etwas mit den Verschwundenen zu tun hat?«

»Der Doktor hat etwas Böses an sich. Er kommt einmal die Woche ins Dorf und kauft Nahrungsmittel ein. Er sieht so unheimlich aus. Als er vor zwei Tagen hier war, war eines seiner Augen plötzlich goldgelb. Er war auch größer als sonst. Niemand traut sich mehr mit ihm zu reden. Die Dorfbewohner haben alle Angst vor dem Doktor«

Eugen übersetzte den letzten Teil wieder für Steven und Many.

»Warum nennt ihr ihn Doktor?«, fragte Steven und Eugen übersetzte jetzt für den Wirt.

Der Wirt sah ihn an. »Er trägt immer diesen weißen Kittel.«

Eugen übersetzte jetzt jeden Satz für Steven.

Steven strich sich mit Daumen und Zeigefinger über den Bart. Er vermutet, dass Dreistein seinen Kittel im Dorf trug, um respekteinflößend zu wirken. »Wir können euch vielleicht helfen, wenn ihr uns dabei helft ungesehen ins Schloss zu kommen.«

Tschenko hob jetzt den Kopf und sah zu Steven. »Ich weiß etwas. Als mein Bruder verschwand, war ich beim Schloss, um nach ihm zu suchen. Es gibt einen Eingang durch die Kanalisation. Ich habe ihn betreten, doch ich bin nicht weit gekommen. Dort hallen schreckliche Schreie durch die Dunkelheit.«

»Kannst du uns den Weg dorthin zeigen?«, fragte Eugen.

»Ich habe Frau und Kinder, nie wieder gehe ich

dort hin, aber ich kann es euch aufzeichnen.«

Many hatte inzwischen sein Bier ausgetrunken. Er schien auf den Geschmack gekommen zu sein, denn er zeigte auf sein leeres Glas, um dem Wirt zu signalisieren, dass er gerne noch ein Bier hätte. Der Wirt nahm Manys benutztes Glas und füllte es wieder.

»Könnt ihr uns noch etwas über den Doktor sagen?«, fragte Eugen.

Der Wirt füllte erst ein weiteres Bier für Eugen, bevor er antwortete. »Er ist nicht alleine. Es ist meistens ein Mann mit einem großen Gewehr bei ihm.«

»Dieses Problem haben wir bereits behoben«, sagte Steven.

Der Wirt sah ihn erstaunt an, nachdem Eugen mit übersetzen fertig war. »Vielleicht seid ihr die Richtigen. Ich hoffe, dass ihr uns helfen könnt. Und vielleicht findet ihr auch unsere verschwundenen Freunde und Familienmitglieder. Wir werden euch helfen, wo wir können.« Jetzt standen die drei Dorfbewohner auf und gingen ohne ein Wort hinaus. Der Wirt sah ihnen nach. »Die drei werden einige Vorbereitungen treffen.«

In diesem Moment trat eine rundliche Frau durch die Tür hinter der Theke. Auf einem Tablett trug sie drei gefüllte Teller. Die Frau sah etwas verwirrt aus, Wahrscheinlich, weil die Gäste, die das Essen bestellt hatten, nicht mehr da waren. Der Wirt gab ihr ein Zeichen und sie stellte die Teller vor Eugen, Steven und Many.

Many sah überhaupt nicht erfreut aus. Das, was er

auf seinem Teller sah, konnte man bestenfalls als Innereien und Schafshirn deuten.

»Bitte, bitte«, sagte der Wirt. »Das geht aufs Haus.

Steven spießte etwas Undefinierbares auf seine Gabel. Ohne weiter darüber nachzudenken steckte er es in den Mund und schluckte es ohne zu kauen runter. Immerhin, im Abgang gar nicht schlecht, dachte er sich.

Many starrte noch immer seinen Teller an. Er hatte sich bis jetzt nicht geregt. Steven stieß ihn mit dem Fuß an. Many nahm zögerlich seine Gabel und begann zu essen. Nach dem ersten Bissen fragte er Eugen: »Das sieht irgendwie komisch aus, was ist das?«

»Ich habe vergessen, wie es heißt, aber das sind Schweinerüssel und Schweineohren.«

Steven sah zu Eugen und erstarrte. Der Teller war leer und Eugen rülpste unanständig laut. »Guck mich nicht so an. Meine letzte Mahlzeit ist schon lange her.« Kopfschüttelnd aß Steven weiter.

Die Köchin blieb so lange stehen, bis auch Many seinen letzten Bissen heruntergeschluckt hatte und nahm dann ihre Teller mit. Der Wirt grinste jetzt und stellte drei neue Biere hin.

»Wenn ich das auch noch trinke, bin ich gleich besoffen«, sagte Many, worauf er wieder einen Tritt vors Schienbein abbekam.

»So«, sagte der Wirt und rieb sich die Hände, nachdem die drei ausgetrunken hatten. »Jetzt kann es losgehen.« Er kam hinter der Theke hervor und

144

ging hinaus auf die Straße.

Die drei standen auf und folgten ihm. Mittlerweile war es dunkel geworden und auf dem Platz vor ihnen waren mehrere Fackeln angezündet worden. So leer das Dorf bei ihrer Ankunft auch gewirkt hat, jetzt war der Platz vor ihnen voll mit Menschen.

Als die Dorfbewohner die drei Fremden sahen, brachen sie in lauten Jubel aus. Plötzlich wurden die drei von allen Seiten umarmt und geküsst. Eine alte Frau kam auf sie zu und legte dem völlig verwunderten Many ein kleines Ferkel in die Arme. Many versuchte es der Frau wieder zu geben, doch die wehrte energisch ab.

Eugen sah den Wirt in seiner Nähe und kämpfte sich zu ihm durch. »Was ist hier los?«, fragte er den Wirt.

»Die Bewohner haben beschlossen spontan ein Fest zu euren Ehren zu feiern. Sie hoffen, dass ihr ihre Familienmitglieder wieder zurückbringt und den bösen Doktor tötet.«

Steven wischte sich mit den Händen ungläubig durchs Gesicht, nachdem Eugen übersetzt hatte. Das war ja wie in dem Film mit den sieben Cowboys. Jetzt hatten sie es auch noch mit einem ganzen Dorf zu tun.

Es dauerte nur Minuten und der Markplatz hatte sich in einen Festplatz verwandelt. Tische und Bänke waren herbeigeschafft worden. Jemand hatte ein Feuer entfacht und begann gerade Fleischspieße darauf zu braten. Der Wirt der Kneipe brachte alle paar

Minuten ein Tablett voller Bier heraus und verteilte es. Es war sogar ein Gitarrenspieler dabei, der neben dem Feuer seine Lieder zum Besten gab.

Steven, Many und Eugen standen an eine Hauswand gelehnt und tranken ein weiteres Bier. Bei dieser Stimmung konnte man fast vergessen, warum sie hier waren. Sie sahen sich das Schauspiel eine Weile an.

Zu Manys Füßen quiekte das Ferkel. Er hatte dem Tier einen Strick um den Hals gebunden und den Strick an seinem Gürtel befestigt. Er wusste noch nicht, was er mit dem Tier anfangen sollte. Es mit ins Raumschiff zu nehmen wäre wahrscheinlich nicht die beste Idee. Schweine waren schließlich nicht stubenrein und sie hatten auch keine Nahrung für das Tier dabei.

»Wir sollten langsam von hier verschwinden«, sagte Steven, nachdem er lange ins Feuer gestarrt hatte. Die beiden nickten zustimmend. Sie tranken aus, stellten die Gläser an der Hauswand ab und gingen in die Dunkelheit davon. Many zog das Ferkel hinter sich her.

Die Dorfbewohner bemerkten nicht, dass ihre Helden verschwunden waren. Lediglich ein kleiner Junge wunderte sich, als ein kleines Ferkel mit einem Strick um den Hals aus der Dunkelheit auf ihn zugelaufen kam. Der Junge griff nach dem Strick und zog das Ferkel zu sich. Er nahm es auf dem Schoß und kraulte ihm den Rücken. Lange blieben die beiden so sitzen.

Als Stunden später das Feuer auf dem Marktplatz erlosch, saß der Junge noch immer an die Hauswand gelehnt und schnarchte leise, in seinem Schoß lag das kleine Ferkel und schlief ebenfalls.

Auf dem Flug zum Schloss stellte Many den Autopiloten ein und die drei schlossen für einige Minuten die Augen. Die Zeit reichte zwar nicht für ein ausgedehntes Nickerchen, es reichte aber, um sich ein wenig auszuruhen. Allzu schnell standen alle drei wieder. Verschlafen gähnten sie einer nach dem anderen.

Many steuerte das Raumschiff dicht über den vertrockneten Boden. Das Gras, das darauf wuchs, war schon so hell und vertrocknet, dass die Landschaft wie eine verdorrte Wüste wirkte. Bäume waren nicht zu sehen. Es folgte lediglich ein kahler Hügel nach dem anderen. Einmal flogen sie über eine kleine Rinderherde, die von zwei Reitern begleitet wurde. Sonst gab es nichts zu sehen.

Das Dorf lag jetzt einige Kilometer hinter ihnen, doch Dreisteins Schloss war noch nicht in Sicht. In weiter Ferne konnten sie ein massives Gebirge erkennen. Seine Gipfel bestanden aus einer Spitze, die vier kleinere überragte. Die oberen Teile der Spitzen waren mit Schnee bedeckt, was vermutlich das ganze Jahr über so war. Das musste das Gebirge sein, das die Bewohner des Dorfes meinten. Die mittlere Spitze des Berges sah gegenüber den vier kleineren

Spitzen eher abgerundet aus. Genau dort musste Dreistein zu finden sein.

Sie näherten sich dem Gebirge von hinten, hier würden sie Eugen absetzen, dann wieder um das Gebirge herum fliegen und von vorne auf das Schloss zu steuern. So würden sie Dreistein von zwei Seiten angreifen.

Many ließ das Raumschiff drei Meter über dem felsigen Boden schweben. Tiefer konnte er nicht gehen, ohne das Schiff möglicherweise zu beschädigen und der nächste geeignete Landeplatz war viel zu weit entfernt. Steven öffnete die Tür und der Wind drang ins Innere des Schiffes.

Eugen sah aus der geöffneten Tür in die Tiefe. Bei dem Anblick fühlte er sich nicht gut. Wenn er sich da unten den Fuß brach, konnte er die ganze Sache vergessen.

»Wenn alles gut geht, sehen wir uns bald im Schloss wieder«, sagte Steven, der jetzt dicht hinter Eugen stand und ebenfalls auf den felsigen Boden sah. Er klopfte Eugen auf die Schulter. »Wird schon klappen.«

Eugen hatte sich eine geeignete Stelle für die Landung ausgesucht. Die kleine, ebene Stelle war höchstens zwei mal zwei Meter groß. Er musste versuchen genau in der Mitte zu landen, denn an allen Seiten des kleinen Platzes ragten spitze Steine in die Höhe. Ein wenig in die falsche Richtung gesprungen und er würde bei der Landung sofort an den spitzen Steinen abrutschen und sich verletzen, doch dies wäre dann sein geringstes Problem. Er hätte keine Chance ins Raumschiff zurückzukommen. Sie hatten nichts zum abseilen, wie es bei Rettungshubschraubern der Fall war, dabei. Er säße eine ganze Weile hier fest. Ohne einen weiteren Gedanken an die möglichen Folgen zu verschwenden, sprang er. Er landete auf der kleinen, ebenen Fläche und hatte sogar noch genug Platz um sich abzurollen. Nochmal Glück gehabt, dachte er sich und stand auf. Die Knie und der rechte Ellenbogen schmerzten ein wenig. Nach einer kurzen Ganzkörperuntersuchung stelle sich heraus, dass er sich weder den Fuß noch sonst irgendwas gebrochen hatte. Er klopfte sich den Dreck von dem schwarzen Tarnanzug und sah zum Raumschiff hoch.

Steven stand in der Öffnung und rief ihm grinsend zu: »Das nenn ich doch mal 'ne perfekte Landung!« Er warf Eugen die Taschenlampe und das Samuraischwert zu, dann hob er die Hand zum Gruß und verschwand im Innern des Raumschiffes.

Jetzt war Eugen zum ersten Mal allein während dieser Mission. Es war kein unangenehmes Gefühl. Er war stolz auf sich. Jetzt konnte er zeigen, aus welchem Holz er geschnitzt war. Er war selbst gespannt, welche Talente vielleicht tief in ihm schlummerten.

Er steckte das Schwert in die Scheide, die er sich auf den Rücken geschnallt hatte, und kontrollierte die Taschenlampe auf ihre Funktiontüchtigkeit. Alles in Ordnung. Es konnte losgehen. Die Öffnung zur Kanalisation des Schlosses musste zu seiner Rechten liegen. Es konnten höchstens zweihundert Meter sein. Nachdem er die ersten zehn Meter Weg voller Geröll hinter sich gebracht hatte, begann er zu schwitzen. Er bedauerte, dass er nicht näher an der Öffnung hatte landen können, aber sie durften keine Aufmerksamkeit erregen. Er ging weiter, kämpfte sich mühsam über den felsigen Boden.

Nach wenigen Minuten konnte er die Öffnung sehen. Nicht mehr weit, sagte er sich immer wieder. Fünf Minuten später war er am Ziel. Nass geschwitzt und völlig fertig, aber am Ziel. Er gönnte sich eine kleine Pause. Nie im Leben hätte er gedacht, dass es so anstrengend sein würde. Auf jeden Fall war dies die erste und letzte Bergtour in seinem Leben, da war er sich sehr sicher.

Aus der Luft hatte die Öffnung klein gewirkt und er hatte damit gerechnet hindurch kriechen zu müssen, doch jetzt, da er direkt davor stand war er von der tatsächlichen Größe des Abwasserrohres überrascht. Mit ausgestrecktem Arm konnte er gerade so den oberen Rand erreichen. Ein dünnes Rinnsal trüben Wassers floss stetig aus dem Rohr heraus und über den steinigen Boden davor, bis es zwischen zwei gewaltigen Felsen verschwand. Die untere Hälfte des Abwasserrohres war mit einer dunkelgrünen, glitschigen Schicht Moos bedeckt. Die obere Hälfte hingegen war von orangefarbenen Roststellen durchzogen. Eugen griff nach der oxidierten Schicht und zerrieb etwas davon zwischen den Fingern. Das riesige Rohr wurde anscheinend nur noch von Rost und Moos zusammen gehalten. Hoffentlich stürzte es nicht in dem Moment in sich zusammen, in dem er hindurch ging.

Er schaltete die Taschenlampe an und ging in die Dunkelheit. Nach wenigen Metern sah er die ersten toten Ratten, die ab diesem Zeitpunkt seine ständigen Begleiter waren. Er fragte sich, warum es hier eine solche Menge an toten Ratten gab, vielleicht war dies aber auch nur normal in der Kanalisation.

Das Schloss

Steven musste unwillkürlich an den Menschen denken, der das Schloss gebaut hatte. Laut den Dorfbewohnern war es über hundertfünfzig Jahre alt. Warum hatte dieser Mensch sich vor so langer Zeit, an einem so abgelegenem Ort ein solch riesiges Schloss gebaut? Es musste viele Jahre gedauert haben es zu bauen. Allein der Transport der Materialien musste Unsummen verschlungen haben. Steven verdrängte die Gedanken.

Sie hatten das Gebirge umrundet und steuerten direkt auf das Schloss zu. Sie waren jetzt so nah, dass er es mit bloßem Auge gut erkennen konnte. Es war in Hanglage gebaut und hatte drei Türme. Die vorderen beiden Türme waren die größeren und hatten ein spitzes Dach. Der hintere Teil des Schlosses hatte einen nur halb so hohen Turm. Dieser Teil des Schlosses war auch zur Hälfte in den Berg gebaut. Durch diese Hanglage waren am vorderen Teil des Schlosses vier Stockwerke und am hinteren Teil nur zwei zu sehen.

Wenig später waren sie am Ziel, und das Raumschiff schwebte zehn Meter vor dem Schlosstor. Bei so einem Bauwerk hätte man eigentlich einen Burggraben mit einziehbarer Brücke erwartet, es hatte jedoch ein schlichtes zweiflügliges Holztor. In dem Torbogen darüber waren die lateinischen Buchstaben *R. C.* eingraviert, was keinem etwas sagte. Steven schätzte, dass das wohl der Erbauer sein musste. Was ihm noch auffiel, waren die Fenster. Alle Fenster, die vom Boden aus zu erreichen waren, waren vergittert, und zwar erst seit kurzem. Die verzinkten Gitter sahen alle nagelneu aus.

»Ich habe eine Idee«, sagte Many. »Wir nehmen etwas Anlauf und brechen mit dem Raumschiff das Tor auf.«

Steven strich sich nachdenklich über den Bart. »Warum eigentlich nicht. Das machen wir. Dann weiß Dreistein zwar, dass wir da sind, und wir haben das Überraschungsmoment verloren, wir setzen ihn dadurch aber unter Druck. Außerdem weiß er nichts von Eugen. Mit ihm haben wir immer noch ein Ass im Ärmel.«

»Okay«, sagte Many und ließ das Raumschiff circa hundert Meter rückwärts fliegen. »Von dem Tor wird gleich nicht mehr viel übrig sein. Mach dir schon mal Gedanken, was wir machen, wenn wir drin sind.«

»Okay. Gib Gas!«

Nach einer schnellen Beschleunigung krachte das Raumschiff unter ohrenbetäubendem Lärm durch das Schlosstor. Tausende Holzsplitter flogen in alle Himmelsrichtungen davon. Selbst die Wand um das Tor herum zerbrach und Steinstaub vernebelte die Sicht.

Many bremste ab und das Schiff rutschte einige Meter hinter dem ehemaligen Tor in der Eingangshalle über den Steinboden. Mit kreischendem, metallischem Quietschen kam es zum Stehen.

Sie hatten es geschafft. Sie waren in Dreisteins Schloss.

»Schnapp dir was du brauchst«, rief Steven und griff selbst nach seinem Schwert Excalibur.

Many überprüfte den Sitz seiner langen Messer im Rückengurt und steckte die Beretta in den Schultergurt. »Kann los gehen!«

Sie traten aus dem Raumschiff und sahen sich um. Direkt vor ihnen begann ein hoher Korridor. Die Wände waren zu beiden Seiten mit großen Wandteppichen bedeckt, die zumeist Jagdszenen darstellten. Weiter vorne bog der Korridor nach links ab. Dort in der Ecke konnten sie eine rostige Ritterrüstung stehen sehen, die eine Eisenkeule in den Händen hielt.

Langsam durchschritten sie den Korridor und näherten sich der Abbiegung. Steven erreichte sie als erster und spähte vorsichtig um die Ecke. Ein weiterer langer Korridor lag vor ihnen, ebenfalls mit Wandteppichen und Ritterrüstungen dekoriert. Am Ende konnte er eine elegant verzierte Holztür sehen. Schnell hatten sie die Tür erreicht.

»Bis hierhin hat es ja schon mal gut geklappt.« Steven hielt den Griff von Excalibur fest umklammert. »Es könnte sein, dass hinter der Tür schon jemand auf uns wartet. Ich glaube nicht, dass unser Eintreffen unbemerkt geblieben ist.«

Many zog seine Beretta. »Habe verstanden, mach die Tür auf, ich gebe dir Deckung.«

Das ließ Steven sich nicht zweimal sagen. Er trat

mit voller Wucht die Tür ein und Many hockte sich mit der Waffe im Anschlag hin.

Im selben Moment schlug etwas sehr großes über Stevens Kopf in die Wand ein. Er sah hoch und erkannte es als wahrhaft gigantische Holzkeule. Sie war anderthalb Meter lang und so dick wie Stevens Oberkörper. Er selbst könnte diese schwere Keule gar nicht schwingen. Wie stark musste jemand sein, um mit ihr zu kämpfen? Dann sah er, wer die Keule geschwungen hatte, oder besser gesagt, was die Keule geschwungen hatte. Er konnte es gar nicht glauben und hätte sich am liebsten verwundert die Augen gerieben.

Es war ein Riesenaffe. Drei Meter groß, mit dunkelbraunem Fell und spitzen Eckzähnen in einem geifernden Gesicht. Steven war so geschockt, dass er sich im ersten Moment nicht rühren konnte. Doch in seinem Kopf erklang ein Name. Gigantopithecus. Spätestens seit hunderttausend Jahren ausgestorben.

Steven begann sich gerade zu fragen, was der riesige Affe hier machte, als die Keule erneut durch die Luft surrte. Steven wich erschrocken zurück. Als die Keule auf die Wand traf, hinterließ sie dort eine tiefe Delle.

Many trat ebenfalls einige Schritte rückwärts. Auch er wusste im ersten Moment wohl nicht, was er tun sollte.

Der riesige Affe schwang erneut seine Keule und wieder traf er nur die Wand. Sonderlich gezielt wirkte der Schlag nicht, was leider nichts an seiner

Wirkung, im Falle eines Treffers, änderte. Es war halt nur ein Affe. So wahnsinnig intelligent waren die nun auch wieder nicht. Er schlug einfach nur um sich.

Steven wich weiter nach hinten aus. Many war jetzt genau neben ihm. »Nun schieß doch endlich«, schrie er seinen Freund an.

Und Many schoss. Zwei Kungeln nacheinander in die Stirn, doch das Biest kam weiter auf sie zu. »Warum fällt der nicht um?«

Steven hatte genau gesehen warum. »Die Kugeln stecken im Knochen. Schau genau hin. Es blutet nur ganz leicht.«

Darauf schoss Many drei Kugeln schnell hintereinander in die Brust. Doch auch davon ließ sich der Riesenaffe nicht beeindrucken.

Steven überlegte. »Zu viel Muskeln und Knochen, da kommst du mit einer 9mm nicht durch. Dafür brauchen wir was Stärkeres.«

»Was dann? Ich habe keinen Raketenwerfer dabei. Wie können wir ihn erledigen?« Many gab mehrere Schüsse auf das linke Bein ab.

Keine Chance. Der Riesenaffe schwang unaufhörlich seine Keule. Er hatte sie jetzt bis zur Ritterrüstung zurück getrieben. Nach einem weiteren mächtigen Hieb, lag die Rüstung in hundert verbogenen Teilen am Boden.

Steven hatte eine Idee. Sie mussten sich nur beeilen, sonst waren sie bald wieder beim Raumschiff. »Schieß auf die Augen. Dahinter könnte der Schädel am dünnsten sein. Und wenn nicht, dann ist er wenigstens blind.«

Das ließ Many sich nicht zweimal sagen. Er zielte genau und gab einen Schuss ab. Der Gigantopithecus heulte laut auf und hielt sich eine Hand vors Gesicht. Hinter seinen Fingern quoll Blut hervor.

»Volltreffer!«, schrie Steven.

Doch das Biest wurde jetzt noch wilder. Der nächste Hieb streifte Steven an der Schulter und schleuderte ihn zwei Meter zur Seite. Er krachte gegen die Wand und blieb bewusstlos am Boden liegen.

Many sah, wie sein Freund gegen die Wand geschleudert wurde und reglos am Boden liegen blieb. Aber er konnte nichts für Steven tun und hoffte, dass er nur bewusstlos war. Dann wurde er von dem Biest weiter zurückgedrängt. Er zielte wieder mit seiner Beretta auf das unversehrte Auge und betätigte den Abzug. Klick. Leergeschossen. Er ließ das leere Magazin per Knopfdruck herausfallen und griff gleichzeitig nach einem neuen Magazin an seinem Gürtel. Nachdem er es eingeführt und durchgeladen hatte, legte er erneut an. Er zielte und schoss. Wieder heulte der Riesenaffe laut auf und hielt sich die Hand vors Gesicht.

»Volltreffer«, sagte Many diesmal selbst.

Doch der Gigantopithecus war auch jetzt noch nicht gestoppt. Er fauchte laut und schwang unablässig seine Keule und riss dabei die Teppiche von den

Wänden.

Many duckte sich, schlüpfte in einem geeigneten Moment an ihm vorbei. Jetzt sah er Steven weiter hinten, er lag noch am Boden.

Der Riesenaffe zerstörte währenddessen weiterhin Dreisteins Inventar.

Als Many bei Steven ankam regte dieser sich bereits und öffnete zögernd die Augen.

Als Steven die Augen öffnete, sah er alles verschwommen. Im selben Augenblick brüllte ihm jemand von der Seite ins Ohr. »Komm schon! Steh auf!« Dann wurde er am Arm gepackt und unsanft hochgerissen. Er versuchte sich auf die Beine zu stellen und fiel wieder zu Boden. Dann wurde er am Arm gepackt. Er sah blinzelnd hoch. Many hatte seinen rechten Arm gepackt und begann ihn rückwärts über den Boden zu schleifen. Plötzlich hörte er ein Krachen und Knacken. Da fiel ihm der Gigantopithecus wieder ein. Steven sah zum anderen Ende des Ganges. Der Riesenaffe zerschlug alles in seiner Reichweite und er kam näher.

Steven griff sich an die Stirn, sein Kopf schmerzte fürchterlich. Dann wurde es wieder dunkel.

Many zog und zerrte Steven einhändig über den steinernen Boden, in der anderen Hand hielt er immer noch die Beretta. Zwischendurch schoss er zweimal, vielleicht erwischte er den Affen ja mit einem Glückstreffer.

Der Riesenaffe musste gehört haben, wie Many Steven angebrüllt hatte, denn er kam jetzt brüllend in ihre Richtung.

Steven war schwer wie ein Sack voller Steine. Er war kurz zu sich gekommen und hatte dann wieder die Augen geschlossen. »So ein Mist aber auch«, stieß Many wütend aus. Sie kamen nur langsam voran. Die Tür schien noch so weit entfernt. Doch Schritt für Schritt kamen sie näher. Many klemmte sich die Beretta zwischen die Zähne, packte Steven unter die Arme und zog ihn die letzten Meter bis zur Tür. Dann stieß er ihn hindurch, sah noch ein letztes Mal zum Gigantopithecus und schloss dann die Tür so leise er konnte. Many horchte mehrere Sekunden, ob die Geräusche hinter der Tür lauter wurden. Dem war nicht so. Der blinde Gigantopithecus hatte ihre Flucht nicht bemerkt.

Etwas krachte mit voller Wucht auf Stevens Wange. *Patsch.* Und dann noch einmal. *Patsch.* Er öffnete ein Auge. Many stand über ihm und holte gerade ein weiteres Mal mit der Hand aus.

»Schon gut. Ich bin wieder da.« Steven hob abwehrend eine Hand. »Lass gut sein.« Er stützte sich auf den Ellenbogen ab. »Ist der blöde Affe tot? Haben wir es geschafft?«

»Nein. Leider nicht. Wir sind aber erst mal in Sicherheit.«

Steven setzte sich hin und rieb sich die Stirn. »Ich kann mich nicht erinnern, was passiert ist.«

159

»Du hast ziemlich was auf den Schädel bekommen. Ich kann aber kein Blut sehen. Vielleicht hast du ein SHT.«

»Was habe ich? SHT?«

»Schädel-Hirn-Trauma.«

»Du willst sagen, ich habe eine Gehirnerschütterung.«

»Ja.«

»Na dann sag das doch. Oder bist du seit neuestem Arzt?«

»Oh Mann. Ist ja gut. Es scheint dir auf jeden Fall besser zu gehen.« Many schüttelte genervt den Kopf.

Steven stand auf und lehnte sich an die Wand. Er atmete einige Male tief durch. »Okay. Weiter geht's.«

Dieser Korridor sah etwas anders aus. Hier gab es keine Rüstungen oder Wandteppiche mehr. Der andere Korridor hatte wie eine Eingangshalle zur Begrüßung von Gästen gewirkt. Dieser hier sah bewohnt aus. Auf der rechten Seite war eine Garderobe mit mehreren Hüten zu sehen. Bis auf einen waren sie allerdings alle eingestaubt und sahen hundert Jahre alt aus. Bei den Mänteln war es das Gleiche.

Einige Meter weiter stand eine alte Kommode aus Eichenholz. Auf ihr lag etwas glitzerndes, doch bei näherer Betrachtung erwies es sich als eine gewöhnliche Brille. Enttäuscht sahen sich die beiden an. Sie hatten wohl beide den gleichen Gedanken gehabt.

»Wonach suchen wir eigentlich?«, fragte Many.

Steven strich sich nachdenklich mit Daumen und

Zeigefinger über den Bart. »Ich würde sagen, wir suchen erstens nach den Frauen und zweitens nach einem Notizbuch. Dreistein hat sich immer alles notiert. Wenn wir das finden, wissen wir genau, woran er arbeitet. Und dann können wir uns überlegen, wie wir dagegen vorgehen.«

Many zuckte mit den Schultern. »Dann gehen wir einfach weiter. Mal sehen, wo uns der Weg hinführt.«

»Andere Möglichkeiten haben wir nicht. Wir müssen jeden Raum nach Spuren durchsuchen.«

Links neben der Kommode mit der Brille war eine dunkelbraune Tür. Many griff nach dem Knauf. »Nicht abgeschlossen«, flüsterte er.

»Dann mach auf. Aber leise.«

Die Tür glitt lautlos auf. Sie erkannten jedoch sofort, dass es hier nichts zu entdecken gab. Die beiden Fenster erhellten eine schmuddelige alte Küche. Einige Türen der Hängeschränke hingen bereits schräg in ihren Angeln und das einst glänzende Metall der Spüle war dunkel angelaufen. In der Ecke stand ein zwei Meter hoher Kühlschrank. Many ging darauf zu.

Steven hielt ihn an der Schulter fest. »Du glaubst doch wohl nicht, dass darin ein Burger für dich bereit liegt.« Er musste über seinem eigenen Witz lachen.

Many schob seine Hand beiseite. »Irgendjemand hat mal gesagt: Guck in den Kühlschrank eines Mannes und du kannst viel über ihn lernen.«

161

»Davon habe ich noch nie was gehört.«

»Könnte auch sein, dass es meine Idee war. Ich weiß es nicht mehr.« Mit einem Ruck riss Many die Kühlschranktür auf und erschrak. Mit dem, was im Innern lag, hatte keiner von beiden gerechnet. Es war ein großes Einmachglas. Bis oben hin mit einer durchsichtigen Flüssigkeit gefüllt. Auf dem Boden des Glases lag ein kleines Gehirn. Doch das war noch nicht das Schlimmste. Viel schlimmer war, das Stück, das fehlte. Jemand hatte es herausgebissen. Die Zahnabdrücke waren unverkennbar.

Many schloss den Kühlschrank wieder und sah Steven fragend an.

Dieser zuckte mit den Schultern. »Guck mich nicht so fragend an. Ich weiß es auch nicht. Deshalb sind wir ja hier.«

»Vielleicht ist das ein Dinosauriergehirn und Dreistein hat versucht es zu essen.«

Steven strich sich nachdenklich über den Bart. »Sieht ganz so aus. Aber warum hat er davon probiert?«

Das Rätsel konnte jetzt noch nicht gelöst werden. Sie gingen wieder aus der Küche und schlossen die Tür. Am Ende des Ganges sahen sie eine weitere Tür. »Die Ehre gebührt dir«, sagte Many lächelnd und verneigte sich, mit einer Hand vorausdeutend.

Steven ging zur Tür und drückte die Klinke herunter.

In Dreisteins Reich

Dreistein sah seine Feinde auf dem kleinen Bildschirm. Sie waren schneller, als er gedacht hatte. Er hätte damit rechnen müssen, immerhin hatten sie ja dieses Raumschiff. Das hatte er leider nicht bedacht. Vielleicht war es besser so. Es würde alles schneller vorbei sein, und er konnte sich wieder seiner Aufgabe widmen.

Beim Gedanken an den nächsten Teil seines Planes rieb er sich vergnügt die Hände. Darauf hatte er sich schon lange gefreut. Schnell noch ein paar Eintragungen in sein Notizbuch, dann konnte es losgehen. Er stand auf und verließ sein Büro. Das Notizbuchbuch ließ er liegen, er kam ja gleich wieder.

Zuerst kam er an Bloorhams Verlies vorbei. Von drinnen war nichts zu hören. Dann kam er bei den Frauen vorbei. Hier hörte er ein leises Stöhnen. Hoffentlich bekam die Atlanterin nicht ihr Kind. Das fehlte ihm gerade noch. Er ging weiter, dafür war jetzt keine Zeit. Vielleicht sah er auf dem Rückweg bei ihnen rein.

Der Korridor gabelte sich. Zu beiden Seiten waren jeweils vier weitere Verliese. Er blieb stehen. Auf welcher Seite hatte er die Frauen und auf welcher die Männer eingesperrte? Er griff sich mit der neuen Hand an die Stirn. In letzter Zeit war er manchmal etwas durcheinander. »Ach ja!«, sagte er, es war ihm wieder eingefallen. Die Frau war auf der rechten

Seite, also bog er nach links ab.

Die beiden letzten Zellen waren belegt. Er ging zur vorletzten und schob den Riegel zur Seite. Das hier drin hatte vielleicht bessere Chancen gegen seine Feinde als der Gigantopithecus.

Dreistein öffnete die Tür und ließ es heraus. Einige Meter weiter öffnete Dreistein eine Tür, hinter der eine Treppe nach unter führte.

Mit leisem Schlurfen, ein Bein hinter sich her ziehend, zog der Freigelassene röchelnd los.

Dreistein sah die dünne Blutspur, die das stark geschwächte menschliche Wesen hinter sich herzog, während es sich die Treppe hinunterschleppte. Dreistein hoffte, dass es einen seiner Feinde fand, bevor es zugrunde ging, und somit doch noch einem Zweck diente. Vielleicht war es schon zu lange eingesperrt gewesen. Er konnte sich nicht mehr genau erinnern, ob es seine erste oder zweite Testperson gewesen war, viel gelernt hatte er von beiden nicht. Das eine Auge war nur eine leichte Behinderung, es konnte mit dem anderen noch genug sehen.

Hinter der zweiten Tür war das nur noch menschenähnliche Etwas in besserer Verfassung. Nachdem Dreistein die Tür geöffnet hatte, sprang es ihn an und verbiss sich in seiner schwarzen Schulter.

Dreistein packte es und hielt es auf Armeslänge von sich weg. Dies war das letzte Versuchsobjekt gewesen, bevor Bloorham hier eingetroffen war. Es war äußerst aggressiv. Mit ausgestrecktem Arm ging Dreistein in den nächsten Korridor und ließ es dort frei.

Wie ein Hund auf allen Vieren rannte es in den dunklen Gang davon.

Dreistein rieb sich die Hände. Früher oder später würden seine Gefangenen auf Steven und Many treffen. Es würde an ein Wunder grenzen, wenn die beiden das ohne Schaden überstanden.

Außerdem hatte er ja noch seine letzte Gefangene. Die Frau. Sie war das Prachtstück seiner ungewöhnlichen Sammlung. Sie würde auch noch zum Einsatz kommen. Aber das hatte noch Zeit.

Der Plan

Steven und Many hatten sechs weitere Räume im nächsten Korridor durchsucht. Doch außer ein paar abgetragenen Kleidungsstücken hatten sie nichts gefunden. Einmal hatte Steven gedacht, er hätte etwas gefunden. Es war ein kleines Buch, das in einem Schlafzimmer neben dem Bett lag. Doch es war nur eine Ausgabe von *Die Insel der Monster*. Komisch, von diesem Buch hatte er noch nie etwas gehört.

Jetzt standen sie in einem Gang mit weiteren Türen. Doch dieser Korridor war anders. Auf der linken Seite gab es weiter hinten nur eine Tür, während auf der rechten Seite mehrere Türen waren. Das ließ vermuten, dass auf der linken Seite ein sehr großer Raum auf sie wartete. Auf einen solchen Raum, waren sie bisher noch nicht gestoßen. Vielleicht hatten sie endlich etwas Wichtiges vor sich. Die Türen zur Rechten ließen sie verschlossen und eilten zum Ende des Ganges. Steven öffnete leise die linke Tür, während Many ihm mit seiner Beretta Deckung gab.

Vor ihnen lag ein kleiner Raum, an dessen anderer Seite eine Glasscheibe in die Wand eingelassen war. Steven und Many stellten sich vor die Glasscheibe. Der Raum, in den sie durch die Scheibe sehen konnten, war wie ein Operationssaal ausgestattet. Nur, dass er nicht besonders steril aussah. Wände und Boden waren unglaublich dreckig und verschmiert. Die Geräte in dem Raum sahen im Gegensatz dazu wie neu aus und mussten auf dem aktuellen Stand der Technik sein.

Das alles sahen sie aber nur kurz. Ihre Blicke wanderten sofort zu der Person, die mitten in dem Raum auf dem Operationstisch lag. Wenn Steven es sich recht überlegte, sah der Tisch eigentlich mehr wie ein Seziertisch aus. Die Person auf dem Tisch lag auf dem Bauch. Sie konnten nicht genau erkennen, ob es sich bei der Person um einen Mann oder eine Frau handelte. Steven schätzte, dass es ein Mann war, da seine Körpermaße darauf hinwiesen.

Der Mann war nackt und am ganzen Körper mit Blut beschmiert. Es sah so aus, als hätte man ihm den Rücken der Länge nach aufgeschnitten und die Wirbelsäule entfernt. Den Spritzern arteriellen Bluts nach zu urteilen, die überall um den Tisch herum am Boden und an den Geräten verteilt waren, musste der Mann noch gelebt haben, als mit dem Schneiden begonnen worden war. Dazu kam noch, dass die Schädeldecke abgenommen und das Gehirn entfernt worden war. Es lag sauber in zwei Teile geschnitten neben der Leiche auf einem kleinen Beistelltisch aus glänzendem Edelstahl.

»Genau wie bei den Saurierschädeln«, sagte Many.

»Ja.« Steven strich sich nachdenklich über den Bart. »Aber warum? Und warum wurde auch die Wirbelsäule entfernt?«

»Das weiß nur Dreistein. Ich vermute einfach mal, dass er hierfür verantwortlich ist. Hier wohnt bestimmt nicht noch ein verrückter Doktor.«

167

Steven drehte sich um und machte Anstalten den Raum zu verlassen. Da sah er auf dem Schreibtisch vor sich ein abgenutztes Notizbuch liegen. Auf dem Einband war in schön geschwungener Handschrift *Die Macht der Urzeit* geschrieben.

Er schlug die erste Seite auf und las laut vor:

2. Juli

Ich konnte einen kleinen Vorrat des Serums aus den Ruinen von Stonehenge retten. Leider ist fast nichts mehr davon übrig. Das Geheimnis von Zerebrus' Macht lag in der blauen Kugel, deren Energie von den Drachen kam. Die Flüssigkeit wurde im Hirn der uralten Wesen produziert und dann in der blauen Kugel gespeichert. Wie die Kugel genau funktioniert, kann ich nicht sagen, da ich mich nicht an die Zeit in ihr erinnere. Ich bin mir aber sicher, dass diese unglaubliche Macht aus der Urzeit kommt. Morgen rufe ich den Jäger an, damit er mir den ersten Schädel eines Dinosauriers für meine Versuche bringt. Ich werde versuchen Flüssigkeiten aus dem Hirn zu extrahieren. Wenn meine Vermutungen richtig sind, könnte es sich dabei um die gleiche Flüssigkeit handeln wie bei den Drachen, da beide Tierarten aus der gleichen Epoche der Erdgeschichte stammen. Ich vermute allerdings auch, dass sie in den Sauriergehirnen nicht so konzentriert vorkommt, wie bei den Drachen, da die Sauriergehirne im Verhältnis zum Körper sehr klein ausfallen. Mög-

licherweise werde ich eine körperliche Verwandlung durchleben, nachdem ich das Serum eingenommen habe. Zerebrus hat gesagt, er sei einst ein Mensch gewesen. Ich habe das Serum heute zum ersten Mal genommen. Ich werde den Anstieg der Kraft in meinem Körper nie wieder vergessen. Leider hat es nur einige Stunden angehalten. Ich werde weiteres Serum herstellen müssen und auf eine regelmäßige Einnahme achten. Niemand wird mich aufhalten können. Eines Tages werde ich so mächtig wie Zerebrus sein.

16. August

Mein Körper hat mit der Deformation begonnen. Ich bin über Nacht einen halben Meter größer geworden. Die regelmäßige Einnahme des Serums verstärkt seine Wirkung. Jetzt gibt es kein Zurück mehr; der Vorgang ist nicht umkehrbar. Für mich gibt es nur den Weg nach vorne. Leider wirkt das Serum noch nicht perfekt. Ich werde einen Spezialisten für Neurochirurgie hierher holen. Mit seiner Hilfe werden die nächsten Versuche zum gewünschten Erfolg führen.

29. August

Ich habe heute den Ringfinger meiner schwarzen Hand verloren. Ich habe es nicht einmal bemerkt, bis ich ihn auf dem Boden liegen sah. Die Nebenwir-

kungen scheinen stärker zu sein, als ich ursprüng-
lich angenommen habe. Ich erwische mich immer
häufiger dabei, wie meine Gedanken abschweifen
und ich vergesse, was ich zuletzt getan habe. Und
immer wieder steigen ohne ersichtlichen Grund Wut
und Hass in mir auf. Morgen hole ich den Neurochi-
rurgen. Es hat sich ein merkwürdiger Zufall bei der
Suche nach einer geeigneten Person ergeben, ich
kenne die Tochter der infrage kommenden Person.
Vielleicht kann ich zwei Probleme auf einmal lösen.

»Das muss man erst mal verdauen.« Many kratze
sich im Nacken und verzog angeekelt das Gesicht.
»Der hat sie doch nicht alle beisammen.«

Steven strich sich nachdenklich mit Daumen und
Zeigefinger über den Bart. Über die Wirkung der
blauen Kugel hatte er seit Dreisteins vermeintlichem
Tod nicht mehr nachgedacht. Zerebrus hatte damals
vom Elixier des ewigen Lebens gesprochen. Doch
Steven hatte sich dagegen entschieden und Zerebrus
sterben lassen. So hatte Zerebrus ihm nicht mehr von
der Wirksamkeit des Elixiers erzählen können.

Jetzt endlich wusste er, warum Dreistein noch am
Leben war. Dreisteins Körper hatte sich nach dem
Sturz in die blaue Kugel regeneriert und die fehlenden Körperteile hatten sich reproduziert. Wenn sie
noch länger bei der Kugel gewesen wären, hätten sie
das vielleicht zu sehen bekommen, doch um ihr aller
Leben zu retten, hatten sie damals verschwinden
müssen. Nur wenig später war die gigantische Höhle

eingestürzt.

Als Dreisten mit seinem neuen Körper erwacht war, musste er wahnsinnig wütend gewesen sein. Er war wahrscheinlich der Meinung, einfach von seinen Freunden verlassen worden zu sein. Steven gab zu, dass jeder andere in dieser Lage wahrscheinlich auch so gedacht hätte. Was er wohl denken würde, wenn Many jetzt einfach, ohne ein Wort zu sagen, gehen würde? Oder umgekehrt? Dazu kam noch, dass Steven wusste, dass das Serum einen Menschen zum Negativen hin veränderte. Zerebrus war vor langer Zeit ein Mensch gewesen. Nach der Entdeckung des Serums und der Erschaffung der blauen Kugel, hatte er sich verändert. Vielleicht zuerst nur im Geiste, doch schließlich hatte es auch seinen Körper verändert. An diese Auswirkungen konnte er sich nur zu gut erinnern. Wie schon so oft, glitt das Bild eines Teufels durch seine Gedanken. Zerebrus Antlitz war nicht weit davon entfernt gewesen, vielleicht war es sogar noch schlimmer.

Dreistein macht anscheinend die gleichen Veränderungen wie der Anführer der Wesen, durch. Der alte Dreistein hätte sich niemals so aggressiv und bösartig verhalten. Dann blieb nur zu hoffen, dass sie Dreistein fanden, bevor er sich in einen neuen Zerebrus verwandelte. Steven war sich nicht sicher, ob sie einen solchen Kampf noch einmal gewinnen könnten.

Steven öffnete die Tür und verließ den Raum, in dem sie das Notizbuch gefunden hatten. »Wir müssen uns trennen«, sagte er plötzlich. »Das Schloss ist zu groß. Bis wir Dreistein gefunden haben, könnte sonst was passieren. Ich glaube nicht, dass er noch richtig bei Verstand ist. Die regelmäßige Einnahme des Serums hat schon Spuren hinterlassen. Er wird nicht mehr rational denken können oder einen Anfall von Jähzorn bekommen und alles töten, was sich in seiner Nähe befindet. Er hat selbst geschrieben, dass seine Gedanken häufiger abschweifen und er sich nicht mehr erinnern kann, was er als letztes getan hat. Das könnten erste Anzeichen seines Verfalls sein. So ein Verhalten kann man zum Beispiel oft bei Serienmördern sehen. Am Anfang geht es noch gut, doch irgendwann verlieren sie die Kontrolle. Ich glaube, wir müssen uns jetzt wirklich beeilen. Ich wette, dass die Veränderungen schneller voranschreiten, je öfter er das Serum einnimmt.«

»Ja«, stimmte Many ihm schlicht zu. »In dem Zusammenhang habe ich auch schon über eine Trennung nachgedacht. Meistens geschehen aber gerade dann keine guten Sachen.«

»Wir trennen uns so kurz wie möglich.« Steven deutete mit der Hand in einen weiteren Korridor, der sich weiter hinten teilte. »Du nimmst den linken und ich den rechten. Wir untersuchen nur diese beiden Gänge. Danach treffen wir uns sofort wieder hier. Wir dürfen uns auf keinen Fall zu weit voneinander entfernen.«

Als Many das hörte, fiel ihm plötzlich noch etwas anderes ein. »Wir dürfen auch Eugen nicht verges-

172

sen. Es könnte sein, dass er irgendwann plötzlich vor uns steht.«

Steven hatte Eugen schon fast vergessen. »Gut, gut. Ihn dürfen wir natürlich auch nicht verlieren, auch wenn wir ihn ja erst mal wiederfinden müssen.« Steven rieb sich die Hände. »Dann lass uns mal los.«

»Auf geht's.«

Kanalisation

Eugen schlich durch die Dunkelheit. Es war sein erster Ausflug in den Untergrund. In seiner Heimatstadt wäre ihm nie in den Sinn gekommen, den nächsten Kanaldeckel aufzustemmen und in die schmierige Dunkelheit zu klettern. Er war ängstlich und aufgeregt zugleich. Einerseits wollte er unbedingt mit Many und Steven ein Abenteuer erleben, schon seit er sie in Ägypten kennen gelernt hatte, andererseits sträubte sich alles in ihm gegen ein tieferes Eindringen in die Dunkelheit unter dem Schloss. Schließlich dachte er sich, wer ein Held sein will, muss sich auch wie einer verhalten.

Er ging weiter, leuchtete dabei die meiste Zeit auf den glitschigen Boden, um nicht auf einer der toten Ratten auszurutschen, die überall herumlagen. Einmal bewegte sich eine der Ratten und Eugen kreischte laut auf, wie ein kleines Mädchen beim Anblick einer dicken schwarzen Spinne. Er hatte sich schnell wieder im Griff und achtete ab jetzt darauf leise zu sein.

Die Minuten verstrichen, und er drang immer weiter unter das Schloss vor. Plötzlich sah er vor sich einen schräg nach oben verlaufenden Geröllhaufen. Er kam so unerwartet, dass er beinahe auf die ersten Steine getreten und gestürzt wäre. In letzter Sekunde stützte er sich an der Wand ab. Er leuchtete mit der Lampe auf das Geröll und erkannte, dass das Ab-

174

wasserrohr an dieser Stelle gebrochen war. Die kleinen und großen Steine, die bei der Erbauung des Rohres darüber gelegen hatten waren in das Rohr hinein gefallen. Das bisschen Wasser hatte sich einen Weg durch den Schutt gebahnt, aber für ihn war kein Durchkommen. Ihm blieb nur eine Möglichkeit, er musste versuchen den Schutt beiseite zu schaffen, oder zumindest so viel, dass er sich hindurch zwängen konnte. Die Taschenlampe zwischen den Zähnen und auf allen Vieren kroch er den schrägen Schuttwall hinauf. Mit beiden Händen packte er einen großen Stein und schob ihn beiseite, bis er mit lautem Gepolter hinab stürzte und auf dem Boden aufschlug. Der erste war geschafft, aber wie viele würden noch folgen?

Wie lange es genau gedauert hatte, wusste er nicht, doch irgendwann hatte er es geschafft. Der kleine Tunnel, den er am oberen Rand des Abwasserrohres geschaffen hatte, war gerade so breit wie seine Schultern.

Es waren höchstens zwei Meter, durch die er sich Stück für Stück hindurch zwängen musste. Er spürte, wie er sich dabei eine lange Schramme am rechten Oberschenkel zuzog. Als er dann endlich auf der anderen Seite ankam und den Schutthaufen hinunter kroch, sah er sich seinen Tarnanzug an. Er war am rechten Bein der Länge nach aufgeschlitzt. Die Wunde war nicht tief und blutete kaum. Leider konnte man jetzt nicht mehr von einem Tarnanzug sprechen, die schwarze Farbe hatte zu grau gewechselt. Er versuchte den Dreck und Staub so gut wie möglich abzuklopfen, bis er mit dem Ergebnis einigermaßen zufrieden war.

Er richtete die Lampe wieder auf den Boden. Es sah hier noch genauso aus, wie auf der anderen Seite des Schutthaufens; gelegentlich tote Ratten und das kleine Rinnsal trüben Wassers in der Mitte des Rohres.

Es konnte eigentlich nicht mehr weit sein. Irgendwann musste das Abwasserrohr schließlich ins Schloss führen. Und in diesem Augenblick sah er ihn auch. Ein kleiner, dünner Lichtschein, der von oben direkt auf das trübe Wasser schien. Es konnten höchstens noch zwanzig Meter sein.

Das letzte Stück ging er schneller. Das Rohr führte noch weiter, aber über ihm war die erste Öffnung, die ins Schloss führte. Endlich am Ziel. Lange hätte er es in der Dunkelheit auch nicht mehr ausgehalten. Er sehnte sich regelrecht nach der sicheren Helligkeit.

Die Öffnung bestand aus einem runden Edelstahlblech mit langen, fingerbreiten Schlitzen, das wohl als Wasserablauf für den oben liegenden Raum diente. Eugen stellte sich auf die Zehenspitzen und versuchte das Blech nach oben zu drücken. Es bewegte sich nicht im Geringsten. Er steckte die Finger durch die Schlitze und hängte sich mit seinem ganzen Gewicht daran. Das Blech bog sich tatsächlich ein wenig nach unten durch. Es war also noch nicht alles verloren. Er zog sein Schwert vom Rücken und steckte es durch einen der Schlitze im Blech. Dann bog er das Schwert vorsichtig von links nach rechts. Das Blech bog sich mit. Er zog das Schwert soweit er konnte zur Seite. Mit lautem Quietschen gab das Blech nach und riss dann ein winziges Stückchen ein.

Im selben Augenblick hörte er den markerschütternden Todesschrei einer Frau. Sie kreischte und fauchte, als würde sie bei lebendigem Leibe verbrennen. Die Frau schrie und schrie. Eine Minute, dann zwei Minuten. Eugen stand geschockt da und sah durch die Schlitze in den Raum darüber. Was war da los? Waren das Tanja und Vanadielle? Er durfte nicht noch mehr Zeit verlieren, vielleicht waren Steven und Many schon im Schloss. Egal, wer da geschrien hatte, die Person brauchte Hilfe.

Er hatte das Schwert einige Male hin und her geschwenkt und ein Teil des Bleches war abgebrochen. Die Öffnung, die er bis jetzt geschaffen hatte, war noch zu klein um hindurchklettern zu können. Er setzte das Schwert erneut an, doch in diesem Augenblick ließ ihn ein leises Schlurfen aus dem weiterführenden Gang innehalten. Es hörte sich an, als würde jemand durch das Abwasserrohr auf ihn zu schleichen, schaffte es dabei aber nicht die Füße vom Boden zu heben. Das war merkwürdig, ein Angreifer würde sich nicht so ungeschickt verhalten. Aber warum sollte sonst jemand hier unten umherlaufen? Er ließ das Schwert sinken und zog die Taschenlampe aus der Hosentasche. Hoffentlich war

177

es nur eine fette Ratte, die gleich im Licht der Lampe zu sehen sein würde. Er ging einen Schritt zur Seite, um nicht mehr im Lichtschein von oben zu stehen, klemmte sich das Schwert unter den linken Arm, um es griffbereit zu halten, und schirmte dann die Lampe mit der Hand ab, bevor er sie einschaltete. Wenn dort hinten tatsächlich jemand war, hatte derjenige ihn natürlich schon gesehen, aber zumindest stand er jetzt nicht mehr so offensichtlich da.

Eugen schob die Hand, mit der er den Lichtschein abschirmte einen Zentimeter zur Seite. Ein dünner Lichtstrahl leuchtete auf den Boden und erhellte kleine Dreckhaufen und schleimige, undefinierbare Klumpen. Im diesem Moment hörte er wieder das seltsame Schlurfen. Er ließ den Strahl der Lampe meterweise über den Boden gleiten. Wenn dort hinten wirklich etwas war, musste es gleich zu sehen sein. Sein Atem wurde schneller und er spürte, wie ihm der Schweiß den Rücken runter lief. Warum zeigte sich das Etwas nicht? So verhielten sich weder Menschen noch Tiere. Der Lichtstrahl wurde einen weiteren Meter vorwärts geschoben. Immer noch war nichts zu sehen.

Dann sah Eugen plötzlich etwas Merkwürdiges im Schein der Lampe. Ein nackter, menschlicher Fuß, mit langen eingerissenen gelblichen Nägeln. Direkt daneben war ein zweiter. Beide sahen aus, als wären sie lange nicht gewaschen worden. Täuschte er sich, oder hatte der eine Fuß sich gerade bewegt?

Sein Puls schnellte in die Höhe. Er hatte den

Fremden entdeckt, aber warum regte dieser sich immer noch nicht? Jeder andere Mensch hätte ihn jetzt angegriffen, oder wäre davongelaufen. Seine Hände wurden feucht, er konnte kaum noch die Lampe halten. Langsam richtete er den Lichtstrahl höher, ließ ihn am Körper des Fremden hinaufgleiten. Die Hose war ab den Knöcheln in Fetzen gerissen und blutbeschmiert. Am Hosenbund ließ sich, an der kleinen Wölbung, erkennen, dass es sich um einen Mann handelte. Der Fremde bewegte sich noch immer nicht. Was war bloß mit dem los? Lebte er überhaupt noch?

Eugen erkannte jetzt, dass die Person seitlich an der Wand lehnen musste. Die Hände, die jetzt zu sehen waren, waren ebenso dreckig wie die Füße und mehrere Fingernägel waren komplett herausgerissen. Der Oberkörper wies tiefe Schnittwunden und Kratzer auf. Der Mann musste halbnackt über Glasscherben gekrochen sein. Da die Wunden nicht mehr bluteten, mussten die Verletzungen schon älter sein.

Vorsichtig ging er einen Schritt auf den Fremden zu. Die Lampe zitterte so stark in seiner Hand, dass er den Fremden kurzzeitig aus dem Lichtkegel verlor. Er musste tief ein- und ausatmen, bis sich das Zittern wieder legte. Das Licht zuckte noch ein wenig auf dem Oberkörper des Fremden hin und her, weshalb er nicht erkennen konnte, ob sich der Brustkorb beim Atmen hob oder senkte. Er war so abgemagert, dass jede einzelne Rippe deutlich her-

vortrat. Der Mann musste unvorstellbare Qualen erlitten haben. So schrecklich wie er aussah, konnte er
gar nicht mehr am Leben sein. Aber was hatte dann
die Geräusche verursacht?

Eugen ging noch einen Schritt vorwärts. Schweiß
lief ihm von der Stirn ins linke Auge.

Am Hals der Person waren Kratzspuren von Fin-
gernägeln zu sehen, seinen eigenen Nägeln. Der
Kopf lehnte tatsächlich an der Wand des Abwasserrohres. Sein Mund war leicht geöffnet und der
Kiefer stand nach links. Die Augen waren weit auf-
gerissen. Aus dem rechten Auge troff eine eitrig
grüne Flüssigkeit. Das andere Auge war milchig
weiß. Der Mann war auf beiden Augen blind. Er
musste sich mit seinem letzten Atemzug hierhin ge-
schleppt haben und war dann einsam gestorben.

Eugen trat jetzt genau vor die Person. Beim Be-
trachten des Schädels fiel ihm auf, dass er vor
kurzem kahlrasiert worden war. Ein langer Schnitt
war von der linken Augenbraue bis zum Hinterkopf
durchgeführt und wieder vernäht worden. Der Mann
sah aus wie ein echter Zombie.

Ein Geräusch ertönte. Hatte der Mann gerade ge-
atmet oder war nur Luft aus dem toten Körper
entwichen, wie es bei gerade Verstorbenen geschehen kann? Eugen wich einen Schritt zurück.

Eins war auf jeden Fall sicher, den Schrei, den er
vorhin gehört hatte, hatte dieser Mann nicht ausge-
stoßen. Es war eine Frau irgendwo über ihm
gewesen. Geschah gerade mit der Frau das gleiche,

was mit diesem Mann geschehen war? Wer konnte solche Grausamkeiten überhaupt einem anderen zufügen?

»Kchchch!« Der Mann stürzte sich mit aufgerissenem Mund auf Eugen. Er lebte doch noch. Der stinkende Atem strömte ihm ins Gesicht. Die übrig gebliebenen Fingernägel kratzten ihm die Wange auf und das milchig weiße Auge starrte ihn an. Beide stürzten zu Boden. Dieser fast Tote war unglaublich stark. Nur mit Mühe konnte sich Eugen unter ihm hervorkämpfen und einen Meter Abstand gewinnen. Ihm fiel wieder ein, dass das Ding blind war und ihn wahrscheinlich nur hören konnte.

Die Taschenlampe war ebenfalls zu Boden gefallen und leuchtete unnütz hinter dem fast Toten an die Wand. Der Angreifer lag jedoch genau in dem Lichtschein von oben. Eugen konnte erkennen, wie er sich schwerfällig auf die Knie kämpfte. Er hob sein Schwert und stieß dem Mann die Klinge in den Brustkorb. Es schien den Mann nicht im Geringsten zu stören. Er quälte sich stöhnend auf die Füße. Die Schwertspitze ragte aus seinem Rücken heraus. Eugen hatte den Griff des Schwertes noch immer in der Hand. Er konnte nicht glauben, was er da sah und starrte bewegungslos in das milchig weiße Auge. Das kaum noch menschliche Wesen trat zwei Schritte rückwärts und zog sich so, mit einem widerlich glitschigen Schmatzen, das Schwert selbst aus der Brust.

Eugen starrte auf den langen Schnitt am Kopf. Was

hatte dieser Dreistein bloß mit dem armen Menschen angestellt, der jetzt fast tot vor ihm stand? Eugen holte weit aus und schlug ihm mit einem kräftigen Hieb seines Schwertes den Kopf von den Schultern. Hoffentlich hatte der Mann jetzt seinen Frieden gefunden.

Eugen ging kopfschüttelnd zur Taschenlampe und steckte sie wieder ein. Er musste so schnell wie möglich hier raus kommen. Ein letzter Blick zu seinem Opfer zeigte ihm, dass der Kopf des Toten ihn weiter mit seinen blinden Augen anstarrte.

Eugen sah wieder nach oben zur Öffnung, steckte die Schwertklinge in den nächsten Schlitz und riss das Blech an der Oberseite des Abwasserrohres weiter ein. Bald würde er nach oben klettern können. Leider quietschte das Metall so unangenehm und laut, das Eugen fürchtete, das gesamte Schloss aufzuwecken. Einige unangenehme Minuten verstrichen, in denen er ständig damit rechnete, dass er weiteren unerfreulichen Besuch bekam. Als er schließlich durch das Loch nach oben kroch, hatte er jedoch noch niemanden gesehen.

Er atmete einige Male tief durch, um sich von der Anstrengung zu erholen und das eben Erlebte zu verarbeiten, dann inspizierte er die neue Umgebung.

Der Gang, in dem er stand, war hell erleuchtet und hatte mehrere dunkle Holztüren. Außerdem stank es hier äußerst unangenehm nach Exkrementen. Hatten die hier keine Toilette und machten alle in eines der Zimmer? Irgendetwas anderes schien hier zu stinken und der Gestank wurde noch stärker. Hier stimmte etwas nicht.

Eugen hörte plötzlich ein Klatschen, wie von nackten Füssen auf glattem Boden. Er glaubte aber nicht, dass es eine Person war, die barfuß über den Boden lief, dafür waren es zu viele klatschende Geräusche. Eugen war sich ziemlich sicher, dass es jemand war, der auf Händen und Füßen lief, und zwar ziemlich schnell. Das konnte doch wohl nicht wahr sein. Gerade erst hatte er mit einem Zombie gekämpft und jetzt kam schon wieder etwas Seltsames auf ihn zu. Was konnte das denn für ein Wesen sein? War es wieder so ein fast Toter, oder etwas noch viel Schlimmeres?

Er musste schnell hier weg. Wo konnte er sich verstecken? Mit schnellen Schritten war er bei der nächsten Tür. Abgeschlossen. Mist. Die nächste Tür auch. Mist.

Sein Blick fiel auf eine kleine Nische in der Wand. So etwas hatte er schon mal gesehen. Das war ein Speiseaufzug, der von einer Etage in die nächste führte. Hastig riss er die Klappe zum Speiseaufzug auf. Mit etwas Glück konnte er sich hineinzwängen.

Die klatschenden Geräusche wurden lauter. Das Wesen kam näher.

Eugen quetschte sich mit Mühe und Not in den Speiseaufzug. Die Knie bis ans Kinn gezogen streckte er die Arme aus, um die Klappe zu schließen. Die Klappe ließ sich nicht bewegen. Mist. In dieser unbequemen Position kam er auch nicht an sein Schwert ran. Wenn ihn jetzt jemand sehen könnte. Es wäre ein Bild für die Götter, aber er wäre auch ein leichtes Opfer.

Die klatschenden Geräusche waren jetzt ganz nah und der Gestank war nicht mehr zu ertragen.

Eugen hielt vor Schreck die Luft an. Es kam langsamer näher. Ein leises Schnüffeln war zu hören. Dann drang das Ding in sein Sichtfeld. Es war ein Mensch, der auf allen Vieren ging und sich wie ein Hund benahm. Äußerlich sah er aus wie der fast Tote, auf den er vorhin in der Kanalisation getroffen war. Nackte Füße mit langen Nägeln und zerfetzter Hose. Der Oberkörper war nackt und wies verschiedene Verletzungen auf. Leider war dieses Opfer Dreisteins nicht blind und schien zudem auch noch gut riechen zu können. Der Hundemann war offensichtlich auf der Jagd.

Eugen atmete leise aus, versuchte keine Geräusche zu machen. Bis jetzt hatte der Hundemann Eugen noch nicht gesehen. Der Speiseaufzug befand sich ungefähr einen Meter zwanzig über dem Boden, wenn der Hundemann nicht nach oben sah, könnte er möglicherweise an ihm vorbeigehen, ohne ihn zu bemerken.

Der Hundemann schnüffelte weiter und sah sich nach allen Seiten um. Da er auf allen Vieren ging, konnte er auch nicht besonders gut nach oben schauen.

Eugen roch ganz vorsichtig an seinem Anzug. Er stank genauso wie die Kanalisation. Genau das schien auch sein Glück zu sein, denn der Hundemann ging an seinem Versteck vorbei, ohne ihn zu bemerken.

Der Hundemann hatte sich schon einige Meter entfernt, als Eugen überlegt, ob er aus seinem Versteck springen und ihn von hinten von seinem Leiden erlösen sollte. In diesem Moment stoppte der auf allen Vieren laufende und schnüffelte noch einmal. Eugen regte sich nicht, hielt sogar die Luft an, dann ging der Hundemann weiter.

Einige Sekunden lang hörte Eugen noch das leise Klatschen der nackten Füße. Schließlich verklang auch das und Stille kehrte ein. Erst jetzt regte Eugen sich wieder und kletterte so leise wie möglich aus dem Speiseaufzug.

Wie ging es jetzt weiter? Sollte er Dreisteins Mutanten verfolgen oder die andere Richtung einschlagen? Er dachte kurz darüber nach und folgte dann dem Hundemann. Sein Schwert hielt er fest und angriffsbereit in beiden Händen. Er rechnete jeden Moment damit dem Hundemann gegenüber zu stehen.

An der nächsten Abbiegung führte der Gang nach links und nach rechts. Er folgte seiner Nase und ging nach rechts weiter. Da der Gestank des Hundemanns auf den nächsten Metern nicht abnahm, konnte er sicher sein, den richtigen Weg gewählt zu haben.

Der Gang vor ihm erstreckte sich mindestens fünfzehn Meter weit in die Dunkelheit. Er tat nur einen Schritt, dann hörte er es. Das Klatschen eines nackten Fußes auf glatten Boden. Dreisteins Mutant lauerte in der Dunkelheit auf ihn. Er kam aber nicht näher, es waren keine weiteren Schritte zu hören. Eugen überlegte und trat noch einen Schritt vor. Wieder hörte er das klatschende Geräusch. Was hatte dieses Ding vor?

Ideen im Verlies

Tanja lief unentwegt in ihrem Verlies auf und ab. Da sie nicht nach draußen sehen konnte, hatte sie kein Zeitgefühl mehr. Sie hatte vor langer Zeit eine Dokumentation gesehen, in dem Menschen mehrere Tage in einem fensterlosen Raum eingesperrt waren und dann die Uhrzeit nennen sollten. Nachdem sie zum ersten Mal geschlafen hatten, konnten sie nicht mehr einschätzen, ob es Tag oder Nacht war, ausnahmslos alle Testpersonen lagen mit ihren Einschätzungen daneben. Genauso fühlte sie sich jetzt auch. Wie lange war sie jetzt schon hier eingesperrt? Einen Tag? Oder waren es schon drei Tage? Nervös sah sie zu Vanadielle, die noch immer mit dem Oberkörper an die Wand gelehnt auf dem Boden saß und die Augen geschlossen hatte.

Die Hochschwangere sah schlecht aus und verzog gelegentlich das Gesicht vor Schmerzen. Es konnte jederzeit so weit sein.

Es dauerte lange Vanadielle zum Aufstehen zu überreden, doch schließlich stand sie auf und ging ein paar Runden im Kreis, um ihren Kreislauf in Schwung zu bringen.

Die ersten zwei Runden verbrachte Tanja an ihrer Seite. Als Vanadielle plötzlich schwankte und Tanja um ihre Hüfte griff, um sie zu stützen, fühlte sie etwas Spitzes in Vanadielles Hosentasche. Tanja zog den Gegenstand vorsichtig aus der Tasche. Es war die pinkfarbene Nagelfeile, die Vanadielle in den letzten Wochen ständig mit sich getragen hatte. Vanadielle hatte sie noch auf der Couch benutzt, bevor Dreistein sie überrascht hatte.

Sofort rasten Tanjas Gedanken wild umher. Was konnte sie mit der Feile anfangen? Sie ließ Vanadielle los, die daraufhin ein paar weitere Runden im Kreis ging und sich dann wieder mit dem Rücken an die Wand setzte. Tanja lehnte sich ebenfalls mit dem Rücken an die Wand, blieb dabei aber stehen und dachte nach.

Als erstes fiel ihr ein, wie sie die Nagelfeile in Dreisteins normales Auge stechen, und er winselnd zu Boden gehen würde. Dann wurde ihr jedoch wieder bewusst, wie stark und schnell Dreistein geworden war. Möglicherweise würde sie nicht nahe genug an ihn heran kommen, um ihn mit der kurzen Waffe zu treffen.

Sie überlegte weiter.

Konnte sie die Zellentür mit der Feile öffnen? Leider hatte die Tür kein Schlüsselloch. Vielleicht konnte sie die Feile ja in den kleinen Spalt zwischen Tür und Rahmen stecken und so an den Schließmechanismus herankommen. In Filmen klappte das ja auch immer mit Kreditkarten. Tanja ging zur Tür und steckte die Feile am oberen Ende in den kleinen Spalt und führte sie vorsichtig nach unten. Dort, wo normalerweise die Türklinke zu finden war, stieß sie auf ein Hindernis. Sie zog die Feile heraus und kratzte das Metall der Tür an der Stelle mit der Spitze der Feile an. Jetzt setzte sie am unteren Ende des Spaltes mit der Feile an und führte sie ebenso vorsichtig wie vorhin nach oben. Diesmal kam sie nicht bis zu der Stelle, an der die Türklinke hätte sein sollen. Sie zog die Feile wieder heraus und kratzte auch hier die Stelle an der Tür an.

Tanja ging einen Schritt zurück und sah sich ihr Werk an. Der Abstand zwischen den beiden Kratzern an der Tür betrug etwa zehn Zentimeter. Hier musste der Schließmechanismus der Zellentür sein. Sie stieß die Feile einige Male hinein, doch nichts tat sich. Frustriert gab sie auf. Sie schüttelte den Kopf. Es lohnte sich nicht weiter darüber nachzudenken. Sie kannte sich kein Stück mit Schlössern aus, da brauchte sie sich nichts vorzumachen.

Jetzt musste sie sich einen Plan ausdenken. Was würde sie tun, wenn die Tür geöffnet wurde und Dreistein in den Raum hineinkam?

Zuerst überlegte sie, ob sie das Überraschungsmoment ausnutzen konnte. Sie könnte sich direkt neben der Tür aufhalten und sich sofort auf Dreistein stürzen, wenn dieser die Tür öffnete. Aber darüber hatte sie vorhin schon nachgedacht und das ließ sie besser bleiben. Im Nahkampf würde sie auf jeden Fall den Kürzeren ziehen.

Als zweites kam ihr in den Sinn, ein Ablenkungsmanöver mit Vanadielle zu starten. Sie könnte Vanadielle sagen, sie solle so lang und so laut sie konnte schreien. Wenn Dreistein das hörte, dachte er vielleicht, sie bekäme ihr Kind. Vanadielle könnte in der Mitte der Zelle auf dem Boden liegen und Tanja würde direkt neben ihr knien. Wenn Dreistein dann hereinkäme, könnte Tanja zu einem Spurt ansetzen und an Dreistein vorbei und durch die noch geöffnete Zellentür fliehen. Das hieße zwar Vanadielle zurückzulassen, aber das musste ja nicht gleich etwas Schlechtes sein. In diesem Zustand konnte Vanadielle sowieso nicht mit ihr von hier wegrennen.

Das war keine schlechte Idee. So könnte es wirklich funktionieren.

Dann kam nur noch die Frage, was sie tun würde, wenn sie aus der Zelle geflohen war? Da fiel ihr ihr Vater ein. Von außen ließen sich die Zellentüren öffnen. Sie würde ihn freilassen und zusammen könnten sie den nächsten Schritt planen.

Erschöpft ließ sie sich an der Wand hinunterrutschen. So blieb sie sitzen und vergrub das Gesicht in den Händen.

Ihre Gedanken wanderten zu Steven. Was machte er jetzt? Wo war er? Wusste er überhaupt, in welcher Lage sie sich befand? War er vielleicht sogar mit Many auf dem Weg, um sie zu retten? Das war ein tröstender Gedanke.

Sie dachte an die letzten Monate mit Steven. Seit sie das Reich des Bösen hinter sich gelassen hatten, hatten sie zueinander gefunden. Sie hatten sich sogar eine gemeinsame Wohnung gesucht. Und das hatte sie ihm eigentlich gar nicht zugetraut, zumindest nicht so schnell.

Sollte das jetzt alles einfach vorbei sein?

Auch Vanadielle und Many hatten sich etwas Gemeinsames aufgebaut. Auch das konnte und sollte nicht auf diese Weise enden.

»Bitte Steven. Beeil dich«, flüsterte sie in den stillen Raum hinein. Dann stand sie auf, ging wieder zu Vanadielle und setzte sich neben sie. Leise begann sie ihr gut zuzureden und strich ihr dabei sanft über die Haare.

Jetzt konnten sie nur noch warten, bis sie Schritte aus dem Gang vor ihrer Zellentür hörten.

Ein alter Feind

Nachdem sie sich getrennt hatten, befand Many sich nun im linken der beiden Gänge. Zu beiden Seiten lagen sich jeweils fünf Türen gegenüber. Many wusste, dass er eigentlich keine Zeit hatte, um sich ein wenig umzusehen, er war aber zu neugierig auf das, was Dreistein hier alles so trieb.

Nach ein paar Schritten gelangte er an die ersten beiden Türen. Er entschied sich zuerst für die linke und drückte vorsichtig die Klinke herunter. Mit einem leisen Klicken ließ sie sich öffnen, glitt dann aber, zu Manys Schrecken, mit einem lauten Quietschen in den dunklen Raum hinein. Er sah sich sofort nach beiden Seiten um. Niemand war zu sehen. Manys Blick wanderte wieder zur geöffneten Tür und er sah, dass der Raum nicht völlig dunkel war. Ein dünner Lichtstrahl, der durch das mit einem verschlissenem schwarzen Vorhang verdeckte Fenster drang, erhellte einen Punkt auf dem Boden. Many zuckte unwillkürlich zusammen.

Zwei tote Augen starrten ihn an. Im Lichtschein lag der abgetrennte Kopf eines kleineren Dinosauriers. Am Hinterkopf klaffte ein Loch und es sah so aus, als wäre das Gehirn des Tieres chirurgisch entfernt worden.

Many schloss die Tür. Er wollte nicht wissen, wieviele Dinosaurierköpfe noch in diesem Raum lagen. Mit schnellen Schritten ging er zur gegenüberliegenden Tür. Sie war verschlossen. Er legte ein Ohr an die Tür. Vielleicht konnte er ja etwas im Raum dahinter hören. Nichts war zu hören. Weder menschliche Geräusche noch das Summen von elektrischen Geräten drangen zu ihm durch. Enttäuscht wandte er sich ab. Da es zu viel Krach machen würde, die Tür aufzubrechen, ging er zu den beiden nächsten.

Die eine war ebenso verschlossen wie die andere. Er legte wieder ein Ohr an die Türen. Wieder war nichts zu hören.

Er ging gleich weiter zur gegenüberliegenden Tür und drückte die Klinke herunter. Da die beiden letzten Türen verschlossen waren, wunderte er sich kurz, dass diese so leicht zu öffnen war. Doch als die Tür nur wenige Zentimeter aufschwang, bereute er, sie geöffnet zu haben. Der widerliche Gestank von Fäkalien und Blut ließ ihn auf der Stelle würgen. Eigentlich wollte er die Tür sofort wieder schließen, doch was diesen Gestank verursachte, musste er unbedingt sehen. Er drückte sich den Ärmel seines Hemdes auf Mund und Nase und stieß die Tür ganz auf. Der Raum lag in dämmrigem Licht und war höchstens sechs mal sechs Meter groß. Doch bevor er sich genauer umsehen konnte, wurde sein Blick auf den Boden gelenkt. Mindestens die Hälfte des Bodens war von einer geronnenen Blutlache bedeckt. Sein Blick folgte der Lache bis zu einer Wand und dort war etwas, von dem er gehofft hatte, es nie wieder in seinem Leben sehen zu müssen.

Das Wesen war mit beiden Armen und Beinen an

die Wand gekettet. Die Ketten zogen die Gliedma-
ßen so straff auseinander, dass es sich nicht bewegen
konnte. Many erkannte sofort, dass es noch lebte.
Die Brust des Wesens hob und senkte sich ganz
leicht. Als er dem Wesen ins Gesicht sah, verschlug
es ihm kurz die Sprache. Die stechend roten Augen,
die Many nur zu gut kannte, hatten ihren Glanz verloren. Die ganze Erscheinung sah abgemagert und
dreckig aus. Das linke der zum Kinn gebogenen
Hörner war abgebrochen. Zudem hatte es unzählige
Schnittwunden am ganzen Körper. Es sah aus, als
wäre es lange Zeit gefoltert worden und hätte nicht
mehr lange zu leben.

Many ging auf das Wesen zu, rutschte auf dem
blutverschmierten Boden aus und fiel hin. Als er sich
wieder aufgerappelt hatte, sah er, dass er vom Schuh
bis zur Schulter mit dem geronnen Blut beschmiert
war. »So eine verdammte Scheiße aber auch!« Er
hörte ein leises Röcheln und sah zu dem Wesen. Hatte es ihn etwas gerade ausgelacht? Er stellte sich
direkt vor das Wesen. Es war einen Kopf größer als
er, und weil es an der Wand hing, musste Many noch
weiter nach oben sehen, um ihm in die Augen zu blicken.

»Dir geht es wohl gar nicht so schlecht, wie du
aussiehst?«

»*Es sieht nicht gut aus*«, sagte das Wesen mit seiner tiefen, gutturalen Stimme.

Many schauderte bei diesen Worten. Er hatte diese
Stimme lange nicht mehr gehört. Sie weckte Erinne-

rungen, die er lieber vergessen hätte.

»*Ich brauche Hilfe.*«

»Da fragst du den Falschen.«

»*Er hat mich nach dem Geheimnis meines Herren gefragt. Doch ich konnte es ihm nicht sagen. Dann hat er es mit Gewalt versucht.*«

»Du konntest es ihm nicht sagen?«

»*Nein. Ich kenne es nicht. Er hat es nie mit uns geteilt. Er hat uns das Serum nur regelmäßig gegeben, damit wir nicht sterben.*«

Plötzlich erstarrte Many. Gerade wurde ihm bewusste, dass er sich mit einem der Wesen unterhielt. Es war ein, unter den Umständen, ganz normales Gespräch. Ein Gedanke schlich sich bei ihm ein. Er dachte daran, wie stark und widerstandsfähig die Wesen waren. Und dann dachte er an den Spruch, den er schon viele Male gehört hatte.

Der Feind meines Feindes ist mein Freund.

Konnte ihnen dieses Wesen vielleicht noch nützlich sein? Momentan war es zwar nicht in der Lage zu kämpfen, aber das konnte sich wieder ändern.

Many überlegte kurz, dann stellte er eine ernst gemeinte Frage – was ja nicht oft in seinem Leben vorkam. »Was würdest du machen, wenn ich dich jetzt von deinen Fesseln befreie?«

Das Wesen schwieg einige Sekunden.

Many wurde langsam ungeduldig. »Ich verspreche dir, dass du nicht lange zu leben hast, wenn du nicht sofort antwortest.«

Das Wesen schwieg wieder einige Sekunden. Many wollte schon zu einer Bemerkung ansetzen, doch dann öffnete es sein hässliches Maul. *»Ich kann dir helfen.«*

»Ach ja? Und wie willst du das anstellen?«

»Der Mann, den du als Dreistein kennst, existiert nicht mehr. Er hat sich in etwas verwandelt, dass du nicht besiegen kannst. Nur ich kann dir sagen, wie er zu bezwingen ist.«

»Und du denkst also, dass ich dir einfach so glaube?«

»Was bleibt dir anderes übrig?«

Many rieb sich das Kinn und überlegte kurz. Konnte er es verantworten, dieses Wesen frei zu lassen? Er war sich ziemlich sicher, dass es sein Wissen nicht anders preisgeben würde. »Was hast du vor, wenn du nicht mehr angekettet bist?«

»Ich werde dir folgen und dir helfen ihn zu töten.«

»Sei mir nicht böse, aber das klingt doch wohl etwas zu gut. Vor einiger Zeit, haben wir noch gegeneinander um unser Leben gekämpft. Ich habe viele deiner Brüder getötet.«

Das Wesen ließ der Kopf hängen. *»Ja ich weiß. Ich bin der letzte. Nach mir kommt keiner mehr. Dieser Dreistein hat mich in den Ruinen unter Stonehenge gefunden. Ich war schwer verletzt und doch noch am Leben. Dann hat er mich hierher gebracht.«*

»Erzähl weiter. Überzeuge mich.«

»Da gibt es nicht mehr zu erzählen. Lass mich frei oder lass es sein. Ich kann dir helfen. Wenn nicht, dann eben nicht. Ich bin der letzte meiner Art. Ich

196

habe nichts mehr zu verlieren. Wenn ich aber sterbe, dann wirst auch du sterben. Im Kampf gegen Dreistein, da sei dir sicher.«

Da begann Many die Ketten zu lösen und das Wesen stürzte in sein eigenes Blut. Es sah müde zu Many auf. Many reichte ihm die Hand und es ergriff sie.

»Wie ist dein Name?«

»Ich bin Ferox.«

»Ich bin Many.«

Ferox hievte sich mühsam auf die Knie, dann stand er auf. Nachdem er mehrere Tage an der Wand angekettet gewesen war und sich dadurch nicht bewegt hatte, fiel ihm das Stehen besonders schwer. Er schwankte. Ohne weiter darüber nachzudenken packte Many zu und stützte ihn. Ferox stöhnte laut auf und stützte sich auf Many, der dadurch ein wenig in die Knie ging.

»Den Namen Many habe ich in eurer Sprache noch nie gehört«, keuchte Ferox vor Anstrengung.

»Das ist die Kurzform von Maneater.« Many verstummte ruckartig. Warum hatte er das dem Wesen verraten? Das hatte er noch nie jemandem erzählt. Nur Steven kannte den Namen. Sie beiden hatten den Namen zusammen ausgesucht, als sie das erste Mal einen Online-Ego-Shooter gespielt hatten. Der Name war gute zwei bis drei Jahre in Gebrauch gewesen, bis das Spiel gewechselt wurde.

Irgendwas stimmte hier nicht. Durch solch vertrauliche Gespräche entstanden meistens Freundschaften und das war jetzt gerade nicht das Passendste.

Ferox lachte, was schnell in einen rasselnden Husten überging. »*Das ist ja ein passender Name für dich.*«

Many wechselte das Thema. »Was sollen wir jetzt machen? Ich kann dich unmöglich mit zu den anderen nehmen. Die bringen dich sofort um.«

»*Ich gehe meinen eigenen Weg. Ich habe mir den Weg eingeprägt, als ich hergebracht wurde. Ob du deinen Freunden erzählst, dass du mich getroffen hast oder nicht, bleibt dir überlassen. Wenn wir uns jetzt trennen, heißt das aber nicht, dass wir uns nicht wiedersehen.*«

»Dann sag mir, wie ich Dreistein bezwingen kann. Ich muss es wissen. Ist er so stark wie Zerebrus?«

»*Er steht kurz davor. Aber er ist aggressiver und böser. Er hat den Aufenthalt in der blauen Kugel nicht verkraftet. Seine schwarzen Körperteile sind so gut wie unzerstörbar. Du kannst ihnen mit einem Schwert, oder einer Schusswaffe nichts anhaben.*«

Many schwieg. Wie sollten sie Dreistein besiegen, wenn er über solche Fähigkeiten verfügte?

»*Du müsstest ihn in einen Schmelzofen in einem Stahlwerk werfen, das würde er nicht überleben.*«

Many riss die Augen weit auf. »Das geht nicht. Sowas haben wir hier nicht.«

»*Dann musst du dir etwas Ähnliches einfallen lassen.*«

»Wie sollte ich Dreistein an einen solchen Ort bekommen?«

»*Jetzt kommt das Entscheidende.*« Ferox tippte Many mit einer Kralle seiner rechten Hand gegen die Brust. »*Es gibt nur eine einzige Möglichkeit Dreistein zu besiegen. Er hat sich mit einem Doktor zusammengetan, der die Operationen für ihn durchführt. Mit diesem Mann musst du reden.*«

Many hörte genau zu. Seine Augen weiteten sich, während Ferox weiter sprach und ihm endlich verriet, wie er Dreistein bezwingen konnte. Er musste sich setzen.

Danach schwieg Many viele Minuten. Je länger er darüber nachdachte, desto unwahrscheinlicher kam ihm vor, war Ferox gesagt hatte. Es musste noch einen anderen Weg geben. Es musste einfach. Oder war dies wirklich die einzige Lösung?

Many stand wieder auf und sah Ferox an. »Kommst du mit?«

»*Wir werden uns später wiedersehen.*«

Many nickte Ferox zu und schritt aus dem Raum. Er atmete schwer und dachte viel nach, während er den nächsten Gang nahm.

Er dachte an das, was Ferox über Dreisteins Vernichtung gesagt hatte. Gab es denn wirklich keine andere Lösung? Vor ihm lag ein Weg, den er nicht beschreiten wollte und der nicht beschritten werden sollte.

Es kommt

Steven hatte seinen Korridor durchsucht und war an die Stelle zurückgekehrt, an der er sich wieder mit Many treffen wollte. Doch Many kam nicht. Steven war sich nicht sicher, ob er nach ihm suchen sollte, denn vielleicht kam Many genau in dem Augenblick zurück, und Steven war dann nicht hier.

Weitere Minuten verrannen, ohne dass etwas geschah. Dann setzte Steven sich in Bewegung. Er konnte hier nicht länger warten. Es gab viel zu tun. Er ging in den Gang, in dem Many verschwunden war, blieb aber nach wenigen Metern stehen und horchte. Doch in diesem Moment hätte man eine Stecknadel fallen hören können. Kein Many, keine anderen Menschen oder Maschinen, einfach nichts.

In dieser Stille dachte er an Tanja. Er steckte die Hand in die Hosentasche und tastete nach dem Ring. Sein Puls schnellte in die Höhe, weil er ihn nicht fand und schon überlegte er, wo er ihn verloren haben könnte. Dann suchte er in der anderen Hosentasche und dort fand er ihn. Es dauerte eine Weile, bis sich sein Puls wieder normalisiert hatte. Er steckte sich den Ring auf den kleinen Finger und stellte sich vor, was Tanja gerade machte. Er war sich ziemlich sicher, dass sie sich gerade um Vanadielle kümmerte, vorausgesetzt, die beiden waren noch zusammen. Wenn sie sich nicht um Vanadielle kümmerte, schmiedete sie garantiert einen Fluchtplan, um aus Dreisteins Fängen zu entkommen. Er verstaute den Ring wieder in seiner Tasche. Schon bald würden sie sich wiedersehen, da hatte er keinen Zweifel.

Er setzte sich wieder in Bewegung und plötzlich geschah es. Der wilde Schrei einer Frau hallte durch die Gänge und hörte einfach nicht auf. Jeder andere Mensch hätte zwischendurch einmal Luft holen müssen, doch diese Frau tat das nicht. Eine Minute verstrich, dann eine weitere. Bis der Schrei endlich verhallte, waren bestimmt drei Minuten vergangen.

Steven strich sich über den Bart. Er musste endlich die anderen finden. Gemeinsam würden sie Dreistein zur Strecke bringen und von hier verschwinden. Schnell hatte er den Gang durchquert und war nach rechts abgebogen.

In diesem Gang fiel ihm etwas Merkwürdiges auf. In der Mitte war ein Gitter in den Boden eingelassen. Beim Näherkommen sah er, dass das Gitter von unten aus zerstört worden war. Jemand hatte die einzelnen Stäbe nach außen gebogen und war dann hindurch nach oben geklettert. Dieser Jemand konnte eigentlich nur Eugen sein, zumindest hoffte Steven das.

Er konzentrierte sich. Es könnte auch jemand anderer durch das Gitter gekommen sein. Vielleicht war jemand in seiner Nähe, egal, ob Freund oder Feind. Er schlich vorsichtig weiter.

Eugen lehnte sich mit dem Rücken an die Wand. Ein

paar Sekunden ausruhen musste drin sein. Dieser verdammte Hundemann hatte ihm schwer zugesetzt. Er hatte ihm einige hässliche Kratzer und Schnittwunden an der Armen zugefügt. Letztendlich hatte der Kerl aber keine Chance gegen sein Schwert gehabt. Es hatte sehr blutig geendet, doch daran wollte er nicht mehr denken. Hoffentlich musste er so etwas nie wieder tun.

Seit er den Hundemann hinter sich gelassen hatte, irrte er in den Gängen umher. Zweimal war er schon an derselben Stelle vorbeigekommen. Er hatte einfach überhaupt keine Ahnung, wo er war und wo er hingehen sollte.

Und plötzlich hörte er die Frau wieder. Es musste die gleiche Frau wie vorhin sein. Sie schrie wie in Todesqualen. Doch dieses Mal hörte es sich näher an. Die Frau konnte nicht mehr weit weg sein.

Eugen dachte kurz nach und entschied sich dann dazu, dem Schrei der Frau zu folgen. Doch noch bevor er losging, hörte er plötzlich Schritte. Sofort war er hellwach. Von wo kamen die Schritte? War das die Frau? Kam sie auf ihn zu? Oder war es einer von seinen Leuten? Vielleicht war es nochmal so ein Hundemann, aber den Gedanken verwarf er gleich wieder. Der hatte sich anders angehört und dieser widerliche Gestank fehlte.

In den langen Gängen hörte er den Widerhall der Schritte. Die Person konnte von links oder von rechts kommen, er musste sich entscheiden. Rechts konnte er den Gang einsehen. Zur Linken bog ein weiterer Korridor ab. Es gab nur eine Möglichkeit. Eugen schlich zur Ecke, hockte sich hin und wartete. Sein Schwert legte er vorsichtig neben sich auf den Boden. Falls es ein Feind war konnte er schnell genug nach der Waffe greifen, doch wenn es ein Freund war, wollte er ihn nicht verletzen. Das wäre eine schöne Überraschung. Ein aufgespießter Many oder Steven. Da konnte er ja gleich Harakiri machen.

Steven hatte aufgehört zu schleichen und joggte jetzt durch die Gänge. Er war sich sicher, dass gleich etwas geschah. Die Geräuschkulisse wurde lauter. Vereinzelte Schritte drangen zu ihm durch.

Wenn er Glück hatte, fand er gleich Eugen. Hoffentlich hatte er Glück.

Er wurde schneller. Beim Laufen zog er Excalibur und hielt es fest in beiden Händen. Die nächste unbekannte Person, die auf ihn zuhielt, machte er auf jeden Fall einen Kopf kürzer.

Eugen atmete schneller. Die Schritte kamen näher, und hörten sich auf einmal anders an. Irgendwie schneller und schwerer. Plötzlich herrschte Stille. Jemand stand hinter der nächsten Abbiegung und dieser Jemand bewegte sich nicht mehr.

Die Schritte waren verstummt, die Person war stehen geblieben. Steven beendete seinen Lauf und näherte sich vorsichtig der Ecke. Die Person musste genau dahinter stehen.

Er sprang mit einem Satz um die Ecke. Schlitternd kam er zum Stehen und wurde im gleichen Augenblick und mit voller Wucht durch eine schwarze Faust nieder geschlagen. Ein Klingeln hallte durch seinen Schädel und er lag auf dem Boden.

Verwirrt blinzelnd sah er nach oben. Etwas Schwarzes flog auf ihn zu. Dann erkannte er es. Es war wieder diese schwarze Faust. Im letzten Augenblick wich er aus, indem er sich zur Seite rollte. Und dann erkannte er das Gesicht, das zu der Faust gehörte.

Dreistein.

Die Faust schlug in den Boden neben Stevens Kopf ein. Kleine Steinsplitter flogen in alle Richtungen. Steven kroch rückwärts von Dreistein weg. Aus dem Augenwinkel sah er Eugen am Boden liegen. Es war also wirklich Eugen gewesen, den er gehört hatte. Dreistein musste ihn kurz vorher erreicht haben. Vielleicht konnte er Dreistein von Eugen weglocken. Mit etwas Glück konnte Eugen sich selbst helfen, wenn er wieder zu sich kam.

Steven begann zu schreien. »Doc! Hören Sie auf!« Er sah Dreistein direkt in die Augen. Erschrocken registrierte Steven, dass sich Dreisteins rechtes Auge goldgelb verfärbt hatte. Genau wie bei Zerebrus. Er schrie wieder. »Dreistein! Hören Sie auf!« In Dreisteins Augen sah er kein Wiedererkennen. Er schien in diesem Augenblick wie in Trance zu sein.

Steven wich weiter zurück. Dreistein folgte ihm

einige Schritte und blieb dann abrupt stehen. Sein Blick veränderte sich leicht. Er sah Steven jetzt anders an, sagte aber nichts. Zeigte sich dort der alte Dreistein?

Steven musterte die entstellte Figur Dreisteins. Er trug einen weißen Kittel, sein schwarzer Arm war auf die doppelte Größe angewachsen und an der Hand hatte er einen Finger verloren. Die Hand sah genauso aus, wie die eines Wesens. Außerdem war er unglaublich groß, mindestens einen Meter größer als er. Seine nackten Beine sahen aus, wie von einem Bodybuilder.

»Dreistein!«, rief Steven erneut.

Doch Dreisteins Blick veränderte sich wieder. Er sprang vor, stieß ein tiefes kehliges Knurren aus und packte Steven mit seiner schwarzen Hand am Hals. Sofort wurde Stevens Sauerstoffzufuhr unterbrochen. Er versuchte mit beiden Händen Dreisteins Finger zu lösen. Doch er konnte den Griff nicht brechen. Die schwarzen Finger waren hart wie Stahl und genauso kalt. Steven griff nach Excalibur und schlug damit auf den schwarzen Arm ein. Nichts geschah. Er holte noch einmal aus und schlug fester zu. Es stoben sogar ein paar Funken auf. Das war doch nicht zu glauben, die schwarzen Teile von Dreisteins Körper waren unverwundbar.

Der Griff wurde noch fester. Steven fühlte sich, als würde seine Lunge platzen. Sein Blick trübte sich. Er ließ sein Schwert fallen. Klirrend blieb es am Boden liegen. Mit letzter Kraft versuchte er nach

Dreisteins Kopf zu greifen. Doch seine schlaffen Hände fanden keinen Halt.

Plötzlich drang von irgendwoher ein gutturaler Schrei her, der ihm irgendwie bekannt vorkam. Er nahm ihn nur im Unterbewusstsein war. Seine ganze Wahrnehmung hatte sich unter dem Sauerstoffmangel verändert. Doch er spürte, wie sich Dreisteins stählerner Griff löste und er zu Boden viel.

Sein erster Atemzug war unbeschreiblich schön und belebend. Als er wieder einigermaßen bei Sinnen war, sah er sich um. Dreistein war verschwunden. Warum war er verschwunden? Was hatte da so geschrien? Es konnte doch keines der Wesen gewesen sein, die waren alle tot. Trotzdem war Dreistein der Schrei so wichtig, dass er von Steven abgelassen hatte. Dann sah er Eugen leblos am Boden liegen. Steven kroch auf allen Vieren zu ihm.

Verschiedene Gedanken glitten gleichzeitig durch Stevens Kopf. Mund-zu-Mund-Beatmung. Herzdruckmassage. Atmung. Puls.

Er legte seinen Kopf auf Eugens Schulter und sah über den Brustkorb zu seinen Füssen. Die Brust hob sich nicht. Verdammter Mist. Er atmete nicht mehr. Steven griff nach Eugens Kopf und überstreckte ihn, um den Rachen frei zu bekommen. Eugen fing nicht an zu atmen. Steven blies ihm zweimal Luft in die Lungen. Dann begann er mit der Herzdruckmassage. Dreißigmal drücken, dann wieder Kopf überstrecken und zweimal Sauerstoff zufügen.

Es lief ganz automatisch ab, als wäre Steven ein

Roboter, der eine Liste abarbeitete. Doch es half nicht. Eugens Körper sprang nicht drauf an.

Eine Minute verstrich, dann noch eine. Stevens Hemd war mittlerweile schweißgetränkt. Er wusste nicht, wie lange er das noch durchhielt. Es war unglaublich anstrengend. Noch einmal dreißigmal drücken, dann wieder Kopf überstrecken und wieder Sauerstoff zufügen. Es funktionierte nicht.

Langsam schlich sich ein Gedanke bei ihm ein. Doch wenn er jetzt einfach mit den lebensrettenden Maßnahmen aufhörte, war das Eugens sicherer Tod. Solange er weitermachte, versorgte er Eugen mit Sauerstoff und es gab noch Hoffnung.

Eine einzelne Frage zerrte an ihm. Wann war der Zeitpunkt gekommen, an dem man sich eine Niederlage eingestehen musste?

Vereint

Tanja war die letzten Minuten nicht von Vanadielles Seite gewichen. Möglicherweise hatte Vanadielle Wehen bekommen, doch genau wusste sie es nicht.

Tanja war kurz in Panik verfallen, denn sie war noch nie an einer Geburt beteiligt gewesen. Ihr ging eine Szene aus einem alten Film durch den Kopf, in der ein junger Mann nach heißem Wasser und frischen Handtüchern rief. Doch hier in Dreisteins Verlies gab es nicht einmal kaltes Wasser, geschweige denn Handtücher.

Tanja sah auf Vanadielle hinab. Wieder durchfuhr sie ein Krampf. Jetzt war Tanja sich sicher. Wenn das keine Wehe war, wollte sie ab jetzt Kunibert heißen. Vanadielle traten Schweißperlen auf die Stirn. Ohne weiter nachzudenken, packte Tanja ihren linken Hemdärmel und riss ihn ab. Mit dem Stoff wischte sie Vanadielle den Schweiß von der Stirn.

Sie atmete tief durch. Was kam als Nächstes? In welchen Abständen traten die Wehen auf? Sie sah auf ihr Handgelenk. Verdammt, sie trug ja gar keine Uhr. Plötzlich hörte sie etwas. Ein leises Quietschen.

Ihre Augen weiteten sich. Bitte nicht ausgerechnet jetzt. Die Tür war aufgegangen, und sie hatte es nicht bemerkt. Ihr Plan war hinüber. Sie tastete nach der Nagelfeile in ihrer Tasche und umschloss sie fest. Sie war bereit Dreistein anzuspringen und ihm die Feile ins Auge zu stechen.

Er hatte durch den Sichtschlitz der Tür geblickt. Beide Frauen waren am Boden. Wenn er sich nicht täuschte, dauerte es nicht mehr lange mit dem Baby. Er öffnete die Tür und trat herein.

Tanja hörte Schritte hinter sich. Vanadielle hatte die Augen geschlossen. Sie hatte nichts von ihrem Besucher mitbekommen.

Tanja sprang auf. Sie drehte sich im Sprung und stieß zu, mit aller Kraft, die sie aufbringen konnte.

Er konnte es kaum glauben. Sie hatte ihn angesprungen und mit einer Nagelfeile nach seinen Augen gestochen. Er hatte es gerade noch geschafft die Hand abzulenken, doch jetzt steckte tatsächlich eine Nagelfeile in seiner Schulter.

Tanja war sprachlos. Sie starrte ihren Angreifer an. Er hatte die Feile abgelenkt, doch diese steckte jetzt zur Hälfte in seiner Schulter. »Ich... Ich ...«

»Verdammte beschissene dreckige Mistscheiße!«, stieß Many wutentbrannt aus. »Das kann doch wohl nicht wahr sein!«

»Es… Es tut mir leid.«

»Da komme ich extra leise hier rein, um keine Aufmerksamkeit auf uns zu lenken und dann so was.«

»Ich habe gedacht Dreistein kommt wieder.«

Many ließ sich nicht beruhigen. »Hätte ich denn

laut rufen sollen *Hallo Freunde! Ich komme jetzt rein, um euch zu befreien!?«*

Tanja war jetzt ebenso aufgebracht wie Many und schrie ihn an. »Woher bitteschön hätte ich das denn wissen sollen? Ich habe seit Tagen nichts von euch gehört. Ich konnte nur hoffen, dass ihr überhaupt kommt, um uns zu befreien.« Plötzlich stoppte sie. Sie hatte bemerkt, dass Many allein war. Ihr Zorn war so schnell verflogen, wie er gekommen war. »Wo ist Steven? Du bist doch hoffentlich nicht alleine hier.«

»Keine Sorge. Wir haben uns vor einer Weile getrennt, um effektiver suchen zu können. Wenn wir Glück haben, findet er uns in den nächsten Minuten. Er dürfte eigentlich nicht weit weg sein.«

»Dann lass uns so schnell wie möglich hier raus. Ich weiß aber nicht genau, ob Vanadielle noch transportfähig ist. Ich bin mir ziemlich sicher, dass sie in den Wehen liegt. Wahrscheinlich wird das Kind in den nächsten Stunden kommen.«

Many kratzte sich nachdenklich am Kinn. »Was heißt denn in den nächsten Stunden?«

»Ich bin keine Hebamme. Ich weiß es nicht. Vielleicht zwei Stunden. Vielleicht auch noch zwanzig. Es gibt keinen festgelegten Zeitplan, es gibt Geburten, die drei Stunden dauern, aber es können auch vierzig sein.«

»Okay. Dann mal ran. Sie muss aufstehen und mit uns kommen. Es geht nicht anders.«

Many kniete sich vor Vanadielle auf den Boden

und strich ihr sanft eine Haarsträhne aus dem Gesicht. Dann flüsterte er ihr leise ins Ohr. »Hey ho, ich bin's.«

Vanadielle öffnete die Augen und sah Many traurig an. Sie sagte kein Wort.

»Ich hole dich hier raus. Keine Angst.« Dann packte er sie mit beiden Armen und hob sie hoch. Er sah Tanja an. »Los geht's.«

Tanja ging voraus. Sie blieb an der Tür stehen und spähte vorsichtig in beide Richtungen. Niemand war zu sehen. Sie trat auf den Gang hinaus und winkte Many heraus.

Nachdem sie wenige Meter gegangen waren, kamen sie an eine weitere Zellentür. Tanja blieb stehen, trat an die Tür und schob den Sichtschlitz zur Seite.

»Was soll denn das?«, fragte Many. »Dafür haben wir keine Zeit.«

»Das verstehst du nicht.« Tanja drückte die Klinke herunter und öffnete die Tür.

Many stand ein alter Mann gegenüber, den er noch nie gesehen hatte. Die beiden starrten sich verblüfft an.

»Ich bin Dr. Bloorham«, sagte der Mann und streckte Many die Hand hin. Dann bemerkte er, dass Many keine Hand frei hatte und zog seine Hand zurück.

»Kannst mich Many nennen. Stellst du dich immer mit Dr. Bloorham vor? Na, ist ja auch egal. Wir müssen weiter.«

Bloorham rührte sich nicht.

Tanja ging zu ihm, packte seinen Arm und zog ihn aus der Zelle. »Meine Güte, Dad. Du bist ja mal wieder stocksteif. Nun komm schon.«

Many, der schon ein paar Schritte vorgegangen war, blieb wieder stehen. »Also das müsst ihr mir aber sofort erklären.«

Todesschreie

Steven kniete neben Eugen auf dem Boden. Die Herzdruckmassage dauerte jetzt schon mehrere Minuten. Steven rechnete jeden Moment damit zusammenzubrechen. Die Arme und Schultern schmerzten wie noch nie in seinem Leben.

Er hatte einmal von einem kleinen Mädchen gelesen, das im Winter in einen Bach gefallen und ertrunken war. Sie war eine Stunde lang tot gewesen. Durch die Kälte wurde ihr Körper in perfektem Zustand für lebensrettende Maßnahmen gehalten. Sie wurde mit Hilfe einer Herz-Lungen-Maschine beatmet und ihr Blut langsam erwärmt. Sie hat überlebt. Er konnte sich nur nicht mehr erinnern, ob das Gehirn dabei einen Schaden abbekommen hatte, er glaubte aber nicht.

Er würde es keine Stunde mehr durchhalten, höchstens noch Minuten. Jetzt kamen ihm die Tränen. Nicht aus Verzweiflung oder Trauer. Nein. Aus purer Erschöpfung. Steven spürte, wie der Moment näher kam.

Gleich war er da.

Er würde einfach aufhören.

Noch ein bisschen.

Er wurde langsamer.

Jetzt.

Seine Arme versagten ihren Dienst.

Steven schloss die Augen. Doch plötzlich hörte er

213

etwas. Ein leises Flüstern. Was war das?

»Steven.«

»Ja.« Er sprach, ohne die Augen zu öffnen. Konnte das wirklich wahr sein?

»Steven.«

Steven öffnete die Augen. Eugen sah ihn an. Er hatte tatsächlich die Augen geöffnet. Er war am Leben.

Es mussten die letzten Bewegungen gewesen sein, die Steven durchgeführt hatte. Damit hatte er Eugen zurück ins Leben geholt.

Doch Eugen war schwach.

»Kannst du aufstehen?«, fragte Steven, doch er war sich sicher, dass er die Antwort schon kannte.

Eugen schüttelte nur den Kopf.

»Okay. Dann bleib einfach noch ein paar Minuten liegen. Vielleicht geht es dir gleich besser.«

Steven lehnte sich im Sitzen an die Wand. Eugens Kopf lag direkt neben ihm. Sie konnten sich ansehen. Und sie sahen sich einfach nur an. Schweigend. Nach einer Weile sah Eugen zur Seite.

Steven beobachtete ihn weiter. Er sah, wie die Blässe langsam aus Eugens Gesicht schwand. Jetzt war er sich sicher, dass Eugen es überstanden hatte. Diese Erkenntnis löste ein unbeschreibliches Glücksgefühl in Steven aus.

Er hatte ein Leben gerettet.

Doch dieses wunderbare Gefühl wurde gleich wieder überschattet. Seine Gedanken glitten zu Dreistein. Wenn es ihm damals doch auch bei Dreistein gelungen wäre. Doch damals war es anders gewesen. Er hatte nicht die geringste Chance gehabt ihn zu retten. Dieser Gedanke ließ Steven aufstehen.

Eugen wandte ihm den Kopf zu. Die beiden sahen sich an. Sie hatten anscheinend über Ähnliches nachgedacht, denn noch bevor Steven den Mund öffnete, sagte Eugen: »Kann's losgehen?«

Steven nickte ihm ohne Worte zu und half ihm aufzustehen. Eugen legte seinen Arm um Stevens Schulter und Steven hielt ihn fest. Langsam zogen sie los.

Jetzt erst bemerkte Steven, dass die Geräuschkulisse sich erneut verändert hatte. Es waren Stimmen zu hören. Eugen hatte es auch bemerkt. Er deutete in die Richtung, aus der die Stimmen kamen.

Je näher sie kamen, desto besser konnten sie die Stimmen erkennen. Steven war sich sicher, dass es zwei Männer und eine Frau waren. Sofort zählte er im Kopf nach. Many, Tanja und Vanadielle. Ein Mann und zwei Frauen. Das passte nicht zusammen. Er flüsterte seine Besorgnis Eugen zu. Dieser stimmte ihm mit einem Nicken zu.

Steven ließ Eugen los. Eugen schwankte ein wenig, blieb aber stehen.

»Kannst du deine Waffe halten?« Eugen nickte wieder und zog sein Schwert. Er war leider so schwach, dass das Schwert nur nutzlos herunterhing. Es sah auch nicht so aus, als könnte er es in nächster Zeit benutzen.

Steven zog Excalibur und stützte Eugen dann wieder.

Sie kamen nur langsam voran. Eigentlich hätten sie die anderen schon treffen oder zumindest sehen müssen, falls es sich bei den vielen unverständlichen Stimmen überhaupt um ihre Freunde handelte. Es schien, als würden sich die beiden bei jedem ihrer Schritte wieder um zwei von den Stimmen entfernen.

Eugen trug zwar seine Waffe, musste aber weiterhin gestützt werden. Sie konnten von Glück reden, wenn sie überhaupt bis zu den Stimmen kamen.

Sie wurden immer langsamer. Links herum, rechts herum, wieder links. Nahm das denn nie ein Ende? Als Steven die nächste Biegung nahm, konnte er Eugen kaum noch halten. Plötzlich blieb er wie angewurzelt stehen. Im Bruchteil einer Sekunde registrierte er, dass er bei den Verliesen angekommen war. Die Türen standen offen, doch Many und die Frauen waren nicht hier.

Dafür war etwas anderes hier. Sie stand mitten im Raum, reglos und starrte Steven und Eugen an.

Schwarze, fettige Haare hingen über das, einst schöne, Gesicht. Sie trug eine zerrissene Hose und ein Hemd, das vielleicht einmal weiß gewesen war. Doch jetzt war alles so dreckig und schmierig, als wäre sie durch einen nassen Schützengraben gekrochen.

Die drei starrten sich weiter an.

Dann fing die Frau an zu schreien. Sie schrie, als würde die Welt untergehen. Schrie, als würde sie den

216

grausamsten aller Tode sterben.

Steven presste beide Hände auf die Ohren, sein Schwert fiel zu Boden. Neben ihm glitt Eugen ebenfalls zu Boden, da er nicht mehr gestützt wurde.

Sie rannte schreiend los. Schreiend wie eine Furie, die Hände nach ihnen ausgestreckt. Steven würde diesen Anblick nie vergessen. Lange, teilweise abgebrochene Fingernägel, die auf seine Augen gerichtet waren.

Dann sprang sie ihn an und riss ihn mit sich zu Boden. Er landete auf dem Rücken, blieb zur Hälfte auf der Klinge seines Schwertes liegen. Die Frau blieb auf seiner Brust hocken und schlug mit beiden Händen nach ihm. Mit beiden Armen wehrte er ihre Schläge ab. Nach wenigen Schlägen war sein Ärmel zerfetzt und die Haut darunter blutete. Er versuchte sie herunterzustoßen, doch sie war unglaublich stark. Sie schlug weiter unerbittlich auf ihn ein. Wie lange würde er das durchhalten? Jetzt brauchte er schon beide Hände zur Abwehr. Sie schlug so schnell zu, dass er gar nicht zum eigenen Schlag ausholen konnte.

Eine ganze Minute lang schlug sie jetzt schon auf ihn ein und schrie unentwegt. Es war unglaublich, sie zeigte nicht die geringsten Anzeichen von Schwäche.

Dann bemerkte Steven, dass Eugen auf sie zukam. Er lag flach auf dem Boden, zog sich nur mit den Händen vorwärts. Stück für Stück näherte er sich. Die Frau bemerkte es nicht. Sie hatte sich in Rage geschrien. Ihre Welt bestand nur noch aus rasender Wut.

Steven versuchte ihre Aufmerksamkeit auf seinen linken Arm zu richten. Er bewegte den Arm leicht nach links und den rechten zurück. Es funktionierte. Sie schlug nur noch auf den linken Arm ein und der rechte war frei.

Eugen konnte sich kaum bewegen vor Schmerzen. Sein Körper schmerzte von Kopf bis Fuß. In seiner Brust tanzten Stahlkugeln.

Er sah sich die merkwürdige Frau genauer an, während er weiter auf sie zu kroch. Sie sah aus, als wäre sie schon einmal gestorben. Eigentlich hätte ihm so eine Gestalt leidtun müssen, doch für diese hier konnte er kein Mitgefühl aufbringen. Das Einzige, was sie im Sinn hatte, war Steven so schnell wie möglich zu töten. Eugen musste handeln. Steven würde das nicht lange durchhalten.

Steven drängte die Frau jetzt langsam nach links ab. Mit der Rechten versuchte er an sein Schwert zu kommen. Doch er schaffte es nicht. Das Schwert lag noch zur Hälfte unter ihm. So konnte er es unmöglich hervorziehen.

»Verflucht noch mal!«, schrie er die Frau aus lauter Verzweiflung an. Dann schlug er ihr mit der Faust ins Gesicht.

Die Frau verzog keine Miene. Als hätte sie den Schlag nicht gespürt, prügelte sie weiter wie eine

Besessene auf Steven ein.

Er schlug wieder zu. Nichts. Und noch einmal, so fest er konnte. Nichts. Sein Blick wanderte unauffällig zu Eugen, er wollte nicht riskieren ihre Aufmerksamkeit auf ihn zu lenken. Eugen war unbemerkt an ihnen vorbei gekrochen und kam gerade hinter der Frau auf die Knie.

Eugen gab ihm ein Zeichen, den Kopf der Frau nach oben zu drücken, dann holte er mit seinem Schwert aus. Steven sammelte noch einmal seine letzten Reserven und hob die Frau ein kleines Stückchen in die Höhe. Dann schlug Eugen zu.

Irgendetwas hatte nicht funktioniert. Eugen hatte zugeschlagen und er hatte auch getroffen, doch die Frau saß noch immer auf Steven und schlug auf ihn ein.

Steven hatte noch Zeit zu denken, das ist aber merkwürdig, dann hörte die Frau abrupt auf zu schlagen und ihre Arme sanken herab. Fast im gleichen Augenblick neigte sich ihr Kopf zur Brust. Doch als ihr Kinn das Brustbein berührte war nicht Schluss. Der Kopf kippte weiter. Dann löste er sich ganz vom Körper, fiel auf Stevens Gesicht und hinterließ eine pochende Beule an seiner Stirn. Dann rollte der Kopf der Frau weiter und blieb einen Meter entfernt liegen. Nun sah es aus, als hätte die Frau ihren Kopf durch ein Loch im Boden gesteckt. Steven musste unwillkürlich lächeln. Sie hatte es nicht anders verdient, auch wenn der Verdacht nahe lag, dass sie nicht freiwillig so geworden war.

Steven stieß den toten Körper von sich und stand auf. »Mir passieren manchmal echt seltsame Sachen«, sagte er und wischte sich einige blutige Flecken aus dem Gesicht.

»Wem sagst du das!«, erwiderte Eugen und stand ebenfalls mühsam auf.

»Du kannst wieder stehen?«

»Sagen wir mal, ich fühle mich ein kleines bisschen besser.«

Steven sah sich um, dabei spürte er die Wirbel in seinem Nacken knacken. Plötzlich fühlte er sich wieder ein bisschen besser. »Es kann nicht mehr weit sein. So groß ist dieses Schloss nun auch wieder nicht.«

Eugen versetzte dem Kopf der Frau noch einen vernichtenden Blick, dann humpelte er los. »Auf in den Kampf. Ich hoffe die anderen sind schon am Ziel und zeigen Dreistein gerade wo der Hammer hängt. Ich kann es kaum erwarten dem Kerl in den Arsch zu treten.«

»Ich hätte nicht gedacht, dass ich das jemals sagen würde, aber mir geht es genauso. Ich wünschte, Dreistein würde zur Besinnung kommen und wieder wie früher sein.«

»Das würde nicht viel ändern.« Eugen sah so wütend aus wie nie zuvor. »Was er den Menschen hier angetan hat, ist das Schrecklichste, was ich je gesehen habe. Von solchen Gräueltaten habe ich in alten Kriegsberichten gelesen. Die KZ-Ärzte haben auch solche Versuche gemacht, oder zumindest so was ähnliches. Dafür hat Dreistein den Tod verdient und nichts anderes.«

Steven wusste nicht, was er darauf sagen sollte. Ein mittlerweile sehr großer Teil von ihm stimmte Eugen zu. »Na dann los.«

Ferox

Ferox hatte den Menschen namens Many schon eine Weile nicht mehr gesehen. Dieser Mensch hatte ihm das Leben gerettet. Er stand in seiner Schuld. Dafür hatte er dem Menschen verraten, wie er Dreistein besiegen konnte.

Vor wenigen Minuten hatte er zwei andere Menschen gesehen. Einer von ihnen wurde gerade von Dreistein gepackt und hochgehoben. Der andere lag schon auf dem Boden. Ferox hatte Dreistein laut angebrüllt, der daraufhin von den beiden Menschen abließ. Ferox hatte einen guten Vorsprung und war geflüchtet. Jetzt war er in seinem Versteck. Er hatte Dreistein an der Tür vorbeirennen hören. Im Versteck sammelte er seine Kräfte und bereitete sich auf seinen letzten Kampf vor.

Irgendwie war es merkwürdig gewesen dem Menschen Many zu helfen. Doch dieser hatte ihn gerettet. Dafür hatte Ferox den anderen beiden Menschen das Leben gerettet. Er hatte seine Schuld beglichen. Trotzdem musste er weiter gegen Dreistein kämpfen. Was dieser ihm angetan hatte, hatte nicht nur körperlichen Schmerz verursacht.

Er trat aus seinem Versteck und machte sich wieder auf die Suche nach Many. Der Plan war der, sich nicht zu weit von Many zu entfernen. Wenn Many nämlich auf Dreistein stieß, konnte Ferox Dreistein in den Rücken fallen.

Bei diesem Plan kam es genau auf den richtigen Zeitpunkt an, an dem er zuschlagen würde.

Wenn Many seine Hinweise befolgte, könnte er gegen Dreistein bestehen, nur vielleicht nicht auf Dauer.

Ferox konnte nur noch hoffen, dass die Wunden, die Dreistein ihm selbst zugefügt hatte, nicht ihren Tribut forderten, bevor der entscheidende Kampf stattfand.

Das Labor

»Das ist ja mal eine Geschichte!«, rief Many. »Darauf wäre ich im Leben nicht gekommen. Der da ist dein Vater und das ist genau der Mann, den Dreistein benötigt hat?«

»Ich denke mal, dass er hinter mir her war und dabei eher zufällig auf meinen Vater gestoßen ist. Als er dann herausfand, was mein Vater von Beruf ist, hat ihm das gut gepasst.«

Bloorham mischte sich jetzt in das Gespräch ein. »Manchmal schreiben Zufälle das Leben. Das ist dann eben so. Aber jetzt sollten wir von hier verschwinden. Zufall oder nicht, wenn wir länger hier bleiben, könnten wir zufällig sterben.«

Many sah auf einmal sehr streng aus. »Nein«, sagte er bestimmt.

»Wieso nicht?«, fragte Tanja und sah genauso verwirrt drein, wie ihr Vater.

»Jetzt packen wir uns Dreistein und machen ihn fertig. Steven und Eugen müssen hier irgendwo sein. Die beiden suchen wir jetzt und dann geht's ab zu Dreistein. Bloorham, Dreistein hat Sie doch mit in sein Labor genommen, wo liegt es?«

»Es gibt zwei Labore. Ein kleines, in dem nur Platz für einen Patienten ist, und ein großes, in dem drei Tische für die Versuche bereitstehen.«

Many kratzte sich am Kinn. »Ich glaube diesen kleinen Raum habe ich schon gesehen. Da lag einer auf dem Tisch. Der sah aber nicht mehr so gut aus.«

Bloorham sah plötzlich bedrückt aus. »Ich war dabei, als der Mann starb. Dreistein hat ihn getötet. Einfach so. Er hatte keinen Nutzen mehr für ihn.«

Many ballte wütend die Fäuste. »Dieser dreckige Mistkerl. Los, gehen wir ihn suchen. Ich habe die Schnauze voll.«

Ohne weitere Worte ging Bloorham vor. Nachdem er einmal links und einmal rechts abgebogen war, sagte er: »Es ist nicht mehr weit. Da vorne um die Ecke und schon sind wir da.«

An der letzten Abbiegung angekommen, blieb Many plötzlich stehen. »Da kommt jemand. Ich kann leise Schritte hören.«

»Ich höre es auch«, sagte Tanja. »Aber woher kommen sie? In den Gängen hier hallt es so. Das könnte von überall herkommen.«

»Nein«, erwiderte Many. »Die kommen von hinten. Entweder kommt jetzt Steven, oder jemand ist uns gefolgt.«

Plötzlich hörten sie eine laute Stimme rufen. »Maaany?«

Many blieb stehen. »Das ist Steven. Na endlich.« Dann schrie er laut in den Gang hinein: »Wir sind hier!«

Dann kamen Steven und Eugen um die Ecke gebogen.

Steven beachtete keinen von ihnen. Er ging geradewegs auf Tanja zu und drückte sie fest an sich. Er hätte es selbst nicht für möglich gehalten, doch jetzt kamen ihm die Tränen. Auch Tanja konnte sich nicht mehr halten. Sie drückte Steven so fest sie konnte an sich und ließ ihn nicht mehr los.

Es dauerte eine Weile, bis Steven bemerkte, dass Many mit ihm sprach. Er ließ Tanja los und wischte sich das Gesicht trocken. »Okay, okay. Ich bin wieder da.«

»Es geht los«, sagte Many schlicht und deutete auf die geschlossene Tür vor sich. »Das ist Dreisteins Labor. Er kann nur noch hier sein.«

»Dann lasst uns dem ein Ende machen.« Steven sah in die Runde. Many trug Vanadielle auf den Armen. Er machte einen guten Eindruck und sah aus, als wäre er bereit in die Schlacht zu ziehen. Die Atlanterin sah aus, als wäre es ihr noch nie so schlecht gegangen wie jetzt. Das Kind war zweifelsohne auf dem Weg.

Eugen lehnte mit einer Schulter an der Wand. Er würde heute wahrscheinlich nicht mehr viel kämpfen können. Krampfhaft versuchte er sein Schwert festzuhalten, es rutschte ihm jedoch immer wieder aus den Händen.

Tanja stand neben einem Mann, den er schon ein paar Mal auf Fotos gesehen hatte. »Meine Fresse! Was macht denn dein Vater hier? Aber halt, das will ich jetzt gar nicht hören. Das können wir besprechen, wenn wir hier raus sind.«

Steven sah erneut in die Runde. Wenn er sich Leute für einen Kampf auf Leben und Tod hätte aussuchen müssen, dann wäre die Hälfte von denen hier sicher nicht dabei. Aber das konnte er nicht ändern. »Lasst mich einen Augenblick überlegen. Soviel Zeit muss sein.« Er ging ein paar Schritte, blieb dann abrupt stehen. »Es gibt nur einen Weg. Tanja versteckt sich mit Vanadielle in einem Zimmer in der Nähe. Vanadielle sieht aus, als würde ihr Kind gleich kommen. Tanja muss ihr helfen, wenn es soweit ist. Wir anderen gehen jetzt zu Dreistein rein. Alle gemeinsam.«

Many mischte sich ein. »Vielleicht wäre es besser, wenn wir uns aufteilen.« Er ging ein paar Meter zurück in den Gang und legte Vanadielle vorsichtig auf den Boden. »Mit Bloorham zusammen sind wir zu viert. Ich denke, zwei Mann gehen frontal durch diese Tür auf ihn zu. Die beiden anderen suchen sich einen Weg von hinten. Und am besten kommt ihr erst rein, wenn der Kampf begonnen hat. Dann liegt das Überraschungsmoment bei uns.«

»Das ist keine schlechte Idee.« Steven ging ein paar Schritte weiter. »Ich gehe mit Eugen durch die Tür und du suchst dir mit Bloorham einen Hintereingang. Vielleicht könnt ihr ihm in den Rücken fallen und ihm ein schnelles Ende bereiten.«

»Dann wäre das ja geklärt«, sagte Many. Er kniete sich neben Vanadielle auf den Boden und gab ihr einen Kuss auf die Stirn.

Vanadielle sah ihn nur kurz an, dann schloss sie wieder die Augen. Ihr war anzusehen, dass sie die Augen nur vor Schmerzen geschlossen hatte. Leise

227

flüsterte sie Many ein paar Worte zu. Danach sah Many aus, als würden ihm gleich die Tränen kommen, und das war, soweit sich Steven erinnern konnte, noch nie vorgekommen.

»Was hat sie dir gesagt?«, fragte Steven.

»Das sage ich dir, wenn wir lebend hier rausgekommen sind.« Many stand auf und stellte sich wieder neben Steven. »Dann kann es ja losgehen.« Er rieb sich nervös die Hände.

»Warte noch«, sagte Steven und packte seinen Freund am Arm. »Was haben wir für Waffen dabei? Wir wissen noch nicht genau, womit wir es zu tun haben. Denk an Zerebrus, der war nicht gerade leicht zu besiegen.«

Hier mischte sich Bloorham ein. »Dieser Dreistein macht ganz langsam eine Verwandlung durch. Nur sein Kopf und der rechte Arm sehen noch menschlich aus. Der Rest des Körpers ist schwarz und hat sich an manchen Stellen verformt. An seiner schwarzen Hand hat er zum Beispiel nur noch vier Finger. Auch seine Beine verändern sich. Sie erinnern jetzt an Ziegenbeine. Und außerdem war er bei unserem letzten Treffen mindestens zweieinhalb Meter groß.«

Steven unterbrach ihn. »Eugen und ich hatten vorhin auch das Vergnügen. Eugen wäre fast gestorben. Nur mit Glück konnte ich ihn zurückholen.« Er sah jetzt zu Tanja und Many. »Könnt ihr euch noch an Zerebrus´ Augen erinnern?«

»Es waren die schrecklichsten Augen, die ich je

gesehen habe«, sagte Tanja. »Sie hatten eine gold-gelbe Farbe und schienen einen zu durchdringen. Das war schon so, als er uns entführt hat. Man konn-te sich in ihnen verlieren. Wie ein direkter Blick in die Hölle.«

Steven deutete mit dem Finger auf Tanja und nick-te. »Genau. Dreisteins Augen haben die gleich Färbung angenommen. Er ist nicht mehr weit von Zerebrus´ Gestalt entfernt.«

»Das mit den Augen, hatte er am Anfang nicht«, sagte Bloorham, »das ist erst vor Kurzem passiert.«

»Da seht ihr es. Die einzelnen Schritte der Ver-wandlung treten in immer kürzeren Abständen auf.«

Many ergriff das Wort. »Dann bleibt nur zu hoffen, dass unsere Waffen bei ihm wirken. Zerebrus war nicht unverwundbar. Nachdem er seine Hand verlo-ren hatte, war er so weit geschwächt, dass ich ihm den Rest geben konnte.«

»Genau da wären wir bei dem Problem.« Steven strich sich wieder nachdenklich mit Daumen und Zeigefinger über den Bart. »Dreistein ist anderes als Zerebrus. Die blaue Kugel hat ihm einen neuen Kör-per gegeben. Ich könnte mir vorstellen, dass der schwarze Teil von Dreistein nicht so leicht zu ver-wunden ist. Ich habe es vorhin versucht. Als er mich gepackt hat, habe ich mit Excalibur auf seinen schwarzen Arm eingeschlagen. Ich konnte ihm nicht den kleinsten Kratzer zufügen. Ich habe noch ein zweites Mal zugeschlagen, noch fester, und dabei ist das Schwert wie von einem Amboss abgeprallt, inklusive Funken.«

»Wenn ich doch bloß noch meine Laseraxt hätte«, sagte Many.

»Leider haben wir die nicht. Wenn meine Theorie stimmt, müssen wir uns etwas Besonderes überlegen.« Steven zog Excalibur. »Mit dem Schwert könnte man ihn vielleicht an seinen noch menschlichen Stellen verletzen. Also am Kopf, der Schulter und dem linken Arm. Es wird trotzdem ziemlich schwer sein da ranzukommen.«

Eugen lehnte noch immer mit der Schulter an der Wand. Es schien, als hätte sich sein Zustand ein wenig verbessert, kampftauglich war er aber bestimmt noch nicht.

Many zog seine beiden Messer.

Bloorham stand mit leeren Händen da. »Was soll ich denn machen? Wenn ich wenigstens Karate könnte, aber ich kann gar nichts.«

Many griff nach seiner Beretta und reichte sie ihm. »Können Sie damit umgehen?«

»Das kann ja nicht so schwer sein.« Er nahm Many die Waffe ab. Im selben Moment löste sich ein Schuss und landete neben Manys Kopf in der Wand.

Many hatte noch Zeit Bloorham einen vorwurfsvollen Blick zuzuwerfen, dann hörten sie einen tiefen wütenden Schrei aus dem Labor. »Na Super. Jetzt hat er uns bestimmt gehört. Das war es dann wohl mit dem Überraschungsmoment.«

»Nein«, sagte Steven. »Los, geht jetzt. Eugen und ich gehen rein.«

230

»Viel Glück«, sagte Many und legte eine Hand auf Stevens Schulter.

»Bis später«, sagte Steven, dann verschwanden Many und Bloorham.

Tanja hatte sich inzwischen neben Vanadielle gekniet. »Ich bleibe bei ihr. Ich denke nicht, dass wir uns verstecken müssen. Wenn ihr ihn nicht besiegt, hat das sowieso keinen Zweck. Also gebt euch Mühe. Ich will nicht noch mal eingesperrt werden. Aber ich schätze, dass er uns auf der Stelle töten wird und nicht mehr lange damit wartet.«

Steven ging zu ihr, umfasste mit beiden Händen ihr Gesicht und gab ihr einen Kuss auf die Stirn. »Wir sehen uns bald wieder, das verspreche ich.«

Tanja sagte nichts mehr. Sie sahen sich noch einmal tief in die Augen, dann stand Steven auf. Es gab jetzt nichts mehr zu sagen. Die Zukunft hing von ihrem Erfolg ab.

Eugen hatte sich bereits links neben der Labortür postiert. Steven ging auf die andere Seite. Aus dem Innern des Labors drangen Dreisteins tiefe wütende Schreie. Dann hörten sie plötzlich splitterndes Glas und ein Krachen, als würden Schränke umgeworfen.

»Ich glaube, der haut da drinnen alles kurz und klein«, sagte Eugen.

»Dann lass uns mal nachsehen, ob das wirklich stimmt.« Steven öffnete die Tür mit einem kräftigen Tritt und sprang mit erhobenem Schwert hinein.

Eugen folgte ihm sofort. Sie gingen nur gute zwei

Schritte in den Raum hinein, dann blieben sie stehen und musterten die Umgebung.

Das Labor sah genauso aus, wie man sich ein modernes Labor vorstellt. Alle Wände waren weiß und ohne Bilder. Alle Geräte bestanden aus glänzendem Edelstahl und befanden sich auf der linken Seite des Labors. Auf der rechten Seite standen drei Seziertische, ebenfalls aus glänzendem Stahl. Der ganze Raum war so hell, dass es sie fast blendete.

In der hinteren linken Ecke war ein mehrere Quadratmeter großes Podest, das über drei Stufen zu erreichen war. Auf dem Podest stand ein großer Schreibtisch aus dunklem Tropenholz.

An dem Schreibtisch saß Dreistein. Es sah aus, als wäre er bei der Arbeit eingeschlafen. Er saß auf einem Drehstuhl, der viel zu klein für ihn wirkte. Kopf und Arme lagen auf der Schreibtischoberfläche. Es war ein merkwürdiger Anblick. Der große Körper wirkte fehl am Platz, wie ein Erwachsener am Kindertisch.

»Hast du das Arschloch da schon gesehen?«, flüsterte Eugen.

»Ich hab's schon gesehen.« Steven musste lächeln.

Sie gingen langsam auf Dreistein zu. Irgendetwas stimmte hier nicht. War das eine Falle? Dreistein hatte gerade eben noch getobt und etwas war zersplittert, doch nun war alles so ruhig. Hatte er sich zu viel von seinem Serum gespritzt und war daran gestorben? Doch plötzlich regte sich Dreisteins schwarze Hand kurz und blieb dann wieder liegen.

232

Steven und Eugen blieben stehen und sahen sich an, dann gingen sie weiter. »Ich wette, der springt gleich hoch und schlägt auf uns ein«, flüsterte Eugen.

Doch Dreistein sprang nicht, und er schlug auch nicht auf sie ein. Die beiden blieben vor seinem Schreibtisch stehen und beobachteten ihn ganz genau. Bereit, bei der kleinsten Bewegung zuzuschlagen.

Dreistein war noch einmal größer geworden und hatte die drei Meter überschritten. Sein rechter schwarzer Arm, hatte einen spitzen Fortsatz am Ellenbogen bekommen. Beide Beine sahen über den Knöcheln unnatürlich abgewinkelt aus, ähnlich wie bei einer Ziege.

Steven trat einen Schritt vor und schob seine Hand an Dreisteins Augen. Vorsichtig hob er ein Augenlied an. »Wie ich befürchtet habe«, sagte er. »Goldgelb, genau wie bei Zerebrus.«

»Am besten, wir schlagen ihm sofort den Kopf ab«, raunte Eugen.

»Das wäre wirklich das Beste.«

In diesem Moment sauste plötzlich etwas Schwarzes durch die Luft, und als Steven neben sich sah, war Eugen nicht mehr da.

Eugen flog durch die Luft, sah die Wand immer näher kommen. Dreistein hatte ihn mit solcher Wucht von sich geschleudert, dass er durch das halbe Labor flog. Als er gegen die Wand krachte, sah er für kurze

Zeit nur schwarz, dann klärte sich sein Blick.

Steven sah wie gebannt auf Dreistein, der in einer fließenden Bewegung aufstand und über den Schreibtisch sprang. Er beachtete Steven nicht und stürmte auf Eugen zu, der gegen die Wand geprallt war und nun am Boden lag.

Eugen lag noch immer am Boden und sah verschwommen, wie Dreistein schon wieder auf ihn zukam. Was sollte er gegen diese schwarze Masse tun, die da so unaufhaltsam auf ihn zukam? Er schloss die Augen und bereitete sich auf den Aufprall vor.

Steven warf sein Schwert. Er hatte instinktiv reagiert, noch nie hatte er sein Schwert geworfen. Außerdem war er sich nicht sicher, ob man seine einzige Waffe fortwerfen sollte.

Das Schwert verfehlte sein Ziel. Doch Steven hatte Glück im Unglück. Excalibur prallte mit dem Griff von der Wand ab und traf Dreistein. Die Spitze flog genau auf seine Schulter zu und hätte sie eigentlich durchstoßen sollen, doch sie prallte von Dreisteins schwarzem Körper ab und fiel scheppernd zu Boden. Dreistein zuckte nicht einmal mit der Wimper. Er packte den Tisch neben sich, hob ihn mit dem schwarzen Arm hoch und schleuderte ihn mit voller Wucht Steven entgegen.

Das alles ging sehr schnell. Im letzten Moment

ließ sich Steven nach rechts fallen, doch der Tisch erwischte ihn am linken Arm. Steven drehte sich vom Schlag getroffen mehrere Male um die eigene Achse und schlug dann auf dem Boden auf. Während der Drehung sah er, wie Dreistein sich wieder auf Eugen stürzte.

Als Eugen diesmal gegen die Wand krachte, brach sein linkes Schienbein mit leisem Knacken, und der Knochen durchstieß die Haut. Noch nie im Leben hatte er solche Schmerzen gespürt.

Doch das war noch nicht das Ende. Dreistein hob ihn mit beiden Händen erneut hoch und warf ihn in die andere Richtung durch das Labor.

Steven betastete seinen linken Arm. Der fliegende Schreibtisch hatte ihm Elle und Speiche direkt über dem Handgelenk gebrochen. Doch Eugen bereitete ihm größere Sorgen. Er sah in diesem Moment, wie Eugens Schienbein brach und konnte sich gut vorstellen, welche Schmerzen er haben musste.

Dann sah er, wie Dreistein Eugen noch einmal hoch hob und durch das Labor schleuderte. Eugen krachte gegen die Wand, rutschte an ihr herunter und blieb reglos liegen. Die Wucht des Aufpralls hatte ihn ohnmächtig werden lassen. Doch Dreistein war noch nicht fertig mit ihm. Er schritt wieder auf ihn zu.

Mühsam hievte Steven sich auf die Knie, stützte sich mit dem gesunden Arm ab und kämpfte sich mühsam auf die Füße. Seine linke Hand hing schlaff herunter. Er dachte angestrengt nach. Was konnte er in seinem Zustand gegen jemanden unternehmen, der einen Meter größer und zehn Mal so stark war, wie er? »Dreistein! Lassen Sie ihn in Ruhe! Ich bin der, den Sie wollen!«

Dreistein blieb stehen und drehte langsam den Kopf. »Nicht nur dich. Auch die anderen sollen für das büßen, was ihr mir angetan habt.« Dann ging er unaufhaltsam auf Steven zu.

»Wir haben Ihnen gar nichts angetan. Es war ein Unfall.« Doch Dreistein schien ihn nicht zu hören, oder vielleicht wollte er ihn nicht hören. Steven kam sich vor wie ein Lamm vor der Schlachtbank. »Wir waren doch Freunde!« Dreistein war nur noch zwei Meter entfernt und hob beide Arme, er war zum Schlag bereit. »Wir haben Unglaubliches zusammen erlebt!« Nichts, was Steven sagte, vermochte das Ungetüm zu stoppen. Dreisteins schwarze Rechte sauste auf ihn herab.

Plötzlich waren Geräusche von rechts zu hören, dann jagte ein dunkler Schatten zu ihm. Dreisteins Rechte traf ihn nicht. Many hatte sich an Dreisteins Arm geklammert und zerrte daran.

»Hau ab!«, schrie Many. Einige Sekunden später schrie er noch etwas, das Steven im ersten Moment verwirrte. »Sprich mit Bloorham. Wir brauchen das Serum. Nur so können wir gegen Dreistein bestehen!«

Wie kam Many darauf? Das ließ Steven sich aber

nicht zweimal sagen. Wo war Bloorham? Doch was sollte mit Many geschehen? Auch er hatte keine Chance Dreistein zu besiegen. Steven wich einige Meter zur Seite und erschrak, als sich eine Hand auf seine Schulter legte. Doch es war kein Angreifer. Es war Bloorham.

Bloorham flüsterte irgendwas, das Steven nicht verstand. »Was?«, schrie Steven und zog Bloorham einige Meter weiter. »Dann legen Sie mal los. Many hat gesagt, dass wir das Serum brauchen. Wie können wir damit gegen Dreistein kämpfen?«

Bloorham schien überrascht. »Ich habe darüber nachgedacht, seit Many uns aus dem Verlies geholt hat und bin mir jetzt sicher. Es gibt nur eine einzige Sache, die wir machen können.«

»Wir haben keine Zeit«, schrie Steven den Mann an.

»Gut, Gut. Wir müssen seine eigenen Waffen gegen ihn einsetzen. Das was ihn stark macht, muss auch uns stark machen.«

»Das muss Many gemeint haben. Wie kommt er bloß darauf? Ich spritze mir niemals dieses Zeug in die Venen«, rief Steven entrüstet.

»Das geht so auch nicht«, sagte Bloorham mit erhobenem Zeigefinger. »Es funktioniert nur mit einer bestimmten Blutgruppe. Ich hatte noch keine Zeit das genauer zu testen, aber Dreistein hat mir erzählt, dass nur jemand mit der Blutgruppe AB positiv das Serum nutzen kann. Ich glaube nicht, dass das ursprünglich auch so gewesen ist. Aber Dreistein

237

wollte das Serum so modifizieren, dass es nur von ihm eingenommen werden kann. Er hat aber nur geschafft, es auf die Blutgruppe zu beschränken.«

»Dann kann ich es wirklich nicht nehmen. Das ist nicht meine Blutgruppe.«

Bloorham schüttelte den Kopf. »Meine leider auch nicht.«

»Manys und Eugens Blutgruppe kenne ich nicht.« Steven wurde von einem vorbeifliegenden Mikroskop unterbrochen. Es verfehlte ihn nur um Zentimeter und zersprang an der Wand in unzählige Teile. »Wir müssen die beiden aus dem Kampf holen. Ich springe für Many ein, dann können Sie ihm sagen, was Sie mir gerade gesagt haben.«

Bloorham nickt, für mehr war keine Zeit.

Steven stürzte sich in den Kampf. Er sprang auf Many zu, packte ihn am Kragen und stieß ihn zu Bloorham. Dann sah er in Dreisteins wütendes Gesicht. Dreistein war nicht wiederzuerkennen. Der Wahnsinn hatte sich über sein Gesicht gelegt. Speichel troff ihm aus beiden Mundwinkeln. Ein Auge war etwas größer als das andere. Seine schwarzen Muskeln strotzten vor Kraft. Steven nahm Excalibur mit der gesunden Rechten und hob es über den Kopf. Mit kreisenden Bewegungen versuchte er den richtigen Zeitpunkt für einen Schlag abzupassen. Dann griff Dreistein an.

Many lag zu Bloorhams Füßen. Der ältere Mann zog ihn auf die Beine und drängte ihn aus dem Labor.

Many sah ihn verständnislos an. »Was ist denn los?«

»Welche Blutgruppe hast du? Los schnell?«

»AB positiv. Warum?«

»Endlich ist das Glück mal auf unserer Seite. Hör mir jetzt gut zu. In dem kleinen Operationssaal, in dem die Leiche des Mannes liegt, habe ich eine Probe des Serums versteckt. Es kann nur von jemandem eingenommen werden, der die Blutgruppe AB positiv besitzt. Lauf los und hol die Probe. Das ist die einzige Chance gegen Dreistein zu bestehen.«

Many hatte verstanden. Ferox hatte es ihm schon gesagt. Einer von ihnen musste das Serum einnehmen, und die Wahl war auf ihn gefallen. Er rannte los.

Bloorham stürmte zurück in das Labor.

Steven hatte sich die Hand seines gebrochenen linken Armes in die Hosentasche gesteckt, damit der Arm versteift war und bei Bewegungen nicht so stark schmerzte.

Dreistein ließ ihn nicht aus den Augen. Gelegentlich warf er etwas nach Steven, traf ihn aber nicht.

Steven hatte angefangen Dreistein zu umrunden. Leichtfüßig umging er die Schreibtische auf der linken und die Seziertische auf der rechten Seite. Dreistein kam mit seinem massigen neuen Körper nicht so schnell hinterher. Wieder packte er einen der Tische und warf ihn nach Steven, der diesmal ausweichen konnte.

Es war dennoch nur eine Frage der Zeit, bis Dreistein Steven zu packen bekam. Steven betete im Kopf immer wieder dasselbe Mantra herunter; Many komm schnell wieder, Many komm schnell wieder, Many komm schnell wieder.

Many hastete um eine Ecke und prallte mit jemandem zusammen. Er erstarrte beim Anblick des Wesens, doch er erinnerte sich schnell. Es war Ferox, das Wesen, das er befreit hatte. »Du hast mich zu Tode erschreckt. Ich dachte ich muss jetzt sterben.«

»*Sei froh, dass wir jetzt auf derselben Seite stehen.*«

»Wir haben Dreistein gefunden. Du hattest Recht. Ich werde mir ebenfalls das Serum spritzen.«

»*Tu, was du tun musst.*«

»Dann komm mit mir und hilf uns.«

»*Jetzt ist noch nicht die Zeit gekommen. Durch meine Verletzungen bin ich keine große Hilfe. Ich werde erst zum Schluss eingreifen.*«

Many überlegte. »Du hast mir verraten, wie wir Dreistein töten können und ich weiß jetzt, wie ich gegen Dreisteins Kräfte bestehen kann. Jetzt fehlt nur noch die Tat selbst. Ich werde Steven erzählen, was du mir gesagt hast. Ihm wird schon was einfallen.«

»*Dann geh. Wir werden uns bald wieder sehen.*«

Irgendwie fühlte Many sich merkwürdig, nachdem er Ferox verlassen hatte. Dieses Wesen wuchs ihm langsam ans Herz. Besser konnte er es nicht ausdrücken.

Nachdem er sich zweimal verlaufen hatte, kam Many im dem kleinen Operationssaal an. Jetzt musste er sich wirklich beeilen. Wo waren die Spritzen mit der blauen Flüssigkeit versteckt? Mitten im Raum lag noch der Leichnam bäuchlings auf dem Edelstahltisch. Daneben stand der kleine Tisch mit den blutigen Skalpellen und Scheren. Unter den Instrumenten war eine einzige Schublade im Tisch. Many riss sie auf. Natürlich waren dort drin nur weitere Instrumente, aber eigentlich hatte er auch nicht damit gerechnet die ersehnten Spritzen hier zu finden. Das wäre zu offensichtlich.

Panisch sah er sich um. Wo zum Geier hatte dieser Bloorham das Serum bloß versteckt? Es war kein anderer Tisch im Raum, in dem weitere Schubladen hätten sein können. In seiner Wut warf er den Tisch mit den blutigen Instrumenten um. Während die Skalpelle und Scheren noch am Boden klirrten, sah er plötzlich, was er so verzweifelt suchte. Die drei Schubladen waren neben der Tür direkt in die Wand eingelassen, weshalb er sie nicht sofort bemerkt hatte. Er stürzte voller Erwartungen darauf zu und im selben Moment rutschte er auf der geronnenen Blutlache am Boden aus. »So eine verdammte Scheiße aber auch!«

Weiter fluchend zog er sich am Edelstahltisch hoch, rutschte unerwartet wieder aus und riss im Fallen den nackten Leichnam mit sich zu Boden. Natürlich landete die Leiche genau auf ihm und durchnässte seine Kleidung mit glitschigem Blut. »Das kann doch wohl nicht wahr sein!« Wütend stieß er den toten Körper von sich und kroch auf allen Vieren zur Wand mit den Schubladen.

An der Wand angekommen stand er auf und zog die oberste Schublade auf. Sie war leer. Wütend riss er sie aus der Halterung und schleuderte sie hinter sich. Die zweite war ebenfalls leer und flog der ersten direkt hinterher. In der dritten fand er endlich, was er gesucht hatte. Ein einzelnes dünnes Glasröhrchen mit der blauen Flüssigkeit. Daneben lag eine Spritze, mit der das Serum injiziert werden konnte. Warum hatte Bloorham ihm eigentlich nicht gleich gesagt, dass das Versteck hinter der Tür war? Dann hätte er sich das hier alles sparen können.

Jetzt musste er nur noch Tanja wiederfinden. Sie konnte mit Spritzen umgehen und ihm das Serum injizieren. Er selbst hatte sich noch nie eine Spritze gegeben. Was würde geschehen, wenn er die Vene nicht traf und das Serum in den Muskel spritzte? Würde es wirkungslos bleiben? Oder würde etwa noch Schlimmeres geschehen? Er wollte ungern zu einem Monster wie Dreistein werden. Vielleicht wäre er auch nicht mehr in der Lage zu kämpfen.

Many hastete aus dem Operationssaal. Tanja würde das schon machen.

Einige Minuten später fand er sie. Sie kniete neben Vanadielle und hielt ihre Hand.

Aus dem Innern des Labors waren weiterhin die Geräusche eines gewaltigen Kampfes zu hören.

Splitterndes Glas, schepperndes Metall und wilde Kampfschreie. Das war gut. Mindestens einer hielt den Widerstand.

Etwas ließ die Wand hinter Tanja erzittern. Sie zog sich zwischen zwei Kommoden an der Wand zurück und kauerte sich dann auf den Boden, die Arme um die Knie geschlungen. Schlitternd kam Many vor ihr zum Stehen. Die rechte Hand mit dem Serum triumphierend in die Höhe gestreckt.

Tanja sprang sofort auf und starrte auf das Glasröhrchen.

»Jetzt sind wir wieder im Rennen«, rief Many.

»Was soll das sein?«

»Das ist das Serum, das Dreistein sich gespritzt hat. Du musst es mir spritzen. Ich bin der Einzige, der es nehmen kann.«

»Das können wir doch nicht machen«, stieß Tanja verwirrt aus, »Was geschieht danach mit dir? Vielleicht wirst du zu genauso einem Monster wie Dreistein.«

»So ein Mist.« Darüber hätte er sich mehr Gedanken machen sollen. »Vielleicht ist es nicht so schlimm, wenn man es nur einmal nimmt.«

»Das kann keiner wissen. Bist du dir sicher, dass du das wirklich willst?«

»Ich glaube nicht, dass wir eine andere Möglichkeit haben. Unsere Waffen können Dreisteins schwarzem Körper nichts anhaben. Aber vielleicht funktioniert es, wenn wir Gleiches mit Gleichem bekämpfen.«

243

»Na gut. Wenn es keine andere Möglichkeit gibt. Aber wenn das hier vorbei ist, werden wir gut auf dich achtgeben müssen.«

Mit einem kräftigen Ruck riss Many sich den rechten Ärmel seines Hemdes ab. In Sekundenschnelle hatte Tanja das Serum in der Spritze aufgezogen und stach die Spitze ohne zu zögern in Manys Vene.

Und dann fing es an.

Heiße Lava schoss durch seine Venen.

Vor seinen Augen zuckten Blitze.

Seine Muskeln spannten sich an und wuchsen.

Etwas zerrte an seinen Knochen.

Wut und Hass stiegen in ihm auf.

Seine Sicht klärte sich und wurde schärfer.

Er spürte die Macht der Urzeit in sich aufkommen.

Er war unbesiegbar.

Steven krachte wieder gegen die Wand. Als er auf den Boden davor klatschte, war er sich sicher, dass er nie wieder aufstehen würde. Er brauchte unbedingt Hilfe. Hoffentlich war Many bald da. Ob mit oder ohne Serum war ihm mittlerweile egal. Hauptsache, es kam Hilfe. Er sah kurz neben sich. Eugen lag neben ihm. Es waren gute zehn Minuten vergangen, seit Eugen ohnmächtig zusammengebrochen war. Eigentlich sollte er bald wieder zu sich kommen. Hoffentlich.

Stevens gebrochener Arm tat schrecklich weh. Er war am Ende. Er hatte nicht einmal mehr die Kraft aufzustehen. Hoffnungslos blieb er am Boden liegen.

Excalibur lag nutzlos neben ihm. Er konnte Drei-stein kommen hören. Dann wurde er an den Schultern gepackt und die Tortur ging von neuem los.

Dreistein hob ihn hoch und plötzlich sah Steven die Aufhängung einer Deckenlampe. Sie bestand aus einer Stahlkette, die von der Decke bis zur Lampe reichte. Er packte die Kette mit der gesunden rechten Hand und hielt sie so fest er konnte. Er spürte, wie Dreistein sich zum Wurf bereit machte. Steven hielt sich krampfhaft an der Kette fest. Dreistein ließ ihn los, Steven flog aber nicht, sondern blieb an der De-ckenlampe hängen.

Dreistein sah erst verwirrt auf seine Hände, dann hinter sich. Er konnte Steven nirgends sehen.

Steven sah, wie Dreistein sich nach allen Seiten umsah. Er hangelte sich einarmig weiter nach oben, nachdem er mit den Füßen auf der Lampe Halt fand. Seine Kraft reichte kaum noch aus, er musste eine Pause machen. Hier konnte Dreistein ihn nicht errei-chen. Vorausgesetzt er würde ihn hier oben überhaupt finden. Dreistein schien so langsam etwas von seiner Intelligenz einzubüßen. Er suchte Steven weiter am Boden und kam nicht auf die Idee nach oben zu gucken.

Aus dem Augenwinkel sah Steven plötzlich noch etwas anderes. Bloorham war wieder im Raum. Er ging zu Eugen und hob seinen Kopf an. Eugen hatte die Augen geöffnet. Wenigstens lebte er noch.

Doch Dreistein entdeckte die beiden im gleichen

Augenblick. Er stieß ein lautes Gebrüll aus und ging auf sie zu.

Dann betrat plötzlich eine weitere Person den Raum. Sie kam Steven irgendwie bekannt vor. Sie ähnelte Many. Und doch konnte er es nicht sein. Die Person war größer und kräftiger. Sie strahlte eine Selbstsicherheit und Unbezwingbarkeit aus, wie Steven es bei noch keinem Menschen zuvor gesehen hatte.

»*Dreistein!*«

Kein Zweifel, das war Manys Stimme. Er hatte es also geschafft. Steven war sich jedoch nicht sicher, ob er sich freuen sollte. Many hatte sich verändert, er sah fast wie ein Fremder aus. Er war zehn Zentimeter größer und unter Hemd und Hose spannten sich die Muskeln.

»*Dreistein!*«

Dreistein reagierte nicht auf seinen Namen. Steven sah, mit weit aufgerissenen Augen, wie Many einen Arbeitstisch neben sich packte, hochhob und gegen den fünf Meter entfernten Dreistein warf. Normalerweise hätten sie das nicht einmal zu zweit geschafft.

Dreistein grunzte laut auf, als der Tisch auf seinem Rücken zerbrach. Dann packte er seinerseits einen Tisch und warf ihn gegen Many. Der hatte keine Zeit auszuweichen und wurde mit voller Wucht getroffen. Steven erkannte, dass Many nicht mit Dreistein vergleichbar war. Der Tisch schleuderte ihn gegen die Wand hinter sich.

Many stand auf, als hätte er nur mal kurz Pause gemacht, und rannte dann auf Dreistein zu. Er sprang hoch und schlug ihn mit der geballten Faust gegen den Kiefer. Zwei Zähne flogen aus Dreisteins Mund und prallten mit einem unangenehmen *Pling, Pling* vom gefliesten Boden ab. Dieses Geräusch würde Steven nie wieder vergessen.

Dreistein grunzte wieder laut auf und versetzte Many einen Schlag, der ihm alle Luft aus der Lunge trieb. Für einige Sekunden kniete er sich mit einem Bein auf den Boden und schnappte nach Luft. Dreistein schlug erneut zu, von oben auf Manys rechte Schulter. Das zwang Many auf beide Knie. Als Dreistein ein weiteres Mal ausholte, rollte sich Many zur Seite, sprang auf und entfernte sich einige Schritte aus Dreisteins Reichweite.

Steven wurde bewusst, dass das nicht ewig so weiter gehen konnte. Many konnte Dreistein in Schach halten, doch besiegen konnte er ihn nicht. Früher oder später würde Many unterliegen. Dreistein hatte zu viel von dem Serum eingenommen, da konnte Many nicht mithalten.

Was konnten sie gegen Dreistein unternehmen?

Schwerter konnten ihm nichts anhaben. Mit Muskelkraft konnten sie ihn nur eine bestimmte Zeit bändigen.

Ihm kam eine Idee.

Sie mussten versuchen seinen Körper mit einem Mal zu zerstören. Zum Beispiel von einer Klippe stürzen, oder mit einem riesigen Felsen zerquetschen. Das war schon mal gut. Das könnte funktionieren. Aber hier hatten sie weder das eine noch das andere.

Der Kampf unter ihm ging weiter. Dreistein hatte sich Eugen und Bloorham geschnappt und hielt jeden mit einer Hand hoch. Eugen ließ wehrlos die Arme hängen und auch Bloorham tat nichts, um sich zu befreien. Many hatte sich währenddessen wieder einen Tisch geschnappt und zerschlug ihn auf Dreisteins Rücken.

Dreistein ließ die beiden wieder fallen. Eugen schrie laut auf, als er auf sein verletztes Bein fiel. Bloorham packte ihn am Arm und zog ihn schnell von Dreistein weg.

Dreistein wandte sich wieder Many zu. Ein diabolisches Grinsen trat auf sein Gesicht.

Steven gab sich einen Ruck und konzentrierte sich wieder, dann rief er: »Many, was kann ich tun?«

»Feuer!«, schrie Many zurück, »Man kann ihn nur mit Feuer besiegen.«

Das war es. Das letzte Puzzlestück. Sie mussten Dreistein verbrennen.

Steven dachte einige Sekunden nach. Ein wagemutiger Plan setzte sich in seinem Kopf zusammen. Unwillkürlich begann er zu grinsen.

»Das wird garantiert funktionieren«, sagte er leise zu sich selbst.

Steven rutschte langsam an der Lampe runter und sprang dann auf den Boden. So laut er konnte schrie er in den Raum: »Kommt mit!«

Many hatte sich vor Eugen und Bloorham aufgebaut. Dreistein würde ihnen nichts tun, dafür würde er schon sorgen.

»Kommt mit!«

Das war Steven. Many sah sich nach ihm um. Was hatte Steven vor? Sie konnten doch jetzt nicht einfach gehen. Das Mindeste, was Dreistein tun würde, war sie zu verfolgen. Aber vielleicht war das ja genau der Gedanke. Steven musste einen Plan haben. Hier drin konnten sie Dreistein nicht mit Feuer bekämpfen. Vielleicht wollte Steven nach draußen.

Eigentlich war Many froh darüber. Ewig konnte er Dreistein nicht in Schach halten.

Er ging langsam rückwärts zu Steven, ließ Dreistein aber nicht aus den Augen. Bloorham hatte Eugen um den Oberkörper gepackt und zog ihn Richtung Tür.

Tanja wusste nicht mehr, was sie noch machen sollte. Die Kampfgeräusche und das gelegentliche laute Aufschreien waren nicht mehr auszuhalten. Einige Male hatte sie sich die Ohren zugehalten.

Auch jetzt hielt sie sich die Ohren zu und konzentrierte sich auf Vanadielle. Deshalb erschreckte sie sich umso mehr, als sie plötzlich eine Hand auf der Schulter spürte. Instinktiv schlug sie mit der einen Hand zu. Sie wurde jedoch mitten in der Luft abgefangen.

»Ich bin's.«

»Steven!« Tanja fiel ihm um den Hals. »Ist es überstanden? Habt ihr Dreistein besiegt?«

Steven umfasste mit beiden Händen ihren Kopf. Er verzog vor Schmerzen im gebrochenen Arm das Gesicht. »Noch nicht. Many lockt Dreistein jetzt aus seinem Labor. Sie werden jeden Augenblick hier vorbeikommen. Hilf mir Vanadielle ein Stück weiter zu bringen. Ihr müsst still sein. Er darf euch nicht hören. Wenn er euch hört, könnte er zu euch kommen und dann war alles umsonst.« Steven machte eine kurze Pause. »Wenn alles gut geht, werden wir bald zurück sein.«

Der letzte Satz verhieß nichts Gutes. »Wenn alles gut geht?«, fragte Tanja. »Was um Himmels Willen habt ihr denn vor?«

»Das kann ich jetzt nicht erklären. Wir machen nur eine kurze Reise und werden ohne Dreistein wieder zurückkommen. Du darfst aber nicht auf uns warten. Versuch, Vanadielle raus auf den Hof zu bringen. Ihr könnt mit dem Auto in die nächste Stadt fahren, falls wir dann noch nicht wieder da sind. Dreistein muss eins haben. Vanadielle muss so schnell wie möglich geholfen werden.«

»Aber...«

Schritte kamen näher. »Nein!«, sagte Steven bestimmt. »Es geht los.«

Sie zogen Vanadielle um die Ecke. Tanja blieb bei ihr. Alle möglichen Gedanken schossen ihr durch den Kopf. Was hatte Steven bloß vor? Er hatte ihr noch nie einen Plan vorenthalten. Jetzt machte sie sich noch mehr Sorgen.

Steven stellte sich mitten in den Gang und wartete auf Dreistein. Zuerst kam Many. Besser gesagt, er kam angeflogen. Dreistein hatte ihn durch die Labortür geschleudert.

Many rappelte sich wieder auf und kam auf Steven zu. »Wo geht's hin?«

»Zum Raumschiff.«

»Und dann?«

»Dann werfen wir ihn ins Feuer!«

»Das verstehe ich nicht.«

In diesem Augenblick kam Dreistein durch die Labortür. Er brach die Tür aus den Angeln und warf sie den Gang entlang.

»Looos!«, schrie Steven.

Während Dreistein hinter ihnen her stürmte, riss er Bilder von den Wänden und warf Schränke um. Nichts konnte ihn von seinem Ziel abbringen. Doch das war gut, so kamen Steven und Many schneller voran und schon bald hatten sie den Gang erreicht, in dem sie gegen den Gigantopithecus gekämpft hatten.

Vor der Tür hielten sie kurz inne. Es war gut möglich, dass der Gigantopithecus genau hinter der Tür stand und auf sie wartete. Das konnte man ja nie wissen. Sie hatten zwar nur einen kleinen Vorsprung vor Dreistein, trotzdem öffnete Steven die Tür langsam, während Many ihm Deckung gab. Es war nichts Auffälliges zu sehen. Steven war sich aber nicht ganz sicher, der geblendete Riesenaffe musste schließlich irgendwo sein.

Dreistein kam jetzt hinter ihnen in Sicht. Er hatte die letzte Ecke umrundet und sah sie wieder. Im selben Augenblick wurde er auch schneller.

Feuer und Asche

»Schneller!«, schrie Steven. »Es ist nicht mehr weit.«

Doch Dreistein war zu schnell. Nach wenigen Sekunden hatte er sie erreicht und mit dem Rücken an die Wand gedrängt. Many hielt er mit der Rechten am Hals fest, mit der Linken schlug er neben Stevens Kopf ein Loch in die Wand. Durch das Loch schien ein Lichtstrahl, in dem Staubpartikel umher wirbelten. Wieder einmal war Steven von Dreisteins Stärke beeindruckt. Er war einfach unglaublich stark. Schade war nur, dass sie kurz vor dem Ziel waren. Sein Plan hätte funktionieren können. Er schloss die Augen, dachte an Tanja und hoffte, dass es schnell vorbei wäre. Er tastete in der Hosentasche nach dem Ring und schob ihn sich auf den kleinen Finger.

Many sah Sterne. Dreistein würgte ihn immer fester. Er bekam keine Luft mehr. Er wagte es kaum sich nach Steven umzusehen. Wenn er selbst keine Chance mehr gegen Dreistein hatte, trotz seiner neu erworbenen Kräfte, dann wollte er gar nicht wissen, was Steven erleiden musste.

Aber jetzt war sowieso alles egal. In wenigen Minuten ging es mit ihnen zu Ende. Es kam ihm vor, als würde er schon das grelle Licht sehen und müsste nur noch darauf zu gehen.

Er hörte plötzlich ein lautes Grunzen. Es kam nicht von Dreistein, da war er sich sicher, es kam von weiter hinten. Mit letzter Kraft öffnete er die Augen. Er sah Ferox hinter Dreistein stehen, der diesen laut anbrüllte.

Dreistein drehte langsam den Kopf nach hinten. »Was machst du denn hier? Ich dachte du wärst schon längst tot!«

Ferox sagte nichts. Er sprang Dreistein mit einem gewaltigen Satz auf den Rücken, legte ihm einen Arm um den Hals und begann ihm die Luft abzudrücken. Sofort ließ Dreistein Steven und Many los. Mit seinem dicken Armen konnte Dreistein schlecht hinter sich greifen und bekam Ferox deshalb nicht zu fassen.

Many hievte sich auf die Füße und zog dann Steven hoch. Der atmete schwer, war aber unverletzt.

»Los! Zum Schiff!«, rief Many und schob Steven vor sich her.

Steven hörte Kampfgeräusche hinter sich, war aber zu schwach, um sich umzusehen. Many schob ihn von hinten weiter. Irgendjemand hatte Dreistein angegriffen und sie beide damit gerettet. Er konnte sich aber nicht vorstellen, wer das war.

»Wer ...?«, fragte Steven.

»Später«, sagte Many schlicht und drängte ihn weiter.

Schließlich gelangten sie in den langen Korridor, in dem die Wandteppiche mit den Jagdszenen hingen. Am anderen Ende sahen sie das Raumschiff, das halb in den Korridor hineinreichte. Die Tür war noch geöffnet.

Hinter sich hörte Steven, wie Dreistein weiterhin seine eigene Einrichtung demolierte.

»Wir haben noch ein paar Sekunden Zeit«, sprudelte es aus Many heraus. »Ich starte das Schiff. Du musst es aber fliegen. Ich werde mit Dreistein beschäftigt sein.«

Many betrat als erster das Raumschiff und betätigte die Zündung, dann griff er nach dem Steuerknüppel. Dreistein musste jetzt fast da sein.

»Flieg ein paar Meter rückwärts. Hier drin ist kein Platz zum Kämpfen. Ich steige auf das Dach.«

»Ich habe doch noch nie das Schiff geflogen.«

»Stell dich nicht so an, du bist doch nicht blöd.«

Steven griff nach dem Steuerknüppel und schob ihn ein bisschen hin und her. Das Raumschiff schüttelte sich ein bisschen, dann schob es sich vom zerstörten Gang weg nach draußen und stieg einige Meter in die Höhe.

Many ging zur Tür und hangelte sich auf das Dach des Raumschiffes. Im selben Moment kam Dreistein. Wie ein Wahnsinniger kam er mit ausgestreckten Händen auf Many zugesprungen. Seine Augen leuchteten goldgelb, er geiferte und lechzte und Spucke troff ihm vom Kinn.

Ferox klammerte sich noch immer an Dreisteins Rücken. Alleine konnte Ferox nichts mehr ausrichten, doch jetzt waren sie zu zweit. Und Many fühlte sich gut. Er fühlte das Serum heiß durch seine Adern strömen. Er ließ die Fingerknochen knacken und fing an zu grinsen. Jetzt würde es eine Schlägerei geben, wie sie die Welt noch nicht gesehen hatte. Auf dem Dach eines fliegenden Raumschiffes. Ein Kampf zwischen Giganten.

Steven hörte es laut rumpeln, dann sackte das Schiff einige Meter ab. Dreistein musste auf das Dach des Raumschiffes gesprungen sein. Jetzt ging es los. Im nächsten Augenblick hörte er Many laut aufschreien, dann schlug etwas auf das Dach des Raumschiffes und erneut wurde das Schiff mehrere Meter nach unten gedrückt. Steven hatte das ungute Gefühl, das es Many war, der auf das Dach geschlagen wurde. Plötzlich sah er Manys Arm, der vom Dach des Schiffes aus vor der Frontscheibe hing und sofort wieder weggezogen wurde. Es sah aber nicht so aus, als ob es Many selbst gewesen war, der sich wegbewegt hatte.

Steven konzentrierte sich wieder auf seinen Plan.

Der 24. August im Jahr 79 nach Christus war sein Ziel. Dieses Datum war ihm eingefallen, als er an die Zerstörung durch Feuer dachte. Der Ausbruch des Vesuvs, durch den die Städte Pompeji und Herculaneum zerstört worden waren, und bei dem fünftausend Menschen den Tod gefunden hatten.

Er nahm Kurs nach Westen und stellte den Autopiloten ein. Wie lange es bis zur Ankunft dauern würde konnte er nur schätzen. Er stand auf und machte sich bereit Many auf dem Dach zu helfen. Hoffnung hatte er eigentlich nicht, aber er konnte seinen Freund da oben nicht alleine lassen.

Ein Bild von Tanja zuckte durch seinen Kopf. Er dachte einige Sekunden an sie, fühlte nach dem Ring an seinem Finger und steckte ihn vorsichtshalber wieder in die Tasche. Dann prüfte er den Sitz seiner Waffe. Alles da. Alles gut. Das würde der allerletzte Kampf werden. Auf dem Dach eines fliegenden Raumschiffes. Aber wenigstens zwei gegen einen.

Der Wind pfiff unglaublich laut, als er an die offene Tür trat. Er suchte einen Griff, oder etwas ähnliches, an dem er sich nach oben ziehen konnte. Oben rechts in der Ecke sah er eine kleine Kante und griff danach.

Er hatte sich einige Zentimeter hochgezogen, als er von einer Hand gepackt wurde, die weder von Many noch von Dreistein stammte und die ihn wieder nach unten ins Innere des Schiffes warf. Doch er hatte die Hand sofort erkannt. Mit ihren vier Fingern war sie unverkennbar. Das war eines von Zerebrus´ Wesen. Was war hier los? Wo kam das Wesen her?

»Maaany!«

Steven stand wieder auf und begann, unter starken Schmerzen im verletzten Arm, nach draußen auf das Dach zu klettern. Er hielt sich an einigen Kanten fest und zog sich mühsam daran hoch. Als er endlich auf das Dach sehen konnte, erschrak er. Da war das Wesen und sah ihn an.

Das Wesen knurrte und sagte etwas. »*Dein Freund hat gesagt, ich soll dich nicht nach oben lassen.*« Die Worte ergaben für Steven keinen Sinn.

»Äh...«

Dann schlug Many neben Stevens Kopf auf und das Wesen erhob sich. Jetzt erkannte Steven Dreistein hinter dem Wesen.

Many hob den Kopf. »Er war im Schloss angekettet. Ich habe ihn befreit.«

Langsam verstand Steven, was hier los war. »Komm wieder mit ins Schiff und lass ihn kämpfen.«

»Ich kann nicht.«

»Doch du kannst. Wenn nicht, wirst du noch sterben.«

Da erhob Many sich. »Dann soll es so sein«, und er griff Dreistein wieder an.

Das Wesen schlug von links auf Dreistein ein. Many von rechts. Dreisteins Kraft war nicht zu brechen. Er steckte die Schläge ein, als würde er sie kaum spüren, und doch schien es, als würde er langsamer werden.

Da Steven sich nur mit seinem unverletzten Arm an der Kante zum Dach festhielt, musste er sich jetzt entscheiden, ob er hoch oder wieder runter wollte. »Many!«

»Was ist?«, keuchte Many.

»Ich gehe jetzt runter. Es wird Zeit für dich mitzukommen. Wir müssen schneller fliegen, aber dann können wir uns hier oben nicht mehr halten. Der

Wind ist dann zu stark. Nur die beiden können das aushalten.«

Das Wesen hatte mitgehört. Es griff Dreistein von hinten an und hielt seine beiden Arme fest. Dann nickte es Many zu. Der verstand sofort und kam zu Steven. Nacheinander kletterten sie runter und betraten wieder das Innere des Raumschiffes.

»Jetzt gib Gas. Wir müssen so schnell wie möglich zum Vesuv.« Many sah verwirrt aus. »Du hast gesagt, wir sollen ihn mit Feuer bekämpfen. Das werden wir jetzt tun. Wir stellen die Zeitmaschine auf den Tag ein, als der Vesuv ausgebrochen ist und werfen Dreistein in den Vulkan. Das wird er niemals überleben.«

»Das ist mal ein Plan nach meinem Geschmack.« Mit dem Betätigen einiger Tasten ließ er den Bildschirm erscheinen, auf dem man die Zeit eingeben konnte. »Gib die Daten ein.«

Steven begann zu tippen. Als er fertig war, hörte er von oben das Geräusch zerreißenden Metalls und plötzlich ragte eine schwarze Hand durch das Dach in den Innenraum und tastete umher.

»Jetzt wird es aber langsam knapp. Hol noch mehr Saft raus!«

Many tat was er konnte. Es würde trotzdem noch dauern, bis sie da waren. In der Zwischenzeit konnten sie nur hoffen, dass das Wesen durchhielt.

Nach langen Minuten des Wartens kam der Vulkan in Sicht. Fast eintausenddreihundert Meter ragte er in die Höhe. Vor ihm lag eine große Stadt, in der sich alles wie in einem riesigen Ameisenstaat bewegte.

»Jetzt müssen wir diese Zeit verlassen«, rief Steven laut. Fast im selben Moment schlug eine schwarze Hand auf die Frontscheibe und ein spinnennetzartiges Muster breitete sich darauf aus. »Schnell!«

Many löste die Zeitreise aus. Mit einem lauten Knall verließen sie die bekannte Welt und tauchten im nächsten Augenblick im Jahr 79 nach Christus wieder auf. Dieses Mal verloren sie nicht das Bewusstsein und sahen deshalb die Veränderung durch die rissige Frontscheibe.

»Es hat funktioniert!«, rief Steven.

»Und wir sind gleich am richtigen Ort. Ich hab langsam den Dreh raus.«

Urplötzlich war alles um sie herum dunkel, nur direkt vor ihnen leuchtete der Vulkan rot in die Nacht hinein. Es war ein atemberaubendes Spektakel. Eine Lavafontäne schoss auf der rechten Seite aus dem Vulkan heraus, während sie auf der anderen Seite in einem stetigen Strom den Hang hinab floss. Trotz der hereinbrechenden Nacht war eine dicke Rauchwolke zu erkennen, die aus der Mitte des Vulkans emporstieg, den Himmel weiter verdunkelte und die Sterne verschluckte.

»Heilige Scheiße«, flüsterte Many vor sich hin, »ich krieg grad 'ne Gänsehaut.«

»Das geht mir ganz genauso. Sowas hat die Welt selten gesehen.« Ohne weiter nachzudenken ging

Steven zur offenen Tür. »Flieg direkt über den Vulkan, dann klettern wir beide hoch und schmeißen Dreistein in die Tiefe. Das kann keiner überleben.« Er griff mit der Rechten in die Hosentasche, wie er es die letzten Tage schon so oft getan hatte und tastete nach dem Ring. Erst jetzt bemerkte er, dass er den Ring noch am Finger trug. Er dachte an Tanja und hoffte, dass es nicht das letzte Mal war, dass er dies tun konnte. Dann nahm er den Ring vom Finger und sah auf die Gravur. *Die Welt gehört uns.* Bald würde er vor Tanja knien und ihr den Ring schenken.

Plötzlich und unerwartet geschah mehreres auf einmal. Many rief etwas Unverständliches, während etwas Hellrotes dicht am Raumschiff vorbeiflog. Many lenkte das Schiff schnell zur linken Seite und Steven glitt der Ring aus den Händen. Er griff schnell nach ihm, doch schon war er in der Dunkelheit verschwunden. Ein kurzes Aufblinken war noch zu sehen, dann nichts mehr.

»Neeeeeein!« Der Ring war weg. Ein Schock durchfuhr ihn. Sekundenlang konnte er sich nicht regen. Er hatte ihn die letzten Tage ständig bei sich getragen. Der Ring hatte ihm durch die schwierige Zeit geholfen. Es kam Steven so vor, als hätte er einen Teil seiner selbst verloren.

Steven versuchte sich den Standort zu merken. Sie waren noch ein gutes Stück vom Vulkan entfernt. Bis auf ein paar vereinzelte Brocken drang die Lava nicht bis hierhin. »Genau im Westen vom Mittelpunkt des Vulkans. Es könnte möglich sein die Stelle wiederzufinden.«

»Steven! Was machst du denn da?«, schrie Many ihn von hinten an.

Steven riss sich aus seiner Starre.

Many trat neben ihn. »Wir sind über der brodelnden Lava. Lange können wir nicht hier bleiben. Wir sind einige hundert Meter hoch. Der Wind treibt die Rauchwolke im Augenblick von uns weg, doch das könnte sich jeden Moment ändern.«

»Dann los.« Trotz seines gebrochenen Arms kletterte Steven als erster hoch. Wegen der Schmerzen war es äußerst umständlich. Der verletzte Arm konnte seine Gewicht nicht halten, nur leicht unterstützen. Many half von unten etwas nach. Schließlich standen sie beide auf dem Dach des Raumschiffes.

Many hielt Steven an der Schulter fest und sprach mit fester Stimme: »Machen wir es zusammen. Gleichzeitig.«

Steven nickte ihm zu.

Dann rannten beide auf Dreistein zu, der über dem Wesen kniete und wie besessen auf es einschlug, und rammten ihn gleichzeitig. Sie prallten auf Dreistein und schafften zusammen, was alleine keiner geschafft hätte. Sie stießen Dreistein in die Tiefe.

Doch Dreistein hielt das Wesen noch gepackt und riss es mit sich.

Ferox bekam die Außenkante des Raumschiffes zu packen. Many rutschte auf Knien zu ihm hin und griff nach der vierfingrigen Hand. Er sah über die Kante hinweg. Unter ihnen gähnte der leuchtend rote Schlund der Hölle. Lavafontänen spritzten in alle Richtungen und schwarze Rauchwolken umhüllten das Raumschiff, sodass sie kaum noch etwas sehen konnten. Doch eines konnte Many genau erkennen. Dreistein. Er hielt sich mit der schwarzen Hand an Ferox´ linkem Knöchel fest.

»Komm und hilf mir!«, schrie Many Steven an, der sich nicht von der Stelle rührte.

Steven hörte die Worte. Doch er wollte sie nicht hören.

»Komm schon. Wir müssen ihm helfen.«

Zögernd trat Steven einen Schritt näher.

»Jetzt mach schon. Ich kann ihn alleine nicht halten.«

Many hatte anscheinend vor, das Wesen vor dem Sturz in den Tod zu retten. Steven hatte das aber ganz bestimmt nicht vor.

»Nun komm endlich. Er hat uns geholfen. Ohne ihn hätten wir es nicht geschafft. Er hat Dreistein auf dem Dach beschäftigt.«

Da hatte er Recht, dachte Steven. Ohne das Wesen hätten sie es vielleicht wirklich nicht geschafft. Aber deswegen musste man es doch nicht gleich retten. Trotzdem war Steven zwiegespalten. Er wusste, dass es richtig war es zu retten. Er wollte aber nicht. Die Wesen waren an allem Schlechten schuld, was ihm die letzten Jahre geschehen war.

263

Many hielt Ferox´ Hand fest, aber lange würde er das nicht mehr durchhalten. Die Muskeln in Armen und Schultern verkrampften sich. Ferox´ Hand rutschte von der Kante ab und Many musste das ganze Gewicht tragen, und Dreistein hing auch noch unten dran. Ihm kamen die Tränen vor Anstrengung. Es fühlte sich an, als würden ihm gleich die Hände abreißen. Dann spürte er wirklich etwas reißen. Ein unbeschreiblicher Schmerz durchfuhr sein rechtes Handgelenk. Die Sehnen im Handgelenk mussten gerissen sein. Es ging nicht mehr. Er ließ Ferox los. Im selben Moment kamen helfende Hände von rechts.

»Lass nicht los!«, schrie Steven.

Many hielt Ferox nur noch mit links. Steven trug den Rest der Last. Gemeinsam zogen sie Ferox einige Zentimeter hoch, sodass er wieder die Kante des Schiffes packen konnte.

Steven konnte nicht fassen, was er da gerade getan hatte. Er hatte einem der verhassten Wesen das Leben gerettet. Er sah diesem Wesen in die Augen. Einige Sekunden starrten sich beide nur an. Es sah fast aus, als würde es ihn anlächeln. Plötzlich weiteten sich die Augen des Wesens vor Schrecken. Steven sah an dem Wesen hinab. Dreistein hing noch immer an ihm. Er hatte mit beiden Händen nach den Beinen des Wesens gegriffen und begann sich an ihm hoch zu ziehen.

Steven sah dem Wesen wieder in die Augen. Der Schrecken war daraus verschwunden und tiefer Zufriedenheit gewichen. Zu spät erkannte Steven, was das bedeutete.

Many sah den Ausdruck auf Ferox´ Gesicht und wusste sofort, was dieser zu bedeuten hatte.

»Ferox!«, schrie er aus Leibeskräften.

Ferox ließ die Kante los. Im Fallen lösten sich Ferox´ und Dreisteins Körper voneinander, überschlugen sich und fielen immer tiefer.

Als die beiden in die brodelnde Lava eintauchten, glommen die Stellen für den Bruchteil einer Sekunde hell auf, dann waren sie verschwunden.

Many schlug wütend auf den Stahl unter sich. »Nein! Nein! Nein!«, schrie er immer wieder. »Nein! Nein! Nein!«

Steven trat neben ihn und zog ihn auf die Beine. In diesem Augenblick flog ein glühender Steinbrocken über sie hinweg. »Wir haben es noch nicht überstanden. Komm schon, bring uns hier weg.«

»Ich glaube, er war einer von den Guten«, stieß Many noch immer aufgebracht aus.

»Das mag ja sein«, sagte Steven in beruhigendem Ton, »aber lass uns jetzt lieber von hier verschwinden.«

»Ja, du hast ja Recht.« Many ließ die Schultern hängen und schritt langsam voran. »Aber ich glaube, dass er wirklich in Ordnung war. Ich..., ich glaube..., ich denke... Ach, wir können ja nichts mehr tun.«

Steven versuchte Many nicht direkt anzusehen. Er war sicher, dass Many sich gerade eine Träne weggewischt hatte.

Es dauerte eine Weile, bis sie wieder ins Innere des Raumschiffes geklettert waren. Doch danach waren es nur Sekunden, bis sie aus dem gefährlichen Gebiet verschwunden waren. Der brennende Berg verschwand aus ihrem Sichtfeld.

Many stellte die Zeitmaschine auf die Gegenwart ein und sie verließen das Jahr 79 nach Christus.

Steven dachte kurz vor dem Zeitsprung noch einmal an den Ring, der in dieser Zeit zurück bleiben musste. Ein kleiner Plan breitete sich bereits in seinem Hinterkopf aus.

Dreisteins Erbe

Der Zeitsprung zurück in die Gegenwart verlief problemlos. Nur leider dauerte es, bis sie zu Dreisteins Schloss zurückgeflogen waren. Die Ebene flog unter ihnen dahin, doch diesmal war es anders als beim letzten Mal. Es ging nicht mehr um Leben und Tod. Diesmal wussten sie, was sie bei der Ankunft erwarten würde und das war endlich kein schlechter Gedanke mehr. Schon von weitem erkannten sie die vier Gestalten, die vor dem Schlosstor auf sie warteten.

»Lande direkt neben ihnen«, sagte Steven.

»Was hast du denn gedacht, wo ich lande? Auf dem Dach, oder was?«, konterte Many gereizt.

Dieser schlichte Satz zeigte Steven, dass eine Menge Anspannung von Many genommen war. Many machte erst wieder blöde Sprüche, wenn keine Gefahr mehr in der Luft lag.

Eine Minute später stieg Steven aus dem Raumschiff und lief auf Tanja zu. Sie kam ihm ein paar Schritte entgegen und fiel ihm in die Arme. Sie sah schlimm aus. Die Haare fielen in dicken verdreckten Strähnen auf ihre Schultern. Auch die Kleidung war dreckig und an einigen Stellen zerrissen. Hier und da klebte etwas Blut.

»Habt ihr es geschafft?«, schluchzte sie an Stevens Schulter.

»Ja«, sagte Steven ruhig und drückte sie noch fester an sich.

Einige Minuten sagte niemand etwas. Sie waren alle zu erschöpft und versuchten wieder zu Kräften zu kommen. Bloorham war der erste, der etwas sagte. »Wir müssen uns jetzt überlegen, was wir mit Dreisteins Erbe machen. Ich denke nicht, dass wir es riskieren können, dass jemand auf seine Aufzeichnungen stößt und alles wieder von vorne beginnt.«

»Aber wir können doch nicht alle Aufzeichnungen im Schloss zerstören«, sagte Many. »Das Schloss ist so riesig, da würden wir niemals alles finden.«

»Das habe ich auch nicht gemeint. So, wie ich das sehe, bleiben uns nur zwei Möglichkeiten. Die erste ist, wir holen die Aufzeichnungen raus und dann brennen wir das Schloss nieder. Die zweite ist, wir lassen alles da, wo es ist, und brennen das Schloss nieder.«

Steven erhob sich. »Da brauche ich nicht lange überlegen.« Er sah sich um. Jetzt zeigte er ein leichtes Grinsen. »Man reiche mir eine Fackel!«

Many kramte in seiner Hosentasche und zog ein Feuerzeug heraus. Er warf es Steven zu. »Aber mach hin. Vanadielle muss endlich ins Krankenhaus.«

Steven verschwand im Schloss. Fünf Minuten später begann es aus mehreren Fenstern zu qualmen. Steven kam wieder und warf Many das Feuerzeug zu. »Erledigt.«

Von Sekunde zu Sekunde wurde der Qualm stärker. Eine Fensterscheibe platzte und Flammen schlugen nach draußen.

Steven wandte sich ab. Er schritt auf das Raumschiff zu. In diesem Moment spürte Steven etwas an seinem rechten Ohr vorbeizischen. Am Boden stob eine kleine Staubwolke auf. Eigentlich hätten ihm diese Informationen etwas sagen müssen, doch sein Verstand verweigerte ihm den Dienst. Er blieb einfach stehen und hielt Tanja fest. Aus weiter Ferne drang eine Stimme zu ihm durch. Erst leise, dann wurde sie lauter. Es war Manys Stimme.

Many hatte es sofort erkannt. Die Kugel, die im Boden eingeschlagen war, hatte Steven nur um Zentimeter verfehlt. »In Deckung!«, schrie er und rannte los.

Steven hörte Manys schreien: »In Deckung!« Dann wurden er und Tanja von Many gerammt und zur Seite geschleudert. Doch im selben Moment war wieder ein leises Zischen zu hören und Blut spritzte auf. Einer von ihnen war getroffen worden.

»Das ist der Jäger!« Steven konnte Many nur hören, da er mit dem Gesicht auf dem Boden lag. »Den schnappe ich mir«, rief Many und schon waren davoneilende Schritte zu hören.

Steven wälzte sich auf die Seite und wischte sich Blut aus dem Gesicht. Er wusste sofort, dass es nicht sein eigenes war.

Tanja lag links neben ihm. Ihr ganzer Oberkörper war blutbeschmiert. Sie starrte zum Himmel und zitterte. Steven war geschockt.

»Neeein!«

Tanja drehte den Kopf ein wenig und sah Steven an. Tränen rannen über ihre Wangen. Sie flüsterte nur ein Wort. »Schade.«

»Nein! Nein! Nein! Nicht jetzt! Nicht, nachdem wir alles überstanden haben. Komm schon. Sieh mich an. Du kannst jetzt nicht sterben.« Steven hob sie hoch und rannte mit ihr zum Raumschiff. Dann rannte er zurück, hob Vanadielle auf und rannte auch mir ihr ins Schiff. Schweißgebadet kam er wieder raus. »Alle rein! Wir müssen los!«

Many hatte die Stelle gesehen, von der aus der Jäger geschossen hatte; ein Felsvorsprung, keine hundert Meter entfernt. Many war direkt dorthin gerannt. Doch das Einzige, das bewies, dass er hier gewesen war, waren zwei Patronenhülsen, die auf dem Boden lagen.

Er hatte nicht viel Zeit sich umzusehen, Tanja war verletzt. Sie mussten von hier verschwinden.

Steven hatte Eugen in das Raumschiff geholfen. Jetzt lagen sie alle verletzt am Boden des Schiffes. Zuerst Eugen, daneben lag Vanadielle und ganz vorne Tanja.

Bloorham hatte sich neben seine Tochter gekniet. Als Arzt konnte er vielleicht etwas für sie tun. Er hatte Tanja einen Druckverband angelegt und redete mit ihr. Tanja hatte nichts mehr gesagt, doch sie hatte die Augen geöffnet und sah ihren Vater an.

Steven war kein Arzt, er hatte überhaupt keine Vorstellung, wie schlimm es war. Die Verletzung lag in der Nähe der Schulter und weit genug von der Lunge entfernt, soviel hatte er Bloorhams Worten entnommen. Aber was sollte das heißen? Tod oder Leben? Er war nur sicher, dass es den Tod bedeuten würde, wenn sie zu lange bis in eine Klinik brauchten.

Er hielt es nicht mehr aus. »Many!«, schrie er aus Leibeskräften aus der Tür des Raumschiffes hinaus. »Wenn du jetzt nicht kommst, fliegen wir ohne dich.«

»Bin schon da«, keuchte Many und ließ sich auf den Boden des Schiffes neben Vanadielle gleiten. »Gib Gas.«

»Los du Pilot, steh auf«, sagte Steven. »Du solltest besser fliegen. Ich habe nicht wirklich Ahnung davon.«

Mit einem lauten Stöhnen hievte sich Many vom Boden und ließ sich auf dem Pilotensitz nieder. »Dann mal los«, sagte er, und das Schiff erhob sich.

Steven kniete sich zwischen Vanadielle und Tanja. Abwechselnd sah er die beiden Frauen an. Beiden ging es sehr schlecht und beide hatten nicht mehr viel Zeit.

Er kramte in seiner Tasche nach dem Ring, bis ihm einfiel, dass er ihn verloren hatte. In diesem Moment fiel ihm noch etwas ein. Er strich sich nachdenklich über den Bart, dann festigte er seinen Entschluss, den er über dem Vesuv gefasst hatte. Wenn sie rechtzeitig in einer Klinik ankamen und sie alle das Abenteuer lebend überstanden hatten, dann würde er zum Vesuv zurückkehren und den Ring holen. Danach würde er Tanja einen Antrag machen. Sobald er den Ring in Händen hielt, würde er es tun. Nicht noch einmal würde ihm etwas dazwischen kommen. Das hatte er davon, dass er so lange gewartet hatte.

Das Leben beginnt

Steven und Many standen vor dem Krankenhauseingang. Sie warteten bereits mehrere Stunden, in denen sie abwechselnd in der Cafeteria saßen oder vor dem Krankenhaus rauchten. Many zertrat seine Zigarette auf dem Boden, zog eine neue aus der Schachtel und zündete sie an.

»Direkt neben dir steht doch ein großer, nicht zu übersehender Aschenbecher«, sagte Steven, »den kann man auch benutzen.«

»Nerv mich jetzt nicht.« Many nahm noch einen tiefen Zug von der Zigarette und zertrat diese dann ebenfalls auf dem Boden.

»Dann nimm doch den großen Aschenbecher unter deinen Füßen.«

Many sag ihn fragend an. »Den großen Aschenbecher?«

»Ich meine den Weg unter deinen Füßen, den man normalerweise nicht als Aschenbecher nimmt.« Many sah ihn schweigend an. »Okay«, sagte Steven mit erhobenen Händen. »Keine Scherze mehr.«

Wortlos schritt Many auf die automatische Schiebetür zu. Ohne langsamer zu werden ging er hindurch und berührte dabei mit beiden Schultern die Türkanten.

Steven hastete ihm nach und hielt ihn an der Schulter fest. »Nicht so schnell, mein Freund. Komm, wir gehen zusammen hoch. Ganz in Ruhe mit dem Fahrstuhl.«

Im Fahrstuhl drückte Many so oft und fest den Knopf für die Geburtsstation, dass Steven dachte, der Knopf müsse jeden Augenblick herausbrechen und zu Boden fallen.

»Den beiden wird es gut gehen«, sagte Steven beruhigend. »Keine Angst.«

»Du warst natürlich auch schon bei so vielen Geburten dabei, dass du genau weißt, wovon du redest.«

Steven sagte nichts.

Die Fahrstuhlmusik war grauenhaft, doch Many nickte geistesabwesend im Takt mit. Steven beobachtete ihn in einer der verspiegelten Seitenwände. Many hatte noch immer zerzaustes Haar. Mit dem wild wuchernden Bart hätte es Steven nicht gewundert, wenn gleich eine Pflegerin fragen würde, warum Many nicht in seinem Zimmer im Bett läge.

Er sah sich selbst an. Sein gebrochener Arm war frisch eingegipst, in einem wunderschönen Neongrün. Er schüttelte den Kopf bei dem Gedanken an die Farbe, aber die einzige andere Farbe, die noch da gewesen war, pink, wäre noch schlimmer gewesen. Alle Knochen schmerzten ihm. Wenigstens hatte er sich das Blut aus dem Gesicht gewaschen. Wenn er so darüber nachdachte, hätte er nichts dagegen, ein paar Nächte in einem Krankenzimmer zu bleiben. Sehnsüchtig dachte er an Frühstück, Mittagessen, Abendessen, alles ans Bett gebracht, das wäre doch was. Aber sowas passierte ihm nicht, wäre ja auch zu

274

schön gewesen.

Der Fahrstuhl stoppte und die Tür schob sich zur Seite. Ein langer weißer Flur lag vor ihnen. Am Ende des Ganges konnte er die Figur eines großen weißen Storchs erkennen, der ein kleines Bündel im Schnabel trug.

Mitten im Flur schwang plötzlich eine Tür auf und eine Hebamme trat heraus. Sie erkannte Steven und Many und winkte sie zu sich. »Kommt schnell rein, bevor sie keinen Besuch mehr bekommen darf.«

»Wieso darf sie keinen Besuch mehr bekommen?«

»Nur für die nächsten Stunden. Mutter und Kind sollen sich ausruhen.« Die Hebamme blieb auf dem Flur und schloss die Tür von außen.

Many trat als erster ein. Steven folgte ihm. Die eine Seite des Zimmers hatte ein großes Fenster. Rechts daneben war die Tür, die zur Toilette führte. Vor diesem Fenster stand das Bett, in dem Vanadielle lag. Die Rückenlehne war etwas nach oben geschoben, damit sie nicht gerade auf dem Rücken lag. In ihren Armen lag ein kleines Bündel.

Many trat an das Bett heran, küsste Vanadielle auf die Stirn und betrachtete das kleine Bündel.

Steven blieb etwas hinter Many. Als Many sich nach vorne beugte, konnte Steven an ihm vorbeisehen. Das Neugeborene hatte die Augen geöffnet. Es sah ganz zerknautscht und rötlich aus. »Besonders hübsch sieht es ja nicht aus«, flüsterte Steven zu Many und kassierte dafür gleich einen leichten Hieb in die Rippen.

»Die sehen meistens nach der Geburt so aus«, flüsterte die Hebamme, die gerade eintrat. Steven stieg die Schamesröte ins Gesicht.

Many starrte sprachlos auf das Baby.

»Es ist ein Junge«, sagte Vanadielle. Ihrer Stimme war anzuhören, dass sie noch geschwächt war.

Many nahm den in eine Decke gewickelten Jungen vorsichtig auf den Arm. Plötzlich hob er ihn hoch, hielt ihn sich vors Gesicht, und zur Verwunderung aller roch er an dem Baby. »Ich habe gehört, dass Babys immer gut riechen. Ich kann es nicht genau beschreiben, aber es riecht ganz angenehm.«

Sie schüttelten alle gleichzeitig die Köpfe. Many war ja immer für eine Überraschung gut.

Steven ließ die beiden allein. Er ging zum Fahrstuhl und fuhr eine Etage tiefer. Hier lagen Tanja und Eugen.

Er ging zuerst Tanja besuchen. Sie hatte ein Einzelzimmer und nur Bloorham saß auf einem Stuhl neben dem Bett. Er hielt die Hand seiner Tochter, die tief und fest schlief. Tanja schwebte zum Glück nicht in Lebensgefahr. Sie hatte einen glatten Durchschuss erlitten, einige Zentimeter über dem linken Lungenflügel. Sie würde noch eine Zeit lang hier bleiben müssen, aber wenigstens würde sie keine bleibenden Schäden davontragen.

Er erwischte sich wieder einmal dabei, wie er nach dem Ring in seiner Tasche greifen wollte, als er Tanja beobachtete.

So ein Mist aber auch.

Er verabschiedete sich von Bloorham und verließ das Zimmer.

Da er nicht wusste in welchem Zimmer Eugen lag, musste er sich zu ihm durchfragen. Nachdem ihm eine griesgrämige alte Krankenpflegerin den Weg beschrieben und die Zimmernummer gesagt hatte, stand er nun endlich vor Eugens Zimmer. Er klopfte einmal, bekam aber keine Antwort. Nach dem zweiten Klopfen trat er ein. Wenn er Eugen bei etwas Unsittlichem erwischte, wäre das halt so.

Jetzt sah er auch, warum er nach dem Klopfen nichts gehört hatte. In diesem Zimmer standen zwei Betten. Auf der linken Seite lag ein alter Mann, der an eine Maschine angeschlossen war, die durch einen langen Schlauch mit seinem Hals verbunden war. Der Mann schlief, aber auch wenn er wach gewesen wäre, hätte er nicht auf das Klopfen antworten können, weil er durch einen Schnitt im Hals beatmet wurde.

Im rechten Bett lag eine Gestalt, bei der es sich wohl um Eugen handeln musste. Er war, wie man es manchmal in Filmen sieht, von Kopf bis Fuß eingegipst. Arme und Beine waren mit dünnen Stahlseilen an einem Gestell über dem Bett befestigt. Er hatte die Augen geschlossen, schlief aber nicht. Jemand hatte ihm einen Kopfhörer übergestreift.

»Eugen?«, fragte Steven.

Er wollte Eugen nicht erschrecken, aber dieser hörte ihn nicht. Also ging er hin und nahm ihm die Kopfhörer weg.

Eugen schlug die Augen auf und blickte hastig hin und her. »Hast du sie nicht mehr alle? Ich dachte schon, Dreistein sei zurückgekommen, um mich endgültig alle zu machen.«

»Ganz ruhig. Ganz ruhig. Alles in Ordnung.«

»Puh. Du hast gut reden.«

»Wie geht's denn so?«

»Ach, wunderbar! Hier gibt es ein wunderbares Sportangebot. Der Fernseher ist kaputt und die Sonne scheint so schön ins Zimmer rein.«

»Na, dann ist ja gut.« Steven verkniff sich das Lachen und sah aus dem Fenster, welches die schöne Seitenwand des Nachbarhauses zeigte. »Ich komme morgen wieder und bringe dir ein paar gute Hörbücher mit.«

»Danke. Jetzt setzt mir die Kopfhörer wieder auf und lass mich mit meinem Elend alleine. Ich muss unbedingt die Hitparade der Volksmusik zu Ende hören.«

Steven ließ ihm seine Ruhe. Er fuhr mit dem Fahrstuhl runter in die Eingangshalle und kaufte sich dort am Kiosk eine Schachtel Zigaretten. Vor dem Krankenhaus waren mehrere Bänke aufgestellt. Er ließ sich auf einer nieder und zündete sich eine Zigarette an. Dann dachte er, dass er eigentlich gar nicht rauchen sollte. So selten, wie er rauchte, da konnte er es eigentlich gleich ganz lassen.

Aber jetzt noch nicht. Er blies den Qualm in die Luft und sah zum Himmel hoch. Das war wieder ein Abenteuer gewesen. Diesmal war es ziemlich knapp gewesen. Eugen, Tanja und Vanadielle lagen im Krankenhaus. Er selbst hatte sich den Arm gebrochen. Doch am meisten Gedanken machte er sich um Many. Die Verletzung an den Sehnen seiner Hand war durch das Serum schon verheilt. Aber genau das war das Problem. Er hatte sich das Serum injizieren lassen. Ob es irgendwelche Nachwirkungen hatte, konnte keiner sagen. Bloorham war der Meinung, dass nichts geschehen würde. Da es nur eine einzige Dosis war, hatte Many die Wirkung nur für kurze Zeit gespürt. In wenigen Tagen würde alles wieder wie vorher sein. Hoffentlich stimmte das auch. Zumindest konnte Many nicht in Versuchung kommen und sich eine weitere Dosis spritzen. Dreisteins Schloss war bis auf die Grundmauern abgebrannt und mit ihm alle Forschungsergebnisse. Das Serum konnte nicht mehr hergestellt werden. Es war zu Ende.

Bloorham war der einzige, der etwas von Dreisteins Versuchen mitbekommen hatte. Doch auch er kannte die Formel nicht. Er hatte nur die Operationen durchgeführt. Sie hatten nicht viel über das Thema gesprochen, doch Steven war sich sicher, dass Bloorham keine Gefahr darstellen würde. Bloorham würde bald wieder nach Deutschland fliegen.

Der Gedanke an Bloorham erinnerte ihn an die Opfer, die dieser mit Dreistein zusammen operiert hatte. Das Dorf, aus dem die Menschen gekommen waren, wollte Steven eigentlich noch einmal besuchen, doch als sie vom Vesuv zurückgekehrt waren, war alles so schnell gegangen und dann war Tanja auch noch angeschossen worden. Er nahm sich vor, noch einmal mit Many dorthin zu fliegen und in der Kneipe mit dem Wirt zu sprechen. Er schüttelte sich kurz beim Gedanken an das vorzügliche Mahl, das sie dort eingenommen hatten.

Das einzige Problem, das es noch gab, war der Jäger. Ihn hatten sie nicht gefunden. Der Schuss, den er auf Tanja abgegeben hatte, war eine Verzweiflungstat gewesen. Es war sinnlos gewesen. Steven konnte sich nicht vorstellen, dass sie den Jäger noch einmal treffen sollten. Er hatte nur für Dreistein gearbeitet. Er war nur dafür zuständig gewesen die Saurierköpfe zu beschaffen. Da Dreistein nicht mehr lebte, war sein Job zu Ende. Ein Söldner wie er würde sich wahrscheinlich einen neuen Arbeitgeber suchen. Steven konnte sich nicht vorstellen, dass sie etwas von ihm zu befürchten hatten.

Er nahm noch einen Zug von der Zigarette. War dieses Abenteuer, das damals in der Pyramide seinen Anfang genommen hatte, endlich zu Ende? Er murmelte vor sich hin. »Die Pyramide der Unsterblichkeit.« Dort hatten sie die ersten für alle Ewigkeit eingefrorenen Tiere gefunden. Alles, was in der Pyramide eingelagert gewesen war, war unsterblich gewesen; zumindest bevor sie alle Lebewesen befreit hatten.

Wieder murmelte er vor sich hin. »Das Reich des Bösen.« Nach der Pyramide waren sie in Zerebrus´

Reich eingedrungen. Und wieder hatten sie es mit der Unsterblichkeit zu tun gehabt. Diesmal in Form der blauen Kugel, die den Anführer der Wesen ewig am Leben halten sollte.

Ein letztes Mal murmelte er etwas vor sich hin. »Die Macht der Urzeit.« Bei ihrem letzten Abenteuer hatten sie es mit dem Serum zu tun gehabt, das die blaue Kugel in Zerebrus´ Reich beinhaltet hatte. Damals wurde das Serum von den beiden Drachen hergestellt. Da die Drachen nicht mehr existierten, musste Dreistein mit den Dinosauriergehirnen arbeiten.

Diese verfluchte Unsterblichkeit aber auch. Drei Abenteuer genügten. Auf ein viertes konnte er gerne verzichten. Und wenn es noch einmal zu einem Abenteuer kommen sollte, dann hatte es wenigstens nichts mehr mit der Unsterblichkeit oder den Wesen zu tun. Er dachte an Ferox, mit ihm war das allerletzte der Wesen gestorben.

Er zertrat die Zigarette auf dem Boden. Im selben Augenblick nahm er sich vor, dass diese auch die letzte sein sollte. Many rauchte genug für sie beide. Er sah hoch zum Himmel. Dichte Wolken zogen sich über der Stadt zusammen. Ein Gewitter nahte. Es wurde Zeit wieder reinzugehen. Mit etwas Glück war Tanja wach.

Steven hatte plötzlich sehr gute Laune. Vielleicht brauchte man ja gar keinen Ring, um einen Heiratsantrag zu machen. Doch dann schüttelte er den Kopf. Den Ring würde er sich erst noch holen.

Ganz in weiß

Drei Monate später

Steven schlug die Augen auf. Ein unangenehm heller Sonnenstrahl schien ihm in die Augen und blendete ihn. In diesem Moment fühlte er sich an einen Tag erinnert, an dem er ebenso geweckt worden war. Damals hatte er am Rand einer schier endlos tiefen Schlucht gelegen, über die er zuvor zusammen mit Laura und Rodrigo mit Hilfe eines Seils geklettert war. Doch heute war es anders. Er brauchte sich nicht wie damals vor den Ereignissen des Tages zu fürchten. Er sah sich um und staunte wieder einmal, wie unordentlich Manys Schlafzimmer war.

Gesten Nacht hatten sie zum ersten Mal die gute Flasche Single-Barrel Whiskey geöffnet. Many hatte sie schon seit zwei Jahren im Regal stehen. Damals hatte er zweihundert Euro für die Flasche bezahlt, als er sie während eines Urlaubes in Holland gekauft hatte. Seitdem stand sie als Dekoration im Regal. Doch gestern Abend, als sie in Manys Wohnung auf der Couch gesessen und zusammen auf einer Spiele-Konsole Fußball gespielt hatten, war Many plötzlich aufgestanden und hatte die Flasche aus dem Regal genommen.

»Heute ist ein guter Tag, um diese Flasche zu öffnen«, hatte er gesagt und ihnen beiden eingeschenkt.

Es war bei nur diesem einen Glas geblieben, was

282

wahrscheinlich das erste Mal gewesen war, seit sie zusammen tranken, denn den nächsten Tag wollten sie möglichst nüchtern beginnen.

Steven stand auf, suchte seine Sachen zusammen und stellte sich sofort unter die Dusche. Danach stand er, nur mit einem Handtuch um die Hüften, vor dem Spiegel und betrachtete sich darin. Er fand, dass er ein wenig dicker im Gesicht aussah. Die letzten beiden Wochen hatte er eindeutig zu viel gefressen. Ja, gefressen. Er betrachtete sich weiter. Sollte er riskieren, sich zu rasieren? Wenn er sich dabei schnitt, würden es alle sehen können. Er nahm Manys Langhaar-Schneider und fuhr sich mit der kleinsten Stufe über den Bart. Danach fuhr er sich mit Daumen und Zeigefinger über das Kinn. »Ungewohnt«, sagte er leise vor sich hin. Er betrachtete sich wieder eine halbe Minute und entschied sich dafür, dass er gut aussah.

Als er fertig war und sich angezogen hatte, ging er ins Wohnzimmer, wo er darauf gefasst war, Many schlafend und schnarchend auf dem Sofa vorzufinden. Aber Many stand mitten vor dem Sofa und versuchte sich gerade in seinen Anzug zu quetschen.

»Meine Fresse. Ich glaube, nicht nur du bist zu fett geworden, sondern ich auch. Ich kriege den letzten Knopf von meinem Hemd nicht zu. Ach, da liegt der Gürtel drüber, das sieht keiner.«

»Irgendwie komme ich mir komisch in meinem Anzug vor«, sagte Steven.

»Das liegt nur daran, dass wir normalerweise nicht

so rumlaufen. Kann mich nicht daran erinnern, wann ich zuletzt einen Anzug getragen habe.«

Steven strich sich über den kurz geschorenen Bart. »Ich bin gespannt, wie Tanja und Vanadielle aussehen werden.«

»Bestimmt viel besser als wir«, lachte Many laut. »Bist du fertig?« Steven nickte. »Dann lass uns los. Wir müssen noch das Auto holen.«

Eine halbe Stunde später standen sie beim Autoverleih. Steven musste seinen Führerschein vorzeigen. Der Rest ging schnell. Ein paar Unterschriften, dann konnten sie sich in die Limousine setzten. Es war zwar nur eine kleine, aber die reichte.

Many nahm hinten Platz, Steven fuhr. Eine weitere halbe Stunde später waren sie an Stevens Wohnung angekommen.

Tanja und Vanadielle standen schon draußen und warteten auf sie. Die beiden sahen unglaublich aus. Vanadielle trug den kleinen Trojan auf dem Arm. Ihr weißes Kleid bildete einen wunderschönen Kontrast zu ihren schwarzen Haaren. Tanja aber hatte die Arme verschränkt und sah die beiden finster an. »Ihr seid fünfzehn Minuten zu spät. Ich wette, die anderen sind schon alle da.«

»Immer mit der Ruhe«, sagte Many. »Ohne uns werden sie schon nicht anfangen.«

Tanja schüttelte Nase schnaubend den Kopf.

Steven klatschte in die Hände. »Los geht's. Tanja du springst vorne rein. Der Rest geht ab nach hinten, so wie es sich gehört.«

Steven nahm auf dem Fahrersitz Platz. Tanja wurde zur Beifahrerin. Many hielt Vanadielle die Tür auf. Sie setzte sich und nahm Trojan auf den Schoss. Als Many die Tür von innen geschlossen hatte, fuhr Steven los.

Bis zur Kirche waren es zehn Minuten Fahrt. Gelegentlich hörten sie ein Hupen von anderen Autofahrern.

Vor der Kirche hatte sich eine kleine Menge versammelt, die jubelte und applaudierte, als Steven den Wagen mitten auf dem Kirchplatz parkte. Steven und Tanja stiegen aus. Steven öffnete Many die Tür und Tanja tat dies bei Vanadielle. Many nahm Trojan auf einem Arm. Vor den Stufen zum Eingang, hakte sich Vanadielle bei Many ein und sie betraten gemeinsam die Kirche.

Da Vanadielle keinen Vater dabeihatte, der sie zum Altar führte, gingen sie und Many gemeinsam nach vorne. Etwas weiter hinten folgten ihnen Steven und Tanja.

Eine Links-rechts-Aufteilung gab es nicht. Da auf Vanadielles Seite niemand gesessen hätte, hatten sich die Gäste überall verteilt.

Steven freute sich besonders über die beiden Gäste vorne links. Dort saßen Laura und Rodrigo, die sich ein paar Tage Urlaub von den Ausgrabungen in Stonehenge und dem Bermuda-Dreieck genommen hatten.

Als Steven sich nach rechts wandte, erlebte er eine

Überraschung. Lao Che winkte ihm überschwäng-
lich zu. Die Abenteuer in der Pyramide, in der Lao
Che so viel mit Many zusammen erlebt hatte, schienen auf einmal so weit entfernt. Steven winkte ihm
zurück. Auf der Party später würde er genug Zeit
haben, sich mit Lao Che zu unterhalten.

Steven und Tanja schritten dem Brautpaar hinterher. Vor dem Altar waren vier Stühle aufgestellt.
Many und Vanadielle nahmen die inneren, wobei
Many den linken nahm. Steven setzt sich dann links
neben Many und Tanja rechts neben Vanadielle.

In Stevens Augen kam jetzt furchtbar langweiliges
Zeug. Der Priester laberte ständig blödes Zeug daher
und las aus der Bibel vor. Wenn er nicht gewusst hätte, dass Many das für Vanadielle tat, hätte er Many
für verrückt gehalten. Vanadielle kannte eine Trau-
ung in der Kirche zwar nicht, Many war aber der
Meinung, dass es ein wunderbares Erlebnis für sie
würde. Auch wenn Steven und Many eigentlich immer einig in ihrer Meinung über die Kirche gewesen
waren. Vor allem, da der ein oder andere Priester eine Vorliebe für Messdiener zu haben schien.

Es dauerte eine halbe Stunde, bis der Priester die
Liturgie abgearbeitet hatte und die beiden den Bund
fürs Leben geschlossen hatten. Insgeheim musste
Steven zugeben, dass die ganze Zeremonie eigentlich ganz schön gewesen war.

Als die Liebenden dann aus der Kirche traten,
wurden sie von allen Seiten beglückwünscht und
umarmt. Steven hatte Many noch nie im Leben so

viel grinsen gesehen, wie an diesem Tag.

Am Abend stieg die Party. Drei Fässer Bier mit jeweils fünfzig Litern Inhalt und mehrere Kisten Wein standen bereit. Auf einer Leinwand wurden Bilder aus Manys Kindheit und nach Trojans Geburt gezeigt. Über hundert geladene Gäste stürzten sich auf ein riesiges Buffet.

Während des Essens hatte Steven die Möglichkeit mit Rodrigo über die Unterwasserausgrabung im Bermuda-Dreieck zu sprechen.

»Wir haben ein wunderbares Schiff, die Seeadler. Es hat alles an Bord, was du dir nur vorstellen kannst«, erzählte Rodrigo begeistert.

»Da wäre ich gerne dabei. Ich wollte schon immer bei einer Unterwasserausgrabung dabei sein.«

Laura saß neben Rodrigo am Tisch. »Bei meiner Ausgrabung ist es ähnlich«, sagte Laura. »Wir haben schon einen Großteil der unterirdischen Anlage von Stonehenge freigelegt. Es ist einfach faszinierend.«

»Ich muss ehrlich sagen, dass ich da nicht unbedingt nochmal hin muss. Ich kann auch gar nicht verstehen, wie du den Auftrag annehmen konntest.«

»Es ist halt einfach nur ein Job«, sagte Laura.

Jetzt mischte sich Rodrigo wieder ein. »Das Beste ist aber, dass alles ganz ruhig verläuft. Es gibt keine merkwürdigen Vorkommnisse und wir müssen nicht mehr um unser Leben kämpfen.«

Steven strich sich über den kurz geschorenen Bart. »Da könnt ihr beide froh sein, dass ihr bei unserem letzten Abenteuer nicht dabei wart.«

»Und es war wirklich Dreistein, der hinter allem steckte? Er hat damals also überlebt? Ich konnte es kaum glauben, als Tanja mir davon erzählt hat.«

»Ich glaube, das hat keiner von uns geglaubt.«

In diesem Moment kam Lao Che an den Tisch, zog sich einen leeren Stuhl vom Nachbartisch heran und nahm Platz. »Ich hab gehört, ihr hattet wieder ein aufregendes Abenteuer.«

»Ach hör mir bloß damit auf«, sagte Steven und winkte ab.

»Ich hab schon alles gehört«, sagte Lao Che und grinste. »Ist ja mal wieder alles gut gegangen. Allerding war es diesmal ziemlich knapp. Ist mit Tanja wieder alles gut?«

»Sie hat es überstanden.«

Wie aufs Stichwort kam Tanja hinzu und setzte sich neben Steven. »Redet ihr gerade über mich?«

»Ja«, sagte Steven. »Wir waren gerade da, wo du angeschossen wurdest. Dreistein war besiegt und wir dachten alle, dass es vorbei sei, doch dann kam der Jäger noch einmal.«

»Damit hatte keiner gerechnet. Da habe ich wirklich Glück gehabt.« Plötzlich machte Tanja einen nachdenklichen Eindruck. »Da ich gerade an Dreistein denke, frage ich mich, ob er Familie hat. Gibt es da womöglich eine Frau und Kinder? Ich habe nie mit ihm darüber gesprochen.«

Steven strich sich mit Daumen und Zeigefinger über den kurzen Bart am Kinn. »Also darüber habe

288

ich noch nie nachgedacht. Das wäre ja was. Nächstes Mal kommen Dreisteins Kinder und rächen sich an uns.« Steven lachte.

Der Rest am Tisch lachte aber nicht. Sie sahen alle erschrocken aus.

Steven grinste jetzt nur noch. »Ach, kommt schon. Ihr glaubt das doch nicht wirklich.« Doch Steven war sich da jetzt selbst nicht mehr so sicher. Er wechselte das Thema.

Die Freunde hatten sich noch viel zu erzählen. Lao Che erzählte von seiner Heimat und Rodrigo besonders viel über seine Seeadler. Es vergingen noch viele Stunden, bis die Stimmen der Freunde wieder verstummten.

Dieser Abend gehörte Many und Vanadielle. Sie tanzten viel an diesem Abend und vergaßen für eine Zeit all die Abenteuer, die sie durchgemacht hatten.

Als Steven später in der Halle umherstreifte, bemerkte er vier Stühle, die jemand akkurat nebeneinander aufgereiht hatte. Er ging näher und sah über die Lehne. Dann musste er lachen. Ein stark angetrunkener Eugen hatte sich auf den Sitzflächen hingelegt und schnarchte. Diesen Kerl musste man einfach lieben.

Eine Stunde später verließ er die Party mit Tanja und hatte seit langem mal wieder ein richtig gutes Gefühl für die Zukunft.

Schatzsuche

»Sag mal«, begann Steven, der schwitzend hinter Many her ging, »was hat Vanadielle eigentlich zu dir gesagt, als wir aus Dreisteins Labor gekommen sind? Das wollte ich die ganze Zeit schon fragen. Ich hab gedacht, du fängst gleich an zu heulen.«

Many wand sich ein wenig, doch schließlich sprach er. »Sie hat gesagt, dass sie noch ein Kind haben will. Eins mit mir.«

Steven lachte kurz auf. »Ha, ein kleiner Many.«

Many grinste ihn an. »Ganz genau, aber jetzt noch nicht. Erst wenn der kleine Trojan nicht mehr in die Windel macht.«

Sie gingen schweigend weiter. Steven sah sich um. Seit er das letzte Mal hier gewesen war, hatte sich viel geändert. Aber in knapp zweitausend Jahren veränderte sich die Landschaft natürlich enorm.

Er sah in den Himmel und dann zum Vesuv hoch. Falls er sich richtig erinnerte, stimmte die Richtung schon mal. Jetzt musste er nur noch die Entfernung zum Vesuv abschätzen. Das sollte eigentlich kein Problem sein. Damals hatte er einen Haufen erkaltender Lava gesehen, auf den der Ring zugefallen war. Mit etwas Glück war der Ring darin eingeschlossen. Zumindest theoretisch hätte er die lange Zeit darin oder darauf überstehen müssen.

»Hast du ihn endlich gefunden?«, hörte er Many rufen.

»Noch nicht. Aber wir sind nah dran.«

»Dann mach mal hin. Ich habe Hunger. Hoffentlich gibt es hier irgendwo einen Burger-Laden.«

Steven schüttelte den Kopf. Fast bereute er, dass er Many mitgenommen hatte. Tanja und Vanadielle waren zuerst nicht damit einverstanden gewesen. Doch schließlich hatten sie dem Männerurlaub zugestimmt. Natürlich hatten sie den Frauen nicht gesagt, weshalb sie wirklich unterwegs waren. Die beiden dachten, Steven und Many würden sich gerade in Miami betrinken. Na ja, das mit dem Betrinken würden sie heute Abend schon noch hinkriegen.

Steven kletterte auf einige Felsen, um die nähere Landschaft zu überblicken. Nachdem er sich einige Minuten lang alles genau angesehen hatte, sah er sie endlich. Die Lavaformation, nach der er gesucht hatte, war im Laufe der Jahre unter Erde und Gras verschwunden. Mit etwas Vorstellungskraft konnte man sie aber noch erkennen.

»Ich habe es endlich.« Er deutete mit der Hand nach vorne. »Noch ungefähr hundert Meter auf den Vulkan zu, dann können wir unsere Geräte auspacken.«

Sie hatten sich bei einem Internethändler einen besonders großen Metalldetektor ausgeliehen. Es war ein quadratisches Metallgestell aus fünfundzwanzig Millimeter dicken Eisenrohren, drei mal drei Meter groß, das man wie einen Rucksack auf den Schultern trug. An langen Seilen hing das Gestell knapp über dem Boden. Der Träger konnte sich so gut bewegen und frei herumlaufen. Eine zweite Person musste die Technik bedienen. Das Gute an dem Detektor war, dass er tiefer in die Erde drang als ein gewöhnlicher. Hierbei galt: je größer der Radius des Gerätes, desto tiefer konnte es auch kleine Metallteile aufspüren.

Es dauerte nur Minuten, bis sie alles aufgebaut hatten. Steven schnallte sich den Detektor um. Many ging langsam mit der Armatur in der Hand hinterher.

Eine halbe Stunde lang gingen sie in einem Gittermuster hin und her, bis es endlich auf Manys Armatur einen Ausschlag gab. »Hier ist etwas«, rief er aufgeregt.

Steven trat ein paar Schritte hin und her, dann hob er einen rötlichen Stein auf. Das Rötliche war Rost. Es deutete auf einen eisenhalten Stein hin. So weit wie er konnte warf er den erzhaltigen Stein weg, dann schritt er die Stelle noch einmal ab.

Diesmal war kein Ausschlag auf Manys Anzeige zu erkennen. »Es war wohl leider nur der Stein. Versuchen wir es weiter.«

Weitere Minuten verstrichen. Viel war nicht mehr übrig, was er noch abschreiten wollte. Wenn sie nicht gleich etwa finden würden, mussten sie den Radius erweitern. Dieses große Areal abzulaufen würde dann wirklich lange dauern.

Er wollte schon aufgeben, als es einen weiteren Ausschlag gab. Steven wusste sofort, dass sie hier gute Chancen hatten. Er befand sich über einem glatten Stückchen Gras, ohne jegliche Erhebung oder Vertiefung. Es musste ein glattes Stück erkaltete Lava sein. Nachdem er das Metallgestell abgelegt hatte, reichte Many ihm einen Spaten. Steven schlug ihn in die Erde, doch nach wenigen Zentimetern traf er auf Stein.

Many applaudierte.

Steven grinste ihn an. »Das könnte es wirklich sein. Es wird Zeit für den Akku-Bohr-Hammer.«

Many holte die schwere Maschine aus ihrem Koffer und reichte sie Steven. Sekunden später erfüllte ein lautes Rattern die weite Umgebung.

Nach einer halben Stunde hatte Steven ein beachtliches Loch in den Stein getrieben. Er ließ sich von Many ablösen, damit er sich ein paar Minuten ausruhen konnte. Dann war er wieder dran.

Als sich die Sonne langsam dem Horizont näherte und Many seine letzte Zigarette rauchte, fiel ein langer Schatten auf die Ebene vor ihnen. Many sah ihn zuerst. Ein Mann im schwarzen Anzug näherte sich ihnen. Many kniete sich hin, packte Steven bei der Schulter. Das laute Rattern der Maschine, die den Meißel unerbittlich in das Gestein trieb, hörte auf.

»Was ist denn? Es kann nicht mehr viel sein«, schrie Steven, der noch an das laute Rattern gewöhnt war.

Many nickte nach vorne.

Jetzt sah Steven den Mann auch. Steven kletterte aus dem Loch, welches immerhin schon einen halben Meter tief war und stellte sich neben Many.

Nach wenigen Minuten hatte der Mann sie erreicht. Er trug einen eleganten schwarzen Anzug mit

Krawatte, der bestimmt nicht von der Stange war.

Der Mann reichte Many die Hand, wie einem alten Freund und grinste dabei. »Ihr beide wart echt schwer zu finden.«

Many grinste ebenfalls. »Steven, darf ich dir einen alten Freund vorstellen. Das hier ist Agent Jensen.«

Steven fragte verwundert. »Agent? Vom FBI?«

»Nein. Da arbeite ich schon lange nicht mehr.« Jetzt reichte er Steven die Hand. »Ich arbeite für eine Institution, die es offiziell nicht gibt.«

Steven sah ihn misstrauisch an.

»Normalerweise würde ich euch nicht davon erzählen. Wie aber jeder weiß, hattet ihr es schon einige Male mit sehr ungewöhnlichen Umständen zu tun. Mit genau solchen Sachen beschäftige ich mich auch.«

»Das muss aber sehr wichtig sein, wenn Sie uns bis hierher gefolgt sind«, sagte Steven.

»Ich arbeite an einem Fall, bei dem es schon Dutzende von Toten gab. Wir können es uns nicht erklären. Es gibt einige Blut- und Gewebeproben, die ich gerne von Many untersuchen lassen würde. Außerdem habe ich eine Theorie entwickelt, die bei meinen Kollegen nicht gut ankommt.«

»Ich verstehe langsam«, sagte Many. »Wir hatten es in den letzten Jahren mit Dingen zu tun, die den normalen Menschenverstand übersteigen. Wahrscheinlich wären wir eher bereit an deine Theorie zu glauben als deine Kollegen.«

Jensen grinste wieder. »So ungefähr habe ich mir

das gedacht.«

Steven schüttelte den Kopf. »Also, ich mach da nicht mit.« Er griff sich wieder seinen Bohr-Hammer und stieg in das kleine Loch. »Ich habe hier noch was zu erledigen.«

Agent Jensen sah jetzt Many an. »Wie sieht's mit dir aus?«

Many überlegte nur kurz. »Ich bin dabei.«

Während Many und Jensen über den neuen Fall diskutierten, arbeitete Steven sich tiefer in den Boden. Es wurde dunkel. Doch für Steven schien das Loch heller zu werden. Etwas blitzte kurz auf. Steven lockerte das Gestein um die Stelle vorsichtig, dann legte er die schwere Maschine weg und wischte die restlichen Steinchen mit den Händen beiseite. Da war er endlich. Er steckte sich den Ring auf den kleinen Finger und grinste zufrieden.

Hallo, da draußen. Ich gehe mal davon aus, dass euch *Die Macht der Urzeit* gefallen hat, denn sonst wärt ihr wahrscheinlich nicht bis hierhin gekommen.

Dieses Mal habe ich mich durch jede Menge theoretische Physik gearbeitet, um Zeitreisen darzustellen. Das ist ein faszinierendes Gebiet, das ich jedem empfehlen kann. Denkt mal über Einsteins Theorie nach, oder lest die Bücher von Hawking.

Ich habe auch nach lebensverlängernden Mitteln gesucht und bin tatsächlich auf einige interessante Substanzen gestoßen. Die Mittel und deren Wirkungen, von denen ich geschrieben habe, gibt es tatsächlich. Im Mittelalter lag die Lebenserwartung noch bei 35 bis 40 Jahren. Seit 1980 ist die Lebenserwartung um 5 Jahre gestiegen, so dass wir jetzt im Durchschnitt 77 Jahre alt werden.

Ich war so frei und habe das Schloss in Kirgistan mal eben kurz erfunden. Wer weiß schon, vielleicht gibt es da ja tatsächlich irgendwo eines.

Der Plasma-Antrieb, den ich für die Zeitreisen benutzt habe, ist ebenfalls schon in theoretischer Arbeit.

Irgendwann einmal bin ich auf den goldenen Schnitt gestoßen und war so fasziniert davon, dass ich ihn unbedingt in das Buch einbauen wollte. Ein sehr interessantes Thema, das ich jedem empfehlen kann.

Der Gigantopithecus, der in Dreisteins Schloss

Streife läuft, ist leider schon ausgestorben. Es wäre bestimmt ein Erlebnis gewesen, diesem 3 Meter großen Giganten zu begegnen.

Die Fibonacci-Folge, die als Rätsel gelöst werden muss, habe ich mir ebenfalls nicht ausgedacht.

Ich hoffe ihr hattet genauso viel Spaß und Spannung beim Lesen wie ich beim Schreiben. Ich finde es selbst immer wieder spannend, wo mich die Geschichte während des Schreibens hinführt. Ich weiß immer, wo das Ende ist, doch viele Kreuzungen führen vorher in ungeahnte Richtungen.

Oliver Kellisch, Dezember 2014

Hat das wieder lange gedauert. Wir haben uns ein Haus gekauft und ich habe vorhin noch den Dachboden weiter ausgebaut. Der Tag hat einfach zu wenig Stunden.

Eine kleine Danksagung sende ich an meine liebe Frau, die garantiert immer kurz vorm Verzweifeln ist, wenn ich ihr sage, dass ich jetzt ins Büro gehe. Das Schreiben dauert halt seine Zeit. Ich sehe es an meinen Speicherdateien, die zum Beispiel bei 00:04 Uhr liegen.

Vielen Dank, Martin, du hast mal wieder das beste Cover erstellt.

Sabrina, du hast gute Arbeit geleistet. Vielen Dank für deine Mühe.

Ein besonderer Dank geht an Andrea, die mich

fantastisch lektoriert und korrigiert hat. Ohne sie wären einige spezielle Teile und Kleinigkeiten untergegangen.

Vielen Dank an meine verrückten Freunde Dawn-Live und BigPizzlor, die mir immer wieder die Inspiration für meine Figuren geben. Ich habe immer so viele Kleinigkeiten in den Büchern untergebracht, die ich wirklich erlebt habe, dass ich selbst lachen muss, wenn ich es lese. Der Abend und Morgen vor der Hochzeit entsprechen zum Beispiel ziemlich genau den Erlebnissen vor meiner eigenen Hochzeit. Auch Eugen, der sich die Stühle aufgebaut und darauf schlafen gelegt hat, war bei uns Gast.

Vielen Dank für all diese tollen Geschichten.

Oliver Kellisch, November 2015

Das Abenteuer von Many und Agent Jensen geht
weiter in:

Das Blut des Ältesten